COLLECTION MICHEL LÉVY

I0647111

OŒUVRES

DE

GEORGE SAND

OUVRAGES

DE

GEORGE SAND

Parus dans la Collection Michel Lévy

— Troyes, typ. et stér. de G. Bertrand. —

L'HOMME
DE NEIGE

PAR

GEORGE SAND

TROISIÈME SÉRIE

NOUVELLE ÉDITION

PARIS

MICHEL LÉVY FRÈRES, LIBRAIRES-ÉDITEURS

RUE VIVIENNE, 2 BIS

1861

L'HOMME DE NEIGE

XII

Christian ne pensait pas trouver le major au château neuf. Il savait que le jeune officier allait passer chaque nuit ou chaque matinée, après les fêtes du château, à son bostœlle, situé à peu de distance. N'ayant pas songé à lui demander dans quelle direction se trouvait cette maison de campagne, il ne la cherchait nullement. Son intention était d'observer à distance les préparatifs de la chasse et de se mêler aux paysans employés à la battue générale.

Il suivait encore le sentier au bord du lac, lorsque l'aube parut, et lui permit de distinguer un homme venant à sa rencontre. Il baissa vite son masque, mais le releva presque aussitôt en reconnaissant le lieutenant Osburn.

— Ma foi ! lui dit celui-ci en lui tendant la main, je suis content de vous rencontrer ici. J'allais vous chercher, et cette rencontre nous fera gagner au moins une demi-heure de jour. Hâtons-nous ; le major est là qui vous attend.

Ervin Osburn prit les devants en rebroussant chemin ; au bout de quelques pas, il se dirigea vers la gauche dans la montagne. Lorsque Christian, qui le suivait, eut gravi pendant quelques minutes une montée assez rapide, il vit au-dessous de lui, dans un étroit ravin, deux traîneaux arrêtés, et le major, qui, l'apercevant, accourut d'un air joyeux.

— Bravo ! s'écria-t-il, vous possédez l'exactitude par esprit de divination ! Comment diable saviez-vous nous trouver ici ?

— Je ne savais rien, répondit Christian ; j'allais au château neuf à tout hasard.

— Eh bien, le hasard est pour nous dès le matin ; cela signifie que la chasse sera bonne... Ah çà ! vous êtes fort bien déguisé, comme hier au soir ; mais vous n'êtes ni chaussé ni armé pour la circonstance. J'avais prévu cela heureusement, et nous avons pour vous tout ce qu'il faut. En attendant, prenez cette pelisse de précaution, et partons vite. Nous allons un peu loin, et la journée ne sera pas trop longue pour tout ce que nous avons à faire.

Christian monta avec Larrson dans un petit traîneau du pays, très-léger, à deux places, et mené par un seul petit cheval de montagne. Le lieutenant, avec le caporal Duff, qui était un bon vieux sous-officier expert en fait de chasse, monta dans un véhicule de même forme. Le major prit les devants, et l'on se mit en route au petit galop.

—Il faut que vous sachiez, dit le major à Christian, que nous allons nous hâter de chasser pour notre compte. Ce n'est ni le gibier, ni les tireurs adroits qui manquent sur les terres du baron, il est lui-même un très-savant et très-intrépide chasseur; mais, comme il doit consentir à envoyer ou à conduire à la battue d'aujourd'hui beaucoup de ses hôtes qui n'y entendent pas grand'chose, et qui ont plus de prétentions que d'habileté, il est fort à craindre qu'on y fasse plus de bruit que de besogne. Et, d'ailleurs, la battue avec les paysans est une chose sans grand intérêt, comme vous pourrez vous en assurer, lorsque, après avoir fait notre expédition, nous reviendrons par la montagne que vous voyez là-haut. C'est une espèce d'assassinat vraiment lâche : on entoure le pauvre ours, qui ne veut pas toujours quitter sa tanière; on l'effraye, on le harcèle, et,

quand il en sort enfin pour faire tête ou pour fuir,
on le tire sans danger de derrière les filets où l'on se
tient à l'abri de son désespoir. Or, outre que cela
manque de piquant et d'imprévu, il arrive fort souvent que les impatients et les maladroits font tout
manquer, et que la bête a déguerpi avant qu'on ait
pu l'atteindre. Nous allons opérer tout autrement, sans
traqueurs, sans vacarme et sans chiens. Je vous dirai
ce qu'il y aura à faire quand nous approcherons du
bon moment. Et, croyez-moi, la vraie chasse est
comme tous les vrais plaisirs : il n'y faut point de
foule. C'est une partie fine qui n'est bonne qu'avec
des amis ou des personnes de premier choix.

— J'ai donc, répondit Christian, double remercîment à vous faire de vouloir bien m'associer à ce
plaisir intime ; mais expliquez-moi comment vous
avez la liberté d'aller tuer le gibier du baron avant
lui. Je l'aurais cru plus jaloux de ses prérogatives de
chasseur ou de ses droits de propriétaire.

— Aussi n'est-ce pas son gibier que nous allons
essayer de tuer. Ses propriétés sont considérables,
mais tout le pays n'est pas à lui, Dieu merci ! Voyez
ces belles montagnes qui se dressent devant vous :
c'est la frontière norvégienne, et, sur les premières
assises de ces gigantesques remparts, nous allons
trouver un groupe que l'on appelle le *Blaakdal*. Là

vivent quelques paysans libres et propriétaires au
sein des déserts sublimes, et quelquefois au sein des
nuages, car les cimes ne sont pas souvent nettes et
claires comme aujourd'hui. Eh bien, c'est à un de
ces *dannemans* (on les appelle ainsi) que mes amis
et moi avons acheté l'ours dont il a découvert la
retraite. Ce *danneman*, qui est un homme intéressant
pour ses connaissances dans la partie, demeure dans
un site magnifique et assez difficile à atteindre en
voiture; mais, avec l'aide de Dieu et de ces bons petits chevaux de montagne, nous en viendrons à bout.
Nous déjeunerons chez lui; après quoi, il nous servira lui-même de guide auprès de monseigneur l'ours,
qui, n'étant pas traqué d'avance par des bavards et
des étourdis, nous attendra sans méfiance et nous
recevra... selon son humeur du moment. Mais voyez,
Christian, voyez quel beau spectacle! Aviez-vous
déjà vu ce phénomène?

— Non, pas encore, s'écria Christian transporté de
joie, et je suis content de le voir avec vous. C'est un
phénomène que je ne connaissais que de réputation,
une parhélie magnifique!

En effet, cinq soleils se levaient à l'horizon. Le
vrai, le puissant astre était accompagné à droite et
à gauche, au-dessus et au-dessous de son disque
rayonnant, de quatre images lumineuses moins vives,

moins rondes, mais entourées d'auréoles irisées d'une beauté merveilleuse. Comme nos chasseurs marchaient dans le sens opposé, ils s'arrêtèrent quelques instants pour jouir de cet effet d'optique, qui a beaucoup de rapport avec l'arc-en-ciel, quant à ses causes présumées, mais qui ne se produit guère en Europe que dans les pays du Nord.

On suivit d'abord une belle route, puis cette même route devenue un chemin étroit et inégal à travers les terres, puis ce chemin devenu sentier, puis le terrain inculte et raboteux n'offrant plus que de faibles traces frayées dans la neige des collines. Enfin Larrson, qui connaissait parfaitement le pays et les ressources du traîneau qu'il conduisait, se lança dans des aspérités effrayantes au flanc des montagnes, côtoyant des précipices, glissant à fond de train dans des ravines presque à pic, franchissant des fossés au saut de son cheval, escaladant par-dessus des arbres abattus et des rochers écroulés, sans presque daigner éviter ces obstacles, qui semblaient à chaque instant devoir faire voler en éclats le traîneau fragile. Christian ne savait lequel admirer le plus de l'audace du major ou de l'adresse et du courage du maigre petit cheval qu'il laissait aller à sa guise, car l'instinct merveilleux de l'animal ressemblait au sens de la seconde vue. Deux fois pour-

tant le traîneau versa. Ce ne fut pas la faute du cheval, mais celle du traîneau, qui ne pouvait se lier
assez fidèlement à ses mouvements, quelque ingé-
nieusement construit qu'il pût être. Ces chutes peuvent être graves; mais elles sont si fréquentes, que,
sur la quantité, il en est peu qui comptent. Le traîneau du lieutenant, bien qu'averti par les accidents
de celui qui lui frayait le passage, fut aussi deux ou
trois fois culbuté. On roulait dans la neige, on se se-
couait, on remettait le traîneau sur sa quille, et on
repartait sans faire plus de réflexion sur l'aventure
que si l'on eût mis pied à terre pour alléger au cheval un peu de tirage. Ailleurs, une chute fait rire ou
frémir; ici, elle entrait tranquillement dans les
choses prévues et inévitables.

Christian éprouvait un bien-être indicible dans
cette course émouvante.

— Je ne peux pas vous exprimer, disait-il au bon
major, qui s'occupait de lui avec une fraternelle sollicitude, combien je suis heureux aujourd'hui!

— Dieu soit loué, cher Christian! Cette nuit, vous
étiez mélancolique.

— C'était la nuit, le lac, dont la belle nappe de
neige avait été souillée par la course, et qui avait
l'air d'une masse de plomb sous nos pieds. C'était
le hogar éclairé de torches sinistres comme des

flambeaux mortuaires sur un linceul. C'était cette
barbare statue d'Odin, qui, de son marteau menaçant et de son bras informe, semblait lancer sur le
monde nouveau et sur notre troupe profane je ne
sais quelle malédiction! Tout cela était beau, mais
terrible; j'ai l'imagination vive, et puis...

— Et puis, convenez-en, dit le major, vous aviez
quelque sujet de chagrin.

— Peut-être; une rêverie, une idée folle que le
retour du soleil a dissipée. Oui, major, le soleil a sur
l'esprit de l'homme une aussi bienfaisante influence
que sur son corps. Il éclaire notre âme comme au
réel. Ce beau et fantastique soleil du Nord, c'est
pourtant le même que le bon soleil d'Italie et que le
doux soleil de France. Il chauffe moins., mais je
crois qu'il éclaire mieux qu'ailleurs, dans ce pays
d'argent et de cristal où nous voici! Tout lui sert de
miroir, même l'atmosphère, dans ces glaces imma-
culées. Béni soit le soleil, n'est-ce pas, major? Et
béni soyez-vous aussi pour m'avoir emmené dans
cette course vivifiante qui m'exalte et me retrempe.
Oui, oui, voilà ma vie, à moi! le mouvement, l'air,
le chaud, le froid, la lumière! Du pays devant soi,
un cheval, un traîneau, un navire... bah! moins encore, des jambes, des ailes, la liberté!

— Vous êtes singulier, Christian! Moi, je préférerais à tout cela une femme selon mon cœur.

— Eh bien, dit Christian, moi aussi, parbleu! Je ne suis pas singulier du tout; mais il faut être l'appui de sa propre famille ou rester garçon. Que voulez-vous que je fasse avec rien? Ne pouvant songer au bonheur, j'ai, du moins, la consolation de savoir oublier tout ce qui me manque, et de m'enthousiasmer pour les joies austères auxquelles je peux prétendre. Ne me parlez donc pas de famille et de coin du feu. Laissez-moi rêver le grand vent qui pousse vers les rives inconnues... Je le sais trop, cher ami, que l'homme est fait pour aimer! Je le sens en ce moment auprès de vous qui m'accueillez comme un frère, et qu'il me faudra quitter demain pour toujours; mais, puisque c'est ma destinée de ne pouvoir établir de liens nulle part; puisque je n'ai ni patrie, ni famille, ni état en ce monde, tout le secret de mon courage est dans la faculté que j'ai acquise de jouir du bonheur pris au vol et d'oublier que le lendemain doit l'emporter comme un beau rêve!... J'ai fait, d'ailleurs, bien des réflexions depuis ce punch dans la grotte du hogar.

— Pauvre garçon! vous êtes amoureux, tenez, car vous n'avez pas dormi!

— Amoureux ou non, j'ai dormi comme dort l'innocence; mais on réfléchit vite quand on n'a pas

beaucoup d'heures à perdre dans la vie. En m'ha-
billant et en venant du Stollborg jusqu'à vous, une
bonne et simple vérité m'est apparue. C'est qu'en
voulant résoudre le problème du métier ambulant,
je m'étais trompé. J'avais raisonné en enfant gâté de
la civilisation. Je m'étais réservé des jouissances de
sybarite. Vous allez me comprendre...

Ici, Christian, sans raconter au major les faits de
sa vie, lui esquissa en peu de mots les aptitudes, les
besoins, les défaillances et les progrès de sa vie in-
tellectuelle et morale, et, quand il lui eut fait comprendre comment il avait essayé de se faire artiste
pour ne pas cesser de se consacrer au service actif
de la science, il ajouta :

— Or, mon cher Osmund, pour être artiste, il faut
n'être que cela, et sacrifier les voyages, les études
scientifiques et la liberté. Ne voulant pas faire ces
sacrifices, pourquoi ne serais-je pas tout simplement l'artisan sans art que tout homme bien portant
peut être à un moment donné de sa vie? Je veux
étudier les flancs de la terre : ne puis-je me faire
mineur, un mois durant, dans chaque mine? Je veux
étudier la flore et la zoologie : ne puis-je m'engager
pour une saison comme pionnier ou chasseur dans
un lieu donné, et pousser plus loin à la saison sui-
vante, utilisant, pour vivre pauvrement, mes bras et

més jambes au profit de mon savoir, au lieu d'épui-
ser mon esprit à des pasquinades pour gagner plus
vite une meilleure nourriture et des habits plus fins?
Ne suis-je pas de force à travailler matériellement
pour laisser mon intelligence libre et humblement
féconde? J'ai beaucoup pensé à la vie de votre grand
Linné, qui est le résumé de la plupart de celles des
savants au temps où nous sommes. C'est toujours le
pain qui leur a manqué, c'est l'absence de ressources
qui a failli étouffer leur développement et laisser
leurs travaux ignorés ou inachevés. Je les vois tous,
dans leur jeunesse, errants comme moi et inquiets
du lendemain, ne trouver leur planche de salut que
dans le hasard, qui leur fait rencontrer d'intelligents
protecteurs. Encore sont-ils forcés, après avoir re-
fermé leur main sur un bienfait, chose amère, d'interrompre souvent leur tâche pour occuper de petites
fonctions qui leur sont accordées comme une grâce,
qui leur prennent un temps précieux, et qui entravent
ou retardent leurs découvertes. Eh bien, que ne fai-
saient-ils ce que je veux, ce que je vais faire : mettre
un marteau ou un pic sur l'épaule pour s'en aller creuser la roche ou défricher la terre? Qu'ai-je besoin de
livres et d'encrier? Qui me presse de faire savoir au
monde savant que j'existe avant d'avoir quelque chose
de neuf et de véritablement intéressant à lui dire ? J'en

sais assez maintenant pour commencer à apprendre, c'est-à-dire pour observer et pour étudier la nature sur elle-même. Ne voit-on pas des secrets sublimes découverts au sein des forces naturelles par de pauvres manœuvres illettrés en qui Dieu avait enfoui, comme une étincelle sacrée, le génie de l'observation? Et croyez-vous, major Larrson, qu'un homme passionné, comme je le suis pour la nature, manquera de zèle et d'attention parce qu'il mangera du pain noir et couchera sur un lit de paille? Ne pourra-t-il, en observant la construction des roches ou la composition des terrains, susciter une idée féconde pour l'exploitation... tenez, de ces porphyres qui nous environnent, ou de ces champs incultes que nous traversons? Je suis sûr qu'il y a partout des sources de richesse que l'homme trouvera peu à peu. Être utile à tous, voilà l'idéal glorieux de l'artisan, cher Osmund; être agréable aux riches, voilà le puéril destin de l'artiste, auquel je me soustrais avec joie.

— Quoi! dit le major étonné, est-ce sérieusement, Christian, que vous voulez renoncer aux arts agréables, où vous excellez, aux douceurs de la vie, que les ressources de votre esprit peuvent conquérir, aux charmes du monde, où il ne tiendrait qu'à vous de reparaître avec avantage et agrément, en accep-

tant quelque emploi dans les plaisirs de la cour ?
Vous n'avez qu'à vouloir, et vous vous ferez vite des
amis puissants, qui obtiendront aisément pour vous
la direction de quelque spectacle ou de quelque
musée. Si vous voulez... ma famille est noble et a
des relations...

— Non, non, major, merci ! Cela eût été bon hier
matin : je n'étais encore qu'un enfant qui cherchait
son chemin en faisant l'école buissonnière ; j'eusse
peut-être accepté. Le bal m'avait ramené à d'anciens
errements, à d'anciennes séductions mondaines que
j'ai trop subies. Aujourd'hui, je suis un homme qui
voit où il doit aller. Je ne sais quel rayon a pénétré
dans mon âme avec ce soleil matinal...

Christian tomba dans la rêverie. Il cherchait en
lui-même quel enchaînement d'idées l'avait amené
à des résolutions si énergiques et si simples ; mais
il avait beau chercher et attribuer le tout à l'influence
d'un bon sommeil et d'une belle matinée : toujours
sa mémoire le ramenait à l'image de Marguerite
cachant sa figure dans ses mains au nom de Christian Waldo. Ce cri étouffé, parti du cœur de la
femme, était allé frapper la fière poitrine de Christian Goffredi. Il était resté dans son oreille, il avait
rempli son âme d'une honte généreuse, d'un courage subit et inflexible.

— Eh! pourquoi, je vous le demande, répondit-il au major, qui lui rappelait les fatigues et les ennuis du travail matériel, pourquoi faut-il que je m'amuse, que je me repose et que je préserve mon existence de tout accident? Ma naissance ne m'ayant pas fait une place privilégiée, à qui m'en prendrai-je, si je n'ai pas le courage et le bon sens de m'en faire une honorable? A ceux qui m'ont donné la vie? S'ils étaient là, ils pourraient me répondre que, m'ayant fait robuste et sain, ce n'était pas à l'intention de me rendre douillet et paresseux, et que, si j'ai absolument besoin de marcher sur des tapis et de manger des friandises pour entretenir mes forces et ma belle humeur, il leur était complétement impossible de prévoir ce cas bizarre et ridicule.

— Vous riez, Christian, dit le major, et pourtant la vie sans superflu ne vaut pas la peine qu'on vive. Le but de l'homme n'est-il pas de se bâtir un nid avec tout le soin et la prévoyance dont l'oiseau lui donne l'exemple?

— Oui, major, c'est là le but, pour vous dont l'avenir se rattache à un passé; mais, moi dont le passé n'a rien édifié, quand je me suis fait *fabulateur*, comme dit M. Goefle, savez-vous ce qui m'a décidé? C'est à mon insu, mais très-assurément, la crainte de ce que l'on appelle la misère. Or, cette crainte, chez un homme isolé, c'est une lâcheté, et il n'y a pas moyen de la traduire autrement que par cette plainte dont vous allez voir l'effet burlesque dans la bouche d'un homme bien bâti et aussi bien portant que je le suis. Tenez, supposons un monologue de marionnettes. C'est notre ami Stentarello qui parle ingénument : « Hélas ! trois fois hélas ! je ne dormirai donc plus dans ces draps fins ! Hélas ! je ne pourrai plus, quand j'aurai chaud en Italie, prendre une glace à la vanille ! Hélas ! quand j'aurai froid en Suède, je ne pourrai donc plus mettre du rhum de première qualité dans mon thé ! Hélas ! je n'aurai plus d'habit de soie couleur de lavande pour aller danser, plus de manchettes pour encadrer ma main blanche ! Hélas ! je ne couvrirai plus mes cheveux de poudre de violette et de pommade à la tubéreuse ! O étoiles, voyez mon destin déplorable ! Mon être si joli, si précieux, si aimable, va être privé de compotes dans des assiettes de Saxe, de ruban de moire à sa queue, de boucles d'or à ses souliers ! Fortune aveugle, société maudite ! tu me devais certes bien tout cela, ainsi qu'à Christian Waldo, qui fait si bien parler et gesticuler les marionnettes ! »

Larrson ne put s'empêcher de rire de la gaieté de Christian.

— Vous êtes un bien drôle de corps, lui dit-il. Il

y a des moments où vous me paraissez paradoxal, et d'autres où je me demande si vous n'êtes pas un aussi grand sage que Diogène brisant sa tasse pour boire à même le ruisseau.

— Diogène! dit Christian, merci! ce cynique m'a toujours paru un fou rempli de vanité. Dans tous les cas, s'il était vraiment philosophe et s'il voulait prouver aux hommes de son temps que l'on peut être heureux et libre sans bien-être, il a oublié la base de son principe : c'est que l'on ne peut pas être heureux et libre sans travail utile, et cette vérité-là est de tous les temps. Se réduire au strict nécessaire pour consacrer ses jours et ses forces à une tâche généreuse, ce n'est pas sacrifier quelque chose, c'est conquérir l'estime de soi, la paix de l'âme; mais, sans ce but, le stoïcisme n'est qu'une sottise, et je trouve plus sensés et plus aimables ceux qui avouent n'être bons à rien qu'à se divertir.

Tout en causant ainsi, nos chasseurs arrivèrent en vue de l'habitation rustique où ils étaient attendus. Elle était si bien liée aux terrasses naturelles de la montagne, que, sans la fumée qui s'en échappait, on ne l'eût guère distinguée de loin.

— Vous allez voir un très-brave homme, dit le major à Christian, un type de fierté et de simplicité dalécarliennes. Il y a bien dans la maison un être

assez désagréable, mais peut-être ne le verrons-nous
pas.

— Tant pis ! répondit Christian ; je suis curieux de toutes gens comme de toutes choses
dans cet étrange pays. Quel est donc cet être désagréable ?

— Une sœur du *danneman*, une vieille fille idiote
ou folle, que l'on dit avoir été belle autrefois, et sur
laquelle ont couru toutes sortes d'histoires bizarres.
On prétend que le baron Olaüs l'a rendue mère, et
que la baronne son épouse (celle qu'il porte en ba-
gue) a fait enlever et périr l'enfant par jalousie ré-
trospective. Ce serait là la cause de l'égarement
d'esprit de cette pauvre fille. Pourtant je ne vous
garantis rien de tout cela, et je m'intéresse peu à une
créature qui a pu se laisser vaincre par les charmes
de l'homme de neige. Elle est quelquefois fort en-
nuyeuse avec ses chansons et ses sentences; d'autres
fois elle est invisible ou muette. Puissions-nous la
trouver dans un de ces jours-là ! Nous voici arrivés.
Entrez vite vous chauffer pendant que le caporal et
le lieutenant déballeront nos vivres.

Le *danneman* Joë Bœtsoï était sur le seuil de sa
porte. C'était un bel homme d'environ quarante-cinq
ans, aux traits durs contrastant avec un regard doux
et clair. Il était vêtu fort proprement, et s'avança sans

grande hâte, le bonnet sur la tête, l'air digne et la
main ouverte.

— Sois le bienvenu! dit-il au major (le paysan dalécarlien tutoie tout le monde, même le roi); tes
amis sont les miens.

Et il tendit aussi la main à Christian, à Osburn et
au caporal.

— Je vous attendais, et, malgré cela, vous ne devez pas compter trouver chez moi beaucoup de richesse et de provisions. Tu sais, major Larrson, que
le pays est pauvre; mais tout ce que j'ai est à toi et
à tes amis.

—Ne dérange rien dans ta maison, *danneman* Bœtsoï, répondit le major. Si j'étais venu seul, je t'aurais
demandé ton gruau et ta bière; mais, ayant amené
trois de mes amis, je me suis approvisionné d'avance
pour ne te point causer d'embarras.

Il y eut entre l'officier et le paysan un débat en
dalécarlien que Christian ne comprit pas, et que le
lieutenant lui expliqua pendant que l'on ouvrait les
paniers.

— Nous avons, comme de juste, lui dit-il, apporté
de quoi faire un déjeuner passable dans cette chaumière; mais, tout en s'excusant de n'avoir rien de
bon à nous offrir, le brave paysan s'est mis en frais,
et il est aisé de voir, à sa figure allongée, que notre

prévoyance le blesse et lui fait l'effet d'un doute sur
son hospitalité.

— En ce cas, dit Christian, ne chagrinons pas ce
brave homme; gardons nos vivres, et mangeons ce
qu'il a préparé pour nous. Sa maison [paraît propre,
et voilà ses filles laides, mais fort élégantes, qui servent déjà la table.

— Faisons un arrangement, reprit le lieutenant;
mettons tout en commun et invitons la famille à accepter nos mets, en même temps que nous accepte-
rons les siens; je vais proposer cela au *danneman*... si
toutefois la chose paraît louable au major.

Le lieutenant ne prenait jamais un parti sur quoi
que ce fût sans cette restriction.

La proposition, faite par le major, fut agréée par
le *danneman* d'un air à demi satisfait.

— Ce sera donc, dit-il avec un sourire inquiet,
comme un repas de noces, où chacun apporte son
plat ?

Toutefois il accepta; mais, malgré les insinuations
de Christian, il ne fut pas même question de faire asseoir les femmes. Cela était trop contraire aux usages, et les jeunes officiers eussent craint de paraître
ridicules en proposant au *danneman* une si grande
infraction à la dignité d'un chef de famille.

Pendant que l'on déballait d'un côté et que l'on

causait de l'autre, Christian examina la maison en
dehors et en dedans. C'était le même système de
construction qu'il avait déjà remarqué dans le *gaard*
du Stollborg : des troncs de sapin calfeutrés avec de
la mousse, l'extérieur peint en rouge à l'oxyde de
fer, un toit d'écorce de bouleau recouvert de terre
et de gazon. Comme la neige, très-abondante dans
cette région montagneuse, eût pu surcharger le toit,
elle avait été balayée avec soin, et la chèvre du *danneman*, plus grande d'un tiers que celle de nos climats, faisait entendre un bêlement plaintif à la vue
de cette herbe fraîche mise à découvert.

Il faisait si chaud dans l'intérieur, que tout le
monde jeta pelisses et bonnets pour rester en bras
de chemise. Cette maisonnette, aisée et spacieuse
comparativement à beaucoup d'autres de la localité,
était encore assez petite ; mais elle était d'une coupe
élégante, et sa galerie extérieure, sous le bord avancé
du toit, lui donnait l'aspect confortable et pittoresque d'un chalet suisse. Une seule pièce, abritée du
froid extérieur par un court vestibule, suffisait à
toute la famille, composée de cinq personnes, le
danneman veuf, sa sœur, un fils de quinze ans, et
deux filles plus âgées. Le poêle était un cylindre
en briques de Hollande, de quatre pieds de haut,
avec une cheminée accolée, le tout au centre de la

maison. Le sol brut était jonché, en guise de tapis, de feuilles de sapin qui répandaient une odeur agréable et saine.

Christian se demandait où couchait toute cette famille, car il ne voyait que deux lits enfoncés dans la muraille comme dans des cases de navire. On lui expliqua que ces lits étaient ceux du *danneman* et de sa sœur. Les enfants couchaient sur des bancs, avec une fourrure pour toute literie.

— Au reste, dit le major à Christian, qui s'informait de tout avec curiosité, si vous trouvez ici la rudesse d'habitudes de nos montagnards de pure race, vous y pourriez trouver en même temps un luxe particulier à la profession de notre hôte et à la richesse giboyeuse de ces lieux sauvages. Je vous ai dit que le *danneman* Bœtsoï était un chasseur habile et plein d'expérience ; mais il faut que vous sachiez qu'il est habile, non-seulement pour dépister la grosse bête, mais encore pour la tuer sans l'endommager, et pour préparer et conserver sa précieuse dépouille. C'est toujours à lui que nous nous adressons quand nous voulons quelque chose de bon et de beau moyennant un prix honnête : des draps de peau de *daim de lait*, qui sont, pour l'été, le coucher le plus frais et le plus souple, et qui se lavent comme du linge ; des peaux d'ours noir à long poil pour

doubler les traîneaux, des manteaux de peau de
veau marin, qui sont impénétrables à la pluie, à la
neige et aux longs brouillards d'automne, plus pé-
nétrants et plus malsains que tout le reste; enfin des
raretés et même des curiosités en fait de fourrures,
car ce Joé Bœtsoï a beaucoup voyagé dans les pays
froids, et il conserve des relations avec des chasseurs
qui lui font passer les objets de son commerce par
les Lapons nomades et les Norvégiens trafiquants,
ces caravanes du Nord dont le renne est le cha-
meau, et dont le commerce n'est souvent qu'un
échange de denrées, à la manière des anciens.

Christian était curieux de voir ces fourrures. Le
danneman pensa qu'il désirait faire quelque acquisi-
tion, et, le conduisant avec le major à un petit hangar où les peaux étaient suspendues, il pria Larrson
de disposer de toutes ses richesses à la satisfaction
de son ami, sans vouloir seulement savoir le prix de
vente avant de le recevoir.

— Tu t'y connais aussi bien que moi, lui dit-il, et
tu es le maître dans ma maison.

Christian, à qui Osmund traduisit ces paroles, admira la confiance du Dalécarlien, et demanda si
cette confiance s'étendait à quiconque réclamait son
hospitalité.

— Elle est généralement très-grande, répondit le

major; ici, les mœurs sont patriarcales. Le Dalécarlien, ce Suisse du Nord, a de grandes et rudes
vertus; mais il habite un pays de misère. L'exploitation des mines y amène beaucoup de vagabonds, et
ce monde souterrain cache souvent des criminels qui
se soustraient longtemps aux châtiments prononcés
contre eux dans d'autres provinces. Le paysan,
quand il n'est ni propriétaire, ni employé aux mines,
est si misérable, qu'il est parfois forcé de mendier
ou de voler. Et cependant le nombre des malfaiteurs
est infiniment petit quand on le compare à celui des
gens sans ressources, dont les ordres privilégiés ne
s'occupent nullement. Le paysan riche ne peut donc
se fier à tous les passants, et il ne se fie pas davantage
au noble, qui vote régulièrement à la diète pour ses
propres intérêts, contrairement à ceux des autres
ordres; mais le militaire, surtout le membre de l'*indelta*, est l'ami du paysan. Nous sommes le pouvoir le
plus indépendant qui existe, puisque la loi nous as-
sure une existence heureuse et honorable en dépit
de toute influence contraire. On sait que nous sommes généralement dévoués à la royauté quand elle
se fait le soutien du peuple contre les abus de la noblesse. C'est son rôle chez nous, et le paysan, qui
fait cause commune avec elle, ne s'y trompe pas.
Laissez faire, Christian : un temps viendra où diète

et sénat seront bien forcés de compter avec le bourgeois et le paysan! Notre roi n'ose pas. Notre reine
Ulrique oserait bien, si son mari avait quelque énergie; mais la sœur de Frédéric le Grand s'arrêterait-
elle en chemin, si une fois elle pouvait rabattre
l'orgueil et l'ambition des *iarls*? J'en doute... Elle
ne penserait qu'à étendre le pouvoir royal, sans admettre que la liberté publique doive y gagner. Notre
espoir est donc dans Henri, le prince royal. C'est un
homme de génie et d'action, celui-là!... Oui, oui!
un temps viendra... Pardon! j'oublie que vous voulez voir des fourrures, et que vous ne vous intéres-
sez guère à la politique de notre pays; mais croyez
bien que le prince royal...

— Oui, oui, le prince royal, répéta le lieutenant
en suivant le major et Christian sous le hangar.

Puis il resta pensif, occupé à apprendre par cœur
en lui-même les mémorables paroles que venait de
dire son ami, afin de se faire une opinion arrêtée
sur la situation de son pays, dont il ne se fût pas
beaucoup inquiété s'il eût consulté la philosophie
apathique qui lui était naturelle; mais le major avait
une idée, il fallait bien que le lieutenant en eût une
aussi, et quelle autre pouvait-il avoir?... Ce raisonnement le conduisit à mettre sans restriction son espoir et sa confiance dans le génie du prince royal.

Se trompait-il avec Larrson? Henri (le futur Gustave III) avait en lui de puissantes séductions : l'instruction, l'éloquence, le courage, et certes, au début
de sa carrière, l'amour du vrai et l'ambition de faire
le bien; mais il devait, comme Charles XII et tant
d'autres, subir les entraînements de ses propres
passions en lutte contre celle du bien public. Après
avoir sauvé la Suède de l'oligarchie, il devait la
ruiner par le faste aveugle et par les faux calculs
d'une politique sans vertu : grand homme quand
même à un moment donné de sa vie, celui où, sans
répandre une goutte de sang, il parvint à affranchir
son peuple de la tyrannie d'une caste fatalement
entraînée par ses priviléges à rompre l'équilibre
social.

Christian, d'après tout ce qu'il avait pu recueillir
de la situation du pays et du caractère présumé du
futur héritier de la couronne, partageait volontiers
les illusions et les espérances du major; néanmoins
il était encore plus occupé pour le moment, non pas
d'acheter la doublure d'un vêtement d'hiver, il n'y
pouvait songer, mais de regarder les dépouilles d'a-
nimaux que le *danneman* tenait entassées dans son
étroit magasin. C'était pour lui un cours d'histoire
naturelle relativement à quelques espèces, et Larrson, qui était un chasseur émérite, lui expliquait

dans quelles régions du nord de l'Europe ces espèces étaient répandues.

— Puisque nous allons chasser l'ours tout à l'heure, lui dit-il en terminant, il est bon que vous connaissiez d'avance à quelle variété nous aurons affaire. Selon le *danneman* Bœtsoï, c'est un métis; mais il n'est encore prouvé pour personne que les différentes espèces se reproduisent entre elles. On en compte trois en Norvége : le *bress-diur*, qui vit de feuilles et d'herbes, et qui est friand de lait et de miel; l'*ildgiers-diur*, qui mange de la viande; et le *myrebiorn*, qui se nourrit de fourmis. Quant à l'ours blanc des mers glaciales, qui est une quatrième famille encore plus tranchée, je n'ai pas besoin de vous dire que nous ne le connaissons pas.

— Voilà pourtant, dit Christian, deux peaux d'ours polaire qui ne me paraissent pas les pièces les moins précieuses de la collection du *danneman*. A-t-il été chasser jusque sur la mer Glaciale?

— C'est fort possible, répondit le major. Dans tous les cas, il est, comme je vous l'ai dit, en relation avec l'extrême Nord, et il lui arrive fort bien de faire deux cents lieues en traîneau, au cœur de l'hiver, pour aller opérer des échanges avec des chasseurs qui ont fait tout autant de chemin sur leurs patins ou avec leurs rennes pour venir à sa rencontre. Aujourd'hui même, il prétend nous mettre en présence d'un métis d'ours blanc et d'ours noir, vu que son pelage lui a paru mélangé; mais, comme il ne l'a vu que la nuit, à la clarté fort trompeuse de l'aurore boréale, je ne vous garantis rien. L'ours est un être si méfiant, que ses mœurs sont encore très-mystérieuses, même dans nos contrées, où il abondait il y a cent ans, et où il est encore très-commun. On ne sait donc pas si l'ours à la robe mélangée est un métis ou une espèce à part. Les uns croient que, le pelage blanc étant un effet de l'hiver, le pelage pie est un commencement ou une fin de la métamorphose annuelle; d'autres assurent que l'ours blanc est blanc en toute saison; mais tout ce que je vous dis là, Christian, vous le savez mieux que moi peut-être... Vous avez lu tant d'ouvrages que je ne connais que de nom...

— C'est précisément parce que j'ai lu beaucoup d'ouvrages que je ne sais rien pour résoudre vos doutes. Buffon contredit Wormsius précisément à l'endroit des ours, et tous les savants se contredisent les uns les autres presque à propos de tout, ce qui ne les empêche pas de se contredire eux-mêmes. Ce n'est pas leur faute en général; la plupart des lois de la nature sont encore à l'état d'énigme, et, si les mœurs des animaux qui vivent à la surface de la

terre sont encore si peu ou si mal observées, jugez
des secrets que renferment les flancs du globe !
C'est là ce qui me faisait vous dire tantôt que tout
homme, si petit qu'il fût, pouvait découvrir des
choses immenses; mais revenons à nos ours, ou
plutôt dépêchons-nous de déjeuner pour aller les
trouver. Je ne connais aux Suédois qu'un dé-
faut, cher ami, c'est de manger trop souvent et
trop longtemps. Je comprendrais cela tout au plus
quand ils ont des journées de vingt heures ; mais,
quand je vois le petit arc de cercle que le soleil
doit faire maintenant pour se replonger sous l'horizon, je me demande à quelle heure vous espérez
chasser.

— Patience, cher Christian ! répondit le major en
riant; la chasse à l'ours n'est pas longue. C'est un
coup de main réussi ou manqué, soit qu'on loge deux
balles dans la tête de l'ennemi, soit que, d'un revers
de patte, il vous désarme et vous assomme. Voilà le
danneman qui nous annonce que le déjeuner est prêt;
marchons.

L'*ambigu* apporté par les officiers était très-confortable; mais Christian vit bien que les jeunes filles et
le *danneman* lui-même regardaient ce bon repas avec
une sorte de tristesse humiliée, et qu'après s'être
fait une fête d'offrir leurs mets rustiques, ils osaient

à peine les exhiber. Dès lors il se fit un devoir d'y
goûter et de les vanter, politesse qui lui coûta peu,
car le saumon fumé et le gibier frais du *danneman*
étaient fort bons, le beurre de renne exquis, les na-
vets tendres et sucrés, les confitures de baies de ron-
ces du Nord aromatiques et rafraîchissantes. Christian apprécia moins le lait aigre servi pour boisson
dans des cruches d'étain. Il préféra la piquette fabriquée avec les baies d'une autre ronce qui croît
en abondance dans le pays même, et que l'on mange
et conserve de mille manières. Enfin il admira, au
dessert, le gâteau de Noël, qui avait été fait exprès
pour les hôtes du *danneman*, afin qu'ils pussent l'entamer, vu que celui qui était réservé à la famille devait, selon l'usage, rester intact jusqu'à l'Épiphanie.
Le *danneman* porta résolûment le couteau dans l'édi-
fice de luxe pétri en farine de froment, et fit tomber
les tourelles et les clochetons savamment construits
par ses filles. Ces grandes personnes, brunes, peu jolies, mais bien faites et coquettement parées de rubans et de bijoux sur un grand luxe de linge blanc
et de cheveux noirs tressés, furent alors seulement
invitées à prendre leur part du gâteau et à tremper
leurs lèvres dans le gobelet de leur père, après que
celui-ci l'eut rempli de bière forte. Elles restèrent
debout, et firent, avant de boire, une grande révé-

rence et un compliment de nouvelle année à leurs
hôtes.

L'impatience que Christian éprouvait ordinairement à table quand il n'avait plus faim, s'était chan-
gée en une rêverie profonde. Ses compagnons étaient
assez bruyants, bien qu'ils se fussent abstenus de vin
et d'eau-de-vie dans la crainte de se laisser surpren-
dre par l'ivresse au moment d'entrer en chasse. Le
danneman, d'abord réservé et un peu fier, était devenu plus expansif, et paraissait avoir conçu pour son
hôte étranger une sympathie particulière; mais cet
homme, qui connaissait tous les dialectes du Norr-
land et même le finnois et le russe d'Archangel, ne
parlait le suédois, sa propre langue nationale, qu'a-
vec peine. Christian, qui, avec sa curiosité et sa facilité habituelles, s'exerçait déjà à comprendre le dalécarlien, n'avait saisi que vaguement, et par la
pantomime du narrateur, les récits intéressants de
ses chasses et de ses voyages, provoqués et recueillis
avidement par les autres convives.

Fatigué des efforts d'attention qu'il était obligé de
faire et de la chaleur excessive qui régnait dans la
chambre, Christian s'était éloigné du poêle et de la
table. Il regardait par la fenêtre le sublime paysage
que dominait le chalet, planté au bord d'une profonde gorge granitique, dont les flancs noirs, rayés

de cascatelles glacées, plongeaient à pic jusqu'au lit du torrent. Les prairies naturelles, inclinées au-dessus de l'abîme, étaient, en beaucoup d'endroits, si rapides, que la neige n'avait pu s'y maintenir contre les rafales, et qu'elles étalaient au soleil leurs nappes vertes légèrement poudrées de givre, brillantes comme des tapis d'émeraudes pâles. Ces restes d'une verdure tendre, victorieuse des frimas, étaient rehaussés par le vert sombre et presque noir des gigantesques pins, pressés et dressés comme des monuments de l'abîme, et tout frangés de girandoles de glace. Ceux qui étaient placés dans les creux où séjournait la neige entassée y étaient ensevelis jusqu'à la moitié de leur fût, et ce fût est quelquefois de cent soixante pieds de haut. Leurs branches, trop chargées de glaçons, pendaient et s'enfonçaient dans la neige, roides comme les arcs-boutants des cathédrales gothiques. A l'horizon, les pics escarpés du Sevenberg dressaient, dans un ciel couleur d'améthyste, leurs crêtes rosées, séjour des glaces éternelles. Il était onze heures du matin environ ; le soleil projetait déjà ses rayons vers les profondeurs bleuâtres qui, à l'arrivée de Christian sur la montagne, étaient encore plongées dans les tons mornes et froids de la nuit. A chaque instant, il les voyait s'animer de lueurs changeantes comme l'opale.

Tout voyageur artiste a signalé la beauté des paysages neigeux sous les latitudes qui sont, pour ainsi dire, leur théâtre de prédilection. Chez nous, la neige ne parvient jamais à tout son éclat : ce n'est que dans des lieux accidentés, et en de rares journées où elle résiste au soleil, que nous pouvons nous faire une idée de la splendeur des tons qu'elle revêt, de la transparence des ombres que ses masses reçoivent. Christian était pris d'enthousiasme. Comparant le bien-être relatif du chalet (bien-être excessif quant à la chaleur) avec l'âpreté solennelle du spectacle extérieur, il se mit à songer à la vie du *danneman*, et à se la représenter par l'imagination au point de se l'approprier furtivement et de se croire chez lui, dans sa propre patrie, dans sa propre famille.

Il n'est aucun de nous qui, vivement frappé de certaines situations, ne se soit trouvé plongé dans une de ces étranges rêveries où le moment présent nous apparaît simultanément double, c'est-à-dire reflété dans l'esprit comme un objet dans une glace. On s'imagine qu'on repasse par un chemin déjà parcouru, que l'on se retrouve avec des personnes déjà connues dans une autre phase de la vie, et que l'on recommence en tous points une scène du passé. Cette sorte d'hallucination de la mémoire devint si complète chez Christian, qu'il lui sembla avoir déjà entendu clairement cette langue dalécarlienne, tout à l'heure inintelligible pour lui, et qu'en écoutant machinalement la parole douce et grave du *danneman,* il se mit en lui-même à achever ses phrases avant lui et à y attacher un sens. Tout à coup il se leva, un peu comme un somnambule, et, roidissant sa main sur l'épaule du major :

— Je comprends ! s'écria-t-il avec une émotion extrême ; c'est fort étrange... mais je comprends ! Le *danneman* ne vient-il pas de dire qu'il avait douze vaches, dont trois étaient devenues si sauvages pendant l'été dernier, qu'il n'avait pu les ramener chez lui à l'automne ? qu'il les croyait perdues, et qu'il avait été obligé d'en tuer une d'un coup de fusil, pour l'empêcher de disparaître comme les autres ?

— Il a dit cela, en effet, répondit le major ; seulement, cette histoire ne date pas de l'été dernier. Le *danneman* dit qu'elle lui est arrivée il y a une vingtaine d'années.

— N'importe, reprit Christian, vous voyez que j'ai presque tout compris. Comment expliquez-vous cela, Osmund ?

— Je ne sais, mais j'en suis moins surpris que vous : c'est le résultat de votre incroyable facilité à

apprendre toutes les langues, à les construire et à
les expliquer en vous-même par les analogies qu'elles
ont entre elles.

— Non, cela ne s'est pas fait ainsi en moi ; cela est
venu comme une réminiscence.

— C'est encore possible. Vous aurez étudié dans
votre enfance une foule de choses dont vous vous
souvenez confusément. Voyons à présent, écoutez ce
que disent les jeunes filles : le comprenez-vous?

— Non, dit Christian, c'est fini ; le phénomène a
cessé, je ne comprends plus rien.

Et il retourna vers la fenêtre pour essayer de res-
saisir la mystérieuse révélation en écoutant parler
ses hôtes ; mais ce fut en vain. Les rêveries confuses
se dissipèrent, et, malgré lui, le raisonnement, les
impressions réelles reprirent leur empire habituel
sur son esprit.

Cependant il ne tarda pas à entrer dans un autre
ordre de pensées contemplatives. Cette fois, ce n'était
plus un passé fantastique qui lui apparaissait ; c'était
le songe d'un avenir assez logiquement déduit des
résolutions qu'il avait prises, et dont il avait entretenu le major une heure auparavant. Il se voyait vêtu,
comme le *danneman*, d'une lévite sans manches
par-dessus une veste à mancheslongues et étroites,
chaussé de bas de cuir jaune par-dessus des bas de

drap, les cheveux coupés carrément sur le front, assis auprès de son poêle brûlant, et racontant à quelque rare visiteur ses expéditions sur les glaces flottantes, ou sur les courants du terrible gouffre Maelstrom et dans les sentiers perdus du Syltfield.

Dans ce milieu paisible et rude qu'il entrevoyait comme la récompense austère de ses voyages et de ses travaux, il essayait naturellement de se faire l'idée d'une compagne associée aux occupations rustiques de son âge mûr. Christian regardait attentivement les filles du *danneman* ; elles n'étaient pas assez belles pour qu'il se délectât à l'idée d'être l'époux d'une de ces mâles et sévères créatures. Il eût mieux aimé rester garçon que de ne pouvoir vivre intellectuellement avec la compagne de sa vie. Malgré lui, le fantôme de Marguerite voltigeait dans son rêve sous la forme d'une blonde et mignonne fée déguisée en fille des montagnes, et plus jolie avec la chemisette blanche et le corsage vert que dans sa robe à paniers et ses mules de satin ; mais cette fantaisie de toilette n'était qu'un travestissement passager : Marguerite était une figure détachée d'un autre cadre ; elle ne pouvait que traverser le chalet en souriant, et disparaître dans le traîneau bleu et argent, doublé de cygne, où il était à jamais défendu à Christian de s'asseoir à ses côtés.

— Va-t'en, Marguerite ! se dit-il. Que viens-tu faire ici? Un abîme nous sépare, et tu n'es pour moi qu'une vision dansant au clair de la lune. La femme que j'aurai sera une épaisse réalité... ou plutôt je n'aurai pas de femme; je serai mineur, laboureur ou commerçant nomade comme mon hôte, pendant une vingtaine d'années, avant de pouvoir bâtir mon nid sur la pointe d'une de ces roches. Eh bien, à cinquante ans, je me fixerai dans quelque site grandiose, j'y vivrai en anachorète, et j'élèverai quelque enfant abandonné qui m'aimera comme j'ai aimé Goffredi. Pourquoi non ? Si, d'ici là, j'ai découvert quelque chose d'utile à mes semblables, ne serai-je pas heureux ?

C'est ainsi que Christian retournait dans sa tête le problème de sa destinée ; mais son rêve de bonheur, quelque modeste qu'il le construisît, s'écroulait toujours devant l'idée de la solitude.

— Et pourquoi donc depuis vingt-quatre heures, se disait-il, cette obsession d'amour sérieux? Jusqu'à présent, j'avais peu pensé au lendemain. Voyons, ne puis-je appliquer à ces éveils et à ces cris du cœur la bonne philosophie que j'opposais, en causant avec Osmund, aux douceurs matérielles de l'existence? Si j'ai su m'oublier, ou du moins me traiter rudement comme un être physique dans mon projet de réforme, ne puis-je aussi bien imposer silence à l'imagination, qui se met à caresser le bonheur de l'âme? Allons donc, Christian! puisque tu as réglé et décidé que tu n'avais pas de droits particuliers au bonheur, ne peux-tu en prendre ton parti, et te dire : « Il ne s'agit pas de respirer le parfum des roses, il s'agit de marcher dans les épines sans regarder derrière toi? »

Christian sentit son cœur se rompre au beau milieu de cet effort de volonté, et son visage fut inondé de larmes, qu'il cacha dans ses mains en prenant l'attitude d'un homme qui sommeille.

— Eh bien, Christian, s'écria le major en se levant de table, est-ce le moment de dormir, vous qui étiez le plus ardent à la chasse? Venez boire le coup de l'étrier, et partons.

Christian se leva en criant *bravo*. Il avait les yeux humides; mais son franc sourire ne permettait pas de penser qu'il eût pleuré.

— Il s'agit, reprit le major, de savoir qui de nous aura l'honneur d'attaquer le premier Sa Majesté fourrée.

— Ne sera-ce pas, dit Christian, le sort qui en décidera? Je croyais que c'était l'usage.

— Oui, sans doute; mais vous nous avez tant divertis et intéressés hier au soir, que nous nous demandions tout à l'heure ce que nous pourrions faire pour vous en remercier, et voici ce que le lieutenant et moi avons décidé, avec l'agrément du caporal, qui a ici sa voix comme les autres. On tirera au sort, et celui de nous qui sera favorisé aura le plaisir de vous offrir la longue paille.

— Vraiment! dit Christian. Je vous en suis reconnaissant, je vous en remercie tous du fond du cœur, mes aimables amis ; mais il se pourrait bien que vous fissiez là le sacrifice d'un plaisir que je ne suis pas digne d'apprécier. Je ne me suis pas donné pour un chasseur ardent et habile. Je ne suis qu'un curieux...

— Craignez-vous quelque chose? reprit le major. Dans ce cas...

— Je ne peux rien craindre, répondit Christian, puisque je ne sais rien des dangers de cette chasse, et je ne crois pas être poltron au point de ne vouloir aller où je présume qu'il y a un danger quelconque à courir. Je répète que je n'y mets aucun amour-propre ; je n'ai jamais fait aucun exploit qui me donne le droit de vouloir accaparer un triomphe : ne pouvez-vous me donner une place qui égalise toutes nos chances ?

— Il n'en peut être ainsi. Toutes les chances sont

égales devant le sort ; seulement, la bonne est pour celui qui marche le premier.

— Eh bien, dit Christian, je marcherai le premier et je ferai lever le gibier ; mais, si quelqu'un ne tient pas à le tuer de sa propre main, c'est moi, je vous le déclare, et même j'avoue que je préférerais beaucoup avoir le temps d'examiner la pantomime et l'allure vivante de la bête.

— Mais si, avant que vous puissiez l'examiner, elle fuit et nous échappe ? On ne sait rien du caprice qu'elle peut avoir. L'ours est peureux le plus souvent, et, à moins d'être blessé, il ne songe qu'à disparaître. Croyez-moi, Christian, chargez-vous de l'attaque, si vous tenez à voir quelque chose d'intéressant. Autrement, vous ne verrez peut-être que la bête morte après le combat ; car il paraît qu'elle est retranchée dans un lieu étroit, derrière d'épaisses broussailles.

— Alors j'accepte, dit Christian, et je vous promets de vous faire voir, ce soir, sur mon théâtre, une chasse à l'ours où je tâcherai d'introduire des choses divertissantes. Oui, oui, je serai aussi amusant que possible pour vous prouver ma gratitude. Et à présent, major, dites-moi ce qu'il faut faire, et de quelle façon on s'y prend pour tuer un ours proprement, sans le faire trop souffrir ; car je suis un chasseur sentimental, et force m'est de vous avouer que je n'ai pas le plus petit instinct de férocité.

— Quoi ! reprit le major, vous n'avez même jamais vu tuer un ours ?

— Jamais !

— Oh ! alors c'est très-différent ; nous retirons notre proposition. Personne ici n'a envie de vous voir estropié, cher Christian ! N'est-ce pas , camarades ? Et que dirait la comtesse Marguerite, si on lui ramenait son danseur avec une jambe broyée ?

Le lieutenant et le caporal furent d'avis qu'il ne fallait pas exposer un novice à une rencontre sérieuse avec la bête féroce ; mais le nom de Marguerite, prononcé là au grand regret de Christian, lui avait fait battre le cœur. Dès ce moment, il mit autant d'ardeur à réclamer la faveur qu'on lui avait octroyée qu'il y avait mis d'abord de modestie ou d'indifférence.

— Si je puis tuer l'ours un peu élégamment, pensa-t-il, cette princesse barbare rougira peut-être un peu moins de notre amitié défunte, et, si l'ours me tue un peu tragiquement, le souvenir du pauvre histrion sera peut-être arrosé d'une petite larme de pitié versée en secret.

Quand le major vit que Christian était évidemment contrarié d'avoir à s'en remettre au sort, il engagea

ses compagnons à lui rendre son tour de faveur.
Seulement, il s'approcha du *danneman* et lui dit dans
sa langue :

— Ami, puisque tu vas en avant avec notre cher
Christian pour lui servir de guide, veille de près sur
lui, je te prie. C'est son coup d'essai.

Le Dalécarlien, étonné, ne comprit pas tout de
suite : il se fit répéter l'avertissement, puis il regarda
Christian avec attention et secoua la tête.

— Un beau jeune homme, dit-il, et un bon cœur,
j'en suis certain ! Il a mangé mon *kakebroë* comme
s'il n'eût fait autre chose de sa vie ; il a des dents
dalécarliennes, celui-là, et pourtant il est étranger !
C'est un homme qui me plaît. Je suis fâché qu'il ne
sache point parler le dalécarlien avec moi, encore
plus fâché qu'il aille où de plus fins que lui et moi
sont restés.

Le *kakebroë* auquel le *danneman* faisait allusion,
n'était autre chose que son pain mêlé de seigle, d'a-
voine et d'écorce pilée. Comme on ne cuit guère, en
ce pays, que deux fois par an, tout au plus, ce pain,
qui est déjà très-dur par lui-même grâce au mélange
de la poudre de bouleau, devient, par son état de
desséchement, une sorte de pierre plate qu'entament
difficilement les étrangers. On sait le mot historique
d'un évêque danois marchant contre les Dalécarliens

au temps de Gustave Wasa : « Le diable lui-même
ne saurait venir à bout de ceux qui mangent du
bois. »

Comme le *danneman*, malgré son enthousiasme
pour l'héroïque mastication de son hôte étranger, ne
paraissait pas pouvoir répondre de le préserver,
les inquiétudes de Larrson recommencèrent, et il
essayait encore de dissuader Christian, lorsque le
danneman pria tout le monde de sortir, excepté l'é-
tranger. On devina sa pensée, et Larrson se chargea
de l'expliquer à Christian.

— Il faut, lui dit-il, que vous vous prêtiez à quelque initiation cabalistique. Je vous ai dit que nos
paysans croyaient à toute sorte d'influences et de di-
vinités mystérieuses; je vois que le *danneman* ne vous
conduira pas avec confiance à la rencontre de son
ours, s'il ne vous rend invulnérable par quelque formule ou talisman de sa façon. Voulez-vous consentir... ?

— Je le crois bien ! s'écria Christian. Je suis avide
de tout ce qui est un trait de mœurs. Laissez-moi
seul avec le *danneman*, cher major, et, s'il me fait
voir le diable, je vous promets de vous le décrire
exactement.

Lorsque le *danneman* fut tête à tête avec son hôte,
il lui prit la main, et lui dit en suédois :

— N'aie pas peur.

Puis il le conduisit à un des deux lits qui formaient niche transversale dans le fond de la chambre, et, après avoir appelé par trois fois : « Karine, Karine, Karine ! » il tira un vieux rideau de cuir maculé qui laissa voir une forme anguleuse et une figure d'une pâleur effrayante.

C'était une femme âgée et malade qui parut se réveiller avec effort, et que le *danneman* aida à se soulever pour qu'elle pût regarder Christian. En même temps, il répéta à ce dernier :

— N'aie pas peur !

Et il ajouta :

— C'est ma sœur, dont tu as pu entendre parler ; une *voyante* fameuse, une *vala* des anciens temps !

La vieille femme, dont le sommeil avait résisté au bruit du repas et des conversations, parut chercher à rassembler ses idées. Sa figure livide était calme et douce. Elle étendit la main, et le *danneman* y mit celle de Christian ; mais elle retira la sienne aussitôt avec une sorte d'effroi, en disant en langue suédoise :

— Ah ! qu'est-ce donc, mon Dieu ? C'est vous, monsieur le baron ? Pardonnez-moi de ne pas me lever. J'ai eu tant de fatigue dans ma pauvre vie !

— Vous vous trompez, ma bonne dame, répondit

Christian, vous ne me connaissez pas; je ne suis pas
baron.

Le *danneman* parla à sa sœur dans le même sens
probablement, car elle reprit en suédois :

— Je sais bien que vous me trompez; c'est là le
grand iarl! Que vient-il faire chez nous? Ne veut-il
pas laisser dormir celle qui a tant veillé?

— Ne fais pas attention à ce qu'elle dit, repartit
le *danneman* en s'adressant à Christian; son esprit est
endormi, et elle continue son rêve. Tout à l'heure
elle va parler sagement.

Et il ajouta pour sa sœur :

— Allons, Karine, regarde ce jeune homme et dis-
lui s'il faut qu'il vienne avec moi chasser le *malin*.

Le paysan dalécarlien appelle ainsi l'ours, dont il
ne prononce le nom qu'avec répugnance. Karine se
cacha les yeux, et parla avec vivacité à son frère.

— Parlez suédois, puisque vous savez le suédois,
lui dit Christian, qui désirait comprendre les prati-
ques de la voyante. Je vous prie, ma bonne mère,
expliquez-moi ce que je dois faire.

La voyante ferma les yeux avec une sorte d'achar-
nement et dit :

— Tu n'es pas celui dont je rêvais, ou tu as oublié
la langue de ton berceau. Laissez-moi tous les deux,

toi et ton ombre ; je ne parlerai pas, j'ai juré de ne
jamais dire ce que je sais.

— Aie patience, dit le *danneman* à Christian. Avec
elle, c'est toujours ainsi au commencement. Prie-la
doucement, et elle te dira ta destinée.

Christian renouvela sa prière, et la voyante répondit enfin en cachant toujours ses yeux dans ses mains
pâles, et en prenant un style poétique qui semblait
appris par cœur :

— Le dévorant hurle sur la bruyère, ses liens se
brisent ; il se précipite !... Il se précipite vers l'est, à
travers les vallées pleines de poisons, de tourbe et
de fange.

— Est-ce à dire qu'il nous échappera ? dit le *danneman*, qui écoutait religieusement sa sœur.

— Je vois, reprit celle-ci, je vois marcher,
dans des torrents puants, les parjures et les meur-
triers ! *Comprenez-vous ceci ? savez-vous ce que je veux
dire ?*

— Non, je n'en sais rien du tout, répondit Christian, qui reconnut le refrain des anciens chants scandinaves de la *Voluspa*, et qui crut reconnaître aussi
la voix des galets du Stollborg.

— Ne l'interromps pas, dit le *danneman*. Parle toujours, Karine ; on t'écoute.

— J'ai vu briller le feu dans la salle du riche, reprit-elle ; mais, devant la porte, se tenait la mort.

— Est-ce pour ce jeune homme que tu dis cela ? demanda le *danneman* à sa sœur.

Elle continua sans paraître entendre la question :

— Un jour, dans un champ, je donnai mes habits à deux hommes de bois ; quand ils en furent revêtus, ils semblèrent des héros : l'homme nu est timide.

— Ah ! tu vois ! s'écria Bœtsoï en regardant Christian d'un air de triomphe naïf ; voilà, j'espère, qu'elle parle clairement !

— Vous trouvez ?

— Mais oui, je trouve. Elle te recommande d'être bien vêtu et bien armé.

— C'est un bon conseil, à coup sûr ; mais est-ce tout ?

— Écoute, écoute, elle va parler encore, dit le *danneman*.

Et la voyante reprit :

— L'insensé croit qu'il vivra éternellement s'il fuit le combat ; mais l'âge même ne lui donnera pas la paix : c'est à sa lance de la lui donner. *Comprenez-vous ? savez-vous ce que je veux dire ?*

— Oui, oui, Karine ! s'écria le *danneman* satisfait.

Tu as bien parlé, et maintenant tu peux te rendormir ; les enfants veilleront sur toi, et tu ne seras plus troublée.

— Laissez-moi donc, dit Karine ; à présent, *la vala retombe dans la nuit.*

Elle cacha son visage dans sa couverture, et son maigre corps sembla s'enfoncer et disparaître dans son matelas de plumes d'eider, riche présent que lui avait fait le *danneman*, plein de vénération pour elle.

— J'espère que tu es content, dit-il à Christian en prenant une longue corde dans un coin de la chambre ; la prédiction est bonne !

— Très-bonne, répondit Christian. Cette fois, j'ai compris. Rien ne sert aux gens prudents de se cacher, le plus sûr est de marcher droit à l'ennemi. Or donc, en route, mon cher hôte ! Mais que voulez-vous faire de cette corde ?

— Donne ton bras, répondit le *danneman.*

Et il se mit à rouler la corde avec beaucoup de soin autour du bras gauche de Christian.

— Voilà tout ce qu'il faut pour amuser le malin, dit-il ; pendant qu'il aura ce bras dans ses pattes, de ton autre main tu lui fendras le ventre avec cet épieu ; mais je t'expliquerai en route ce qu'il faut faire. Te voilà prêt, partons.

— Eh bien, s'écrièrent les officiers qui attendaient Christian dans le vestibule, aurons-nous bonne chance?

— Quant à moi, dit Christian, il paraît que je suis invulnérable; mais, quant à l'ours, je crains qu'il n'ait aussi bonne chance que moi. La voyante a dit qu'il s'enfuirait du côté de l'est.

— Non, non, répliqua le *danneman*, dont l'air grave et confiant imposait silence à toute plaisanterie; il a été dit que le dévorant se précipiterait du côté de l'est, mais non pas qu'il ne serait pas tué. Marchons!

Avant de suivre Christian à la chasse, nous retournerons pour quelques instants au château de Waldemora, d'où le baron était parti avec tous les hommes valides de sa société, et deux ou trois cents traqueurs, aussitôt après le lever du soleil.

Le point vers lequel se dirigeait cette battue seigneuriale était beaucoup moins élevé sur la montagne que la chaumière du *danneman*. Les dames purent donc s'y rendre, les unes résolues à voir d'aussi près que possible la chasse de l'ours, les autres, moins braves, se promettant bien de ne pas s'aventurer plus loin que la lisière des bois. Parmi les premières était Olga, jalouse de montrer au baron qu'elle s'intéressait à ses prouesses; parmi les dernières

étaient Marguerite, qui se souciait peu des prouesses
du baron, et mademoiselle Martina Akerstrom, fille
du ministre de la paroisse et fiancée du lieutenant
Osburn : excellente personne, un peu trop haute en
couleur, mais agréable, affectueuse et sincère, avec
qui Marguerite s'était liée de préférence à toute autre. Disons en passant que le ministre Mickelson,
dont il a été question dans l'histoire de la baronne
Hilda, était mort depuis longtemps, témérairement
brouillé, assurait-on, avec le baron Olaüs. Son successeur était un homme très-respectable, et, bien
que sa cure fût à la nomination du châtelain, ainsi
qu'il était de droit pour certains fiefs, il montrait
beaucoup de dignité et d'indépendance dans ses relations avec l'homme de neige. Peut-être le baron avait-
il compris qu'il valait mieux rester en bons termes
avec un homme de bien que d'avoir à ménager les
mauvaises passions d'un ami dangereux. Il lui témoignait des égards, et le pasteur plaidait souvent auprès de lui la cause du faible et du pauvre, sans l'irriter par sa franchise.

On se porta en général assez mollement à la chasse
du baron. Personne ne pensait qu'on dût rencontrer
des ours dans une région aussi voisine du château,
surtout après plusieurs jours de bruit et de fêtes.
L'ours est défiant et maussade de sa nature. Il n'aime

ni les sons de l'orchestre ni les feux d'artifice, et tout le monde se disait à l'oreille que, si on en rencontrait un seul, ce ne pouvait être qu'un ours apprivoisé et beau danseur, qui viendrait de lui-même donner la patte au châtelain. Le temps était néanmoins magnifique, les chemins de la forêt fort praticables, et c'était un but de promenade auquel personne ne manqua, même les gens âgés, qui se firent voiturer jusqu'à un pavillon rustique très-confortable où l'on devait déjeuner et dîner, soit que l'on eût tué des ours ou des lièvres.

Quand le château fut à peu près désert, Johan, ayant éloigné sous divers prétextes les valets dont il n'était pas sûr, procéda aux fonctions d'inquisiteur qu'il s'était vanté de mener à bien, et tint ainsi qu'il suit, avec ponctualité, heure par heure, le compte rendu de sa journée ;

« *Neuf heures.* — L'*Italien* crie la faim et la soif. On le fait taire; ce n'est pas difficile.

» Personne au Stollborg que Stenson, l'avocat et son petit laquais. Je ne parle pas d'Ulf, l'abruti. Christian Waldo a disparu, à moins qu'il ne soit malade et couché. L'avocat, qui partage sa chambre avec lui, ne laisse entrer personne, et commence à me devenir suspect.

» *Dix heures.* — Le *capitaine* me fait demander

s'il est temps d'agir. Pas encore. L'Italien a encore
trop de force. Christian Waldo est décidément à la
promenade. Je suis entré dans la fameuse chambre,
j'y ai trouvé l'avocat travaillant. Il dit ne pas savoir
où est allé l'homme aux marionnettes. J'ai vu le bagage de celui-ci. Il n'est pas loin.

» *Onze heures.* — J'ai déterré le valet de Christian
Waldo dans les écuries du château neuf. Je l'ai fait
parler. Il sait le vrai nom de son maître : *Dulac.* Il
serait donc Français et non Italien. Une découverte
plus intéressante due à ce *Puffo*, c'est que nous avons
ici deux Waldo pour un. Puffo n'a pas fait marcher
les marionnettes hier au soir, et le Waldo à qui j'ai
parlé (l'homme à la tache de vin) m'a fait dix men-
songes. Son compère dans la représentation est inconnu à Puffo. Ce Puffo était ivre hier, il a dormi.
Il ne peut imaginer, dit-il, par qui il a pu être rem-
placé. J'ai eu envie de l'envoyer au capitaine, mais
je crois voir qu'il dit vrai. Je ne le perds pas de vue.
Il peut m'être utile.

» Ce second Waldo serait donc le faux Goefle.
Alors, en n'ayant pas l'air de nous méfier, nous les
tiendrons tous deux ce soir. J'ai cru voir que Stenson était inquiet. J'ai dit qu'on le laissât tranquille.
Il faut, à tout événement, qu'il se rassure et ne nous
échappe pas.

» *Midi*. — Je tiens tout : la preuve cachetée, que je vous envoie, et les révélations de l'Italien, que voici. (Il n'y a pas eu la moindre peine à se donner ; la seule vue de la chambre des roses l'a rendu expansif.)

» Christian Waldo est bien celui que vous cherchez. Il est beau et bien fait ; son signalement répond exactement à la figure du faux Christian Goefle. L'Italien ne sait rien de l'homme à la tache de vin.

» La fameuse *preuve*, que je vous procure *gratis*, était cachée entre deux pierres, derrière le hogar, dans un endroit très-bien choisi que je vous montrerai. Je suis allé la chercher moi-même, et je vous l'envoie sans savoir ce qu'elle vaut. Vous en serez juge. Je fais déjeuner M. l'Italien, dont le vrai nom est Guido Massarelli.

» Ne vous pressez pas de quitter la chasse, et ne faites paraître aucune impatience. S'il y a dans la pièce que je vous envoie quelque chose de sérieux et que ces bateleurs s'entendent avec le Guido, comme ils n'ont pu communiquer avec lui depuis hier, nous les tenons bien. Tous les chemins sont surveillés. Le Guido offre de se mettre contre eux ; mais je ne m'y fie pas. Si tout cela n'est qu'une mystification pour vous faire payer, nous payerons autrement, et nous payerons cher ! »

Ayant clos son bulletin, Johan le lia au portefeuille que Guido avait été forcé de livrer, et expé-
dia le tout bien scellé à l'adresse du baron, au
rendez-vous de chasse, par le plus sûr de ses
agents.

XIII

Il nous est permis, pendant que cette dépêche court après le baron, de courir nous-mêmes au chalet de Bœtsoï, d'où ce brave *danneman* voulait emmener Christian sans autre arme qu'une corde et un bâton ferré.

— Attendez! dit le major, il faut que notre ami soit équipé et armé. Votre épieu est bon, maître Joë; mais un bon coutelas norvégien sera meilleur, et un bon fusil ne sera pas de trop.

Cédant aux instances du major et du lieutenant, Christian dut endosser une veste de peau de renne et chausser des bottes de feutre sans semelle et sans couture, chaussure souple comme un bas, ne glissant jamais sur la glace ou la neige, et impénétrable au froid. Puis, l'ayant armé et muni de poudre et de balles, les amis de Christian lui mirent sur la tête

un bonnet fourré, et l'on tira au sort les places pour
la chasse.

— J'ai le numéro 1 ! s'écria le major tout joyeux ;
c'est donc moi qui cède ma place à Christian et qui
me poste à cent pas derrière lui ; le lieutenant est
à ma gauche, le caporal à ma droite, à cent pas aussi
de chaque côté. Partez donc et comptez vos pas ;
nous suivrons quand vous aurez compté cent, et que
vous nous ferez signe.

Toutes choses ainsi réglées, le *danneman* et Christian ouvrirent la marche, et chacun suivit, en observant les distances convenues. Christian s'étonnait de
cet ordre de bataille dès le départ.

— L'ours est-il donc si près, demanda-t-il à son
guide, que l'on n'ait pas dix fois le temps de se poster à l'approche de sa tanière ?

— Le *malin* est très-près, répondit le *danneman*.
Jamais *malin* n'est venu prendre ses quartiers d'hiver si près de ma maison. Je me doutais si peu qu'il
fût là, que dix fois je suis passé presque sur son trou
sans pouvoir supposer que j'avais un si beau voisin.

— Il est donc beau, notre ours ?

— C'est un des plus grands que j'aie vus ; mais
commençons à parler bas : il a l'ouïe fine, et, avant
un quart d'heure, il ne perdra pas une de nos paroles.

— Vos filles n'étaient pas effrayées d'un pareil voisinage? dit Christian en se rapprochant du *danneman* et en baissant la voix pour lui complaire, car ses appréhensions lui paraissaient exagérées.

A cette question, Joë Bœtsoï roidit sa grosse tête sur ses larges épaules et regarda Christian de travers.

— *Herr* Christian, mes filles sont d'honnêtes filles, dit-il d'un ton sec.

— Est-ce que j'ai eu l'air d'en douter, *herr* Bœtsoï? dit Christian étonné.

— Ne sais-tu pas, reprit le *danneman* en faisant un effort pour prononcer un nom qui lui répugnait, ne sais-tu pas que l'*ours* ne peut rien contre une vierge, et que, par conséquent, une honnête fille peut aller lui arracher des griffes sa chèvre ou son mouton sans rien craindre?

— Pardon, monsieur le *danneman*, je ne le savais pas; je suis étranger, et je vois qu'on apprend du nouveau tous les jours. Mais êtes-vous bien sûr que l'ours soit si respectueux envers la chasteté? Mèneriez-vous une de vos filles avec vous en ce moment?

— Non! les femmes ne peuvent pas laisser leur langue en repos; elles avertissent le gibier par leur caquet. C'est pour cela qu'il ne faut point de filles ni de femmes à la chasse.

— Et, si par hasard, vous voyiez l'ours poursuivre les vôtres, vous ne seriez pas effrayé? vous ne tireriez pas dessus?

— Je tirerais dessus pour avoir sa peau, mais je ne serais pas inquiet pour mes filles. Je te répète que je suis sûr de leur conduite.

— Mais votre sœur la sibylle, elle a sans doute été mariée?

— Mariée? dit le *danneman* en hochant la tête.

Puis il reprit avec un soupir :

— Mariée ou non, Karine ne craint rien des mauvaises langues.

— Les mauvaises langues viennent-elles jusqu'ici vous tourmenter, maître Joë? J'aurais cru que dans ce désert...

Le *danneman* haussa les épaules, et prit, sans répondre, une figure mécontente.

— Vous ai-je encore déplu sans le savoir? lui demanda Christian quelques instants après.

— Oui, répondit le *danneman*, et, comme il n'est pas bon d'aller ensemble où nous allons quand on a quelque chose sur le cœur, je veux savoir pourquoi tu m'as demandé si Karine avait peur de l'ours. Je n'irai pas plus avant que je ne sache si tu as eu une mauvaise pensée contre elle ou contre moi.

Devant cet appel à sa sincérité, fait avec une sorte

de grandeur antique, Christian se sentit embarrassé de répondre. Il avait, en questionnant Bœtsœï sur Karine, cédé à un mouvement de curiosité qui tenait à des causes mystérieuses en lui-même, et qu'il lui était impossible d'expliquer. Il crut s'en tirer par une rectification du fait.

— Maître Joë, dit-il, je n'ai pas demandé si votre sœur avait peur de l'ours, mais si elle avait été mariée, et je ne vois rien d'offensant dans ma question.

Le paysan le troubla par un regard d'une pénétration extraordinaire.

— La question ne m'offense pas, dit-il, si tu peux me jurer n'avoir écouté, avant de venir chez moi, aucun mauvais propos sur ma famille.

Et, comme Christian, se rappelant les paroles du major, hésitait à répondre, Bœtsœï reprit :

— Allons, allons ! j'aime mieux que tu ne mentes point. Tu n'as pas de raisons pour être mon ennemi, et tu peux me dire ce que l'on t'a raconté de l'enfant du lac.

— L'enfant du lac ! s'écria Christian. Qu'est-ce que l'enfant du lac ?

— Si tu ne sais rien, je n'ai rien à te dire.

— Si fait, si fait ! reprit Christian... Je sais... Je crois savoir... Parlez-moi comme à un ami, maître Joë. L'enfant du lac est-il le fils de Karine ?

— Non, répondit le *danneman*, dont la physionomie s'anima d'une singulière exaltation. Il était bien à elle, mais il n'avait pas été conçu et enfanté comme les autres. Karine a eu du malheur, comme il en arrive aux filles qui apprennent des choses au-dessus de leur état, et qui lisent dans les livres d'une religion que nous ne devons plus connaître ; mais elle n'a pas fait le mal qu'on dit. J'ai été trompé là-dessus comme les autres, moi qui te parle ! Il fut un temps, j'étais encore bien jeune alors, où je voulais envoyer une balle dans la tête d'un homme dont Karine parlait trop dans ses rêves ; mais Karine a juré à notre mère et à moi qu'elle haïssait cet homme-là. Elle l'a juré sur la Bible, et nous avons dû la croire. L'enfant a été nourri dans la montagne par une daine apprivoisée, qui suivait Karine comme une chèvre. Elle demeura plus d'un an seule avec lui dans une autre maison que nous avons, bien plus haut que celle où tu es entré. Quand l'enfant a été sevré, nous l'avions reçu chez nous et nous l'aimions. Il grandissait, il parlait et il était beau ; mais, un jour, il est parti comme il était venu, et Karine a tant pleuré, que son esprit s'est envolé pendant longtemps après lui. Il y a bien du mystère là-dessous. Ne sait-on pas qu'il y a des femmes qui mettent des enfants au monde par la parole seulement, de la même manière qu'elles les ont conçus, en respirant trop l'air que les trolls de nuit agitent sur les lacs? Karine avait trop demeuré là-bas, et on sait bien que le lac de Waldemora est mauvais. En voilà assez là-dessus. C'est le secret de Dieu et le secret des eaux. Il ne faut pas mal penser de Karine. Elle ne travaille pas, elle ne sert à rien qui se compte et qui se voie dans une maison; mais elle est de celles qui, par leur savoir et leurs chants, portent bonheur aux familles. Elle voit ce que les autres ne voient pas, et ce qu'elle annonce arrive d'une manière ou de l'autre. C'est assez parlé, je te dis, car nous voilà devant le fourré, et, à présent, il ne faut plus penser qu'au malin. Écoute-moi bien, et ensuite plus un mot, plus un seul, quand même il irait de la vie...

— Quand même il irait de la vie, dit Christian ému et frappé du mystérieux récit du *danneman*, il faut que vous me parliez de cet enfant qui a été élevé chez vous. N'avait-il pas aux doigts quelque chose de particulier?

La figure du *danneman* se colora, malgré le froid, d'une vive rougeur.

—Je vous ai dit, reprit-il d'un ton irrité, tout ce que je voulais dire. Si c'est pour m'insulter dans l'honneur de ma famille que vous êtes venu manger mon pain et tuer mon gibier, prenez garde à vous ou renoncez à la chasse, *herr* Christian, car, aussi vrai que je me nomme Bœtsoï, je vous laisse seul avec le malin.

— Maître Bœtsoï, répondit Christian avec calme, cette menace m'effraye beaucoup moins que la crainte de vous affliger. Je vous permets de me laisser seul avec le malin, si bon vous semble : je tâcherai d'être plus malin que lui ; mais je vous prie de ne pas emporter de moi une mauvaise opinion. Nous reprendrons cet entretien, je l'espère, et vous comprendrez que jamais la pensée d'outrager l'honneur de votre famille n'a pu entrer dans mon esprit.

— C'est bien, reprit le *danneman* ; alors parlons du malin. Ou il fuira lestement avant que nous ayons gagné sa tanière, et alors tu tireras sur lui, ou il acceptera le combat et se lèvera debout. Tu sais bien où est la place du cœur, et, avec ce bon couteau, il faudrait que la main te tremblât pour le manquer. Fais attention à une seule chose, c'est qu'il ne désarme pas ta main droite avant d'avoir saisi ton bras gauche, car il voit très-bien les armes, et il a plus de raisonnement qu'on ne pense. Vas-y donc doucement et tranquillement, sans te presser. Tant que le malin n'est pas blessé, il n'est pas insolent, et il ne sait pas bien ce qu'il veut faire. Quelquefois il grogne et se laisse approcher. Quant à moi, j'ai coutume de lui parler et de lui promettre de ne lui faire

aucun mal : ce n'est pas mentir que de mentir à une
bête. Je te conseille donc de lui dire quelque parole
caressante : il a assez d'esprit pour comprendre
qu'on le flatte, il n'en a pas assez pour deviner qu'on
le trompe. Et maintenant, attends que je voie si ces
messieurs prennent bien la direction qu'il faut pour
cerner la tanière ; car, si la bête nous échappait, il
ne faudrait pas qu'elle pût échapper aux autres. Je
reviens dans cinq minutes.

Christian resta seul dans un site étrange. Depuis le
chalet, il avait fait avec son guide environ une demi-
lieue au sein d'une forêt magnifique jetée en ondes
épaisses et larges sur le dos de la montagne. La pro-
fusion des beaux arbres dans ces régions et la diffi-
culté de les transporter pour l'exploitation sont cause
de la prodigalité pour ainsi dire méprisante, on oserait même dire impie, avec laquelle sont traitées ces
nobles productions du désert. Pour faire le moindre
outil, le moindre jouet (les pâtres dalécarliens,
comme les pâtres suisses, taillent et sculptent très-
adroitement le bois résineux), on sacrifie sans regret
un colosse de verdure ; et souvent, pour ne pas se
donner la peine de l'abattre, on met le feu au pied :
tant pis si l'incendie se propage et dévore des forêts
entières ! En beaucoup d'endroits, on voit des ba-
taillons de monstres noirs se dresser sur la neige,

ou, dans l'été, sur une plaine de cendres. Ce sont
des tiges calcinées qui ne servent plus de retraite à
aucun animal, et où règnent le silence et l'immobi-
lité de la mort *. Ceux qui chassent en Russie s'af-
fligent de trouver dans les splendides forêts du Nord
la même incurie et les mêmes profanations.

Le lieu où Christian se trouvait n'avait été ni brûlé
ni abattu ; il offrait une scène de bouleversement
moins irritante, le spectacle d'un abandon imposant
et d'une destruction grandiose, due aux seules causes naturelles : la vieillesse des arbres, les éboule-
ments du sol, le passage des ouragans. C'était l'aspect d'une forêt vierge qui aurait été saisie dans les
glaces voyageuses des mers polaires. Les grands pins
fracassés s'appuyaient tout desséchés sur leurs voisins verts et debout, mais dont ils avaient brisé la
tête ou les maîtresses branches par leur chute. D'é-
normes rochers avaient roulé sur les pentes, entraî-
nant un monde de plantes qui s'étaient arrangées
pour vivre encore, tordues et brisées, ou pour renaître sur ces débris communs. Ce cataclysme était
déjà ancien de quelques années, car de jeunes bou-
leaux avaient poussé sur des éminences qui n'étaient

---

* Ce n'est que très-récemment que l'État s'est préoccupé, trop
tard peut-être, d'arrêter ces dévastations en Suède.

que des amas de détritus et de terres entraînées. Au
moindre vent, ces arbres, déjà beaux, balançaient
les glaçons au bout de leurs branches légères et pendantes avec un bruit rapide et sec qui rappelait celui
d'une eau courant sur les cailloux.

Ce lieu sauvage était sublime. Christian voyait, à
mille pieds au-dessous de lui, l'*elf* ou *strœm* (c'est
ainsi qu'on appelle tous les cours d'eau) présenter
les mêmes couleurs et les mêmes ondulations que
s'il n'eût pas été glacé. A cette distance, il eût été
impossible à un sourd de savoir s'il ne roulait pas
ses flots avec fracas, car l'œil était absolument
trompé par sa teinte sombre et métallique, toute
boursouflée d'énormes remous blancs comme de
l'écume. Pour Christian, dont l'oreille eût pu saisir
le moindre bruit montant du fond de l'abîme, l'aspect agité de ce torrent impétueux contrastait singulièrement avec son silence absolu. Rien ne ressemble à un monde mort comme un monde ainsi
pétrifié par l'hiver. Aussi le moindre symptôme de
vie dans ce tableau immobile, une trace sur la neige,
le vol court et furtif d'un petit oiseau, cause-t-il une
sorte d'émotion. Cette surprise est presque de l'effroi, quand c'est un élan ou un daim dont la fuite
retentissante éveille brusquement les échos endor-
mis de la solitude.

Et cependant Christian ne songeait pas plus à admirer en ce moment la nature qu'à se préparer à
combattre le *malin*. Une pensée douloureuse et terrible avait traversé son âme. Le récit bizarre du
danneman, d'abord très-obscur à cause de son langage incorrect et de ses idées superstitieuses, venait
de s'éclaircir et de se résumer dans son esprit. Cette
sibylle rustique qui avait été séduite par le troll du
lac, cet enfant mystérieux élevé dans le chalet du
danneman, et disparu à l'âge de trois ou quatre ans,
ces hallucinations de mémoire que Christian avait
éprouvées durant le repas, et qui n'étaient peut-être
que des souvenirs tout à coup réveillés...

— Oui, se disait-il, à présent, la mémoire ou l'illu-
sion me revient. Les trois vaches perdues... il y a
une vingtaine d'années, le coup de fusil qui a arrêté
la quatrième... Il me semble que je l'entends, ce
coup mortel, il me semble que je vois tomber la
pauvre bête, et que je ressens l'impression de douleur et de regret que je ressentis alors; ce fut peut-
être la première émotion de ma vie, celle qui éveille
en nous la vie du sentiment. Mon Dieu, il me semble
que tout un monde oublié se ranime et se lève devant moi ! Il me semble que c'est là-bas, au tournant
du rocher, sur le bord de ce talus à pic, d'un ton
rougeâtre, que la scène s'est passée. Il me semble

y être! Était-ce moi ou mon âme dans quelque exi
tence antérieure?... Mais, si c'est moi, qui donc est
mon père? Quel est cet homme que le *danneman* a
failli tuer lorsque le soupçon n'était pas encore endormi par la superstition? Pourquoi la sibylle... ma
mère peut-être!... a-t-elle frissonné tout à l'heure en
touchant mes doigts? Elle était plongée dans une
sorte de rêve, elle n'a pas regardé ma figure ; mais
elle a dit que j'étais le baron!... Et tout à l'heure,
quand j'ai demandé au *danneman* si l'enfant n'avait
pas aux mains un signe particulier, sa colère et son
chagrin ne prouvent-ils pas qu'il avait remarqué et
compris ce signe héréditaire, peut-être plus appa-
rent chez l'enfant qu'il ne l'est maintenant chez
l'homme?

» Dailleurs, quand même il l'eût observé aujourd-
'hui chez moi, son esprit était loin de faire un rapprochement. Il ne lui est pas venu à la pensée de
chercher à me reconnaître. Il n'a vu en moi qu'un
étranger curieux et railleur qui lui demandait le
secret de sa famille, et ce secret, c'est sa honte; il
aime mieux en faire une légende, un conte de fées.
On l'offense en doutant du merveilleuxqu'ilinvoque;
on l'irrite en lui disant que l'enfant avait peut-être les
doigts faits comme ceux du baron Olaüs. Il n'y a,
dit-on, que la vérité qui offense : j'avais donc de-

viné... La pauvre Karine n'a-t-elle pas été effrayée en me prenant pour son séducteur?

» Son séducteur ! qui sait ? Cet homme, haï et méprisé de tous, lui a peut-être fait violence. Elle aura caché son malheur, elle aura exploité la croyance aux esprits de perdition, pour empêcher son jeune frère le *danneman* de s'exposer en cherchant à tirer vengeance d'un ennemi trop puissant. Pauvre femme! Oui, certes, elle le hait, elle le craint toujours ; elle est devenue voyante, c'est-à-dire folle, depuis son désastre ; elle avait reçu une sorte d'éducation, puisqu'elle sait par cœur les antiques poésies de son pays, et, quand elle s'exalte, elle trouve, dans le souvenir confus de ces chants tragiques, des accents de menace et de haine. Enfin, rêverie spécieuse ou commentaire logique, je crois voir ici le doigt de Dieu qui me ramène à la chaumière d'où j'ai été enlevé... Pourquoi, et par qui...? Est-ce le *danneman*, voyageur intrépide, qui m'a conduit au loin pour délivrer sa sœur d'un remords vivant, ou sa famille d'une tache brûlante? Dois-je croire plutôt à la jalousie de la femme d'Olaüs, selon l'hypothèse rapportée par le major ?

Toutes ces pensées se pressaient dans le cerveau de Christian, et son âme était navrée d'effroi et de douleur. L'idée d'être le fils du baron Olaüs ne faisait

que redoubler son aversion. En de telles circonstances, il ne pouvait voir en lui qu'un ennemi de
l'honneur et du repos de sa mère.

— Qui sait encore, se disait-il, si ce n'est pas lui
qui m'a fait enlever pour se dérober à quelque pro-
messe, à quelque engagement contracté envers sa
victime? Ah! s'il en était ainsi, je resterais dans ce
pays. Sans chercher à me faire reconnaître, je me
mettrais au service du *danneman;* par mon travail et
mon dévouement, certes je me ferais estimer de lui,
aimer peut-être de cette famille qui est la mienne,
et je pourrais m'efforcer de rendre, sinon la raison,
du moins la tranquillité à cette pauvre voyante,
comme j'avais réussi à ramener le calme dans les
rêves de ma chère Sofia Goffredi. Bizarre destinée
que la mienne, qui m'aurait ainsi condamné à avoir
deux mères égarées par le désespoir! Eh bien, cette
condamnation imméritée, c'est un devoir qui m'est
tracé pour arriver à quelque mystérieuse récompense. Je l'accepte. Karine Bœtsoï ne se rappelle
peut-être pas qu'elle a perdu son enfant, mais elle
retrouvera les soins et la protection d'un fils.

En ce moment, il sembla à Christian qu'on l'appelait. Il regarda devant lui et de tous côtés; il ne vit
personne. Le *danneman* lui avait dit de l'attendre, il
devait revenir le chercher: Christian hésita; mais, au

bout d'un instant, un cri de détresse le fit bondir, saisir
ses armes, et s'élancer dans la direction de la voix.

En escaladant avec une prodigieuse agilité les arbres renversés, les monceaux de débris durcis par la
glace et les monstrueuses racines entrelacées, Christian arriva sans le savoir à vingt pas de la tanière de
l'ours. L'animal terrible était couché entre lui et cet
antre ; il léchait le sang qui teignait la neige autour
de ses flancs. Le *danneman* était debout sur le seuil
du repaire, pâle, les cheveux au vent et comme hé-
rissés sur sa tête, les mains désarmées. Son épieu,
brisé dans le flanc de l'ours, gisait auprès de l'animal, et, au lieu de songer à ôter son fusil de la ban-
doulière pour l'achever, Betsoï semblait fasciné par
je ne sais quelle terreur, ou enchaîné par je ne sais
quelle prudence inexplicable.

Dès qu'il aperçut Christian, il lui fit des signes que
celui-ci ne put comprendre ; mais il devina qu'il ne
fallait point parler, et visa l'ours. Heureusement,
avant de tirer, il leva encore une fois les yeux sur
Joë Bœtsoï, qui lui intima, par un geste désespéré,
l'ordre de s'arrêter. Christian imita sa pantomime
pour lui demander s'il fallait l'égorger sans bruit,
et, sur un signe de tête affirmatif, il marcha droit à
l'ours, qui, de son côté, se leva tout droit en gron-
dant pour le recevoir.

— Vite, vite! ou nous sommes perdus! cria le
danneman, qui avait pris son fusil et semblait guetter
quelque chose d'invisible au fond de la tanière.

Christian ne se le fit pas dire deux fois. Présentant
aux étreintes un peu affaiblies de l'ours blessé son
bras enveloppé de la corde, il l'éventra proprement,
mais sans songer que l'animal pouvait tomber en
avant, et qu'il fallait se rejeter vivement de côté pour
lui faire place. L'ours, heureusement, tomba de côté
et entraîna Christian dans sa chute, mais sans que ses
redoutables griffes, crispées par le dernier effort de
la vie, pussent saisir autre chose que le pan de sa
casaque. Ainsi enfoncé dans la neige et pour ainsi
dire cloué par le poids et les ongles du *malin* sur le
bord de son vêtement, Christian eut quelque peine
à se débarrasser, et il y laissa une notable partie de
la veste de peau de renne que lui avait prêtée le major; mais il n'y songea guère. Le *danneman* était aux
prises avec d'autres ennemis; il venait de tirer au
juger dans l'antre obscur, et un autre *malin* noir,
jeune, mais d'assez belle taille, était venu à sa rencontre d'un air menaçant, tandis que deux oursons
de la grosseur de deux forts doguins se jetaient dans
ses jambes, sans autre intention que celle de fuir,
mais d'une manière assez compromettante pour la
sûreté de son équilibre. Le *danneman*, résolu à périr

plutôt que de livrer passage à sa triple proie, s'était arc-bouté contre les troncs d'arbre qui formaient au repaire une entrée en forme d'ogive naturelle. Il luttait contre le jeune ours, que son coup de fusil avait blessé ; mais, ébranlé malgré lui par les petits, il venait de tomber, et le blessé, furieux, se jetait sur lui, quand Christian, sûr de son coup d'œil et de son sang-froid, brisa d'une balle la tête de l'animal, à un pied au-dessus de celle de l'homme.

— Voilà qui est bien, dit le *danneman* en se relevant avec agilité.

Mais les deux oursons lui avaient passé sur le corps, et il ne songeait qu'à ne pas les laisser échapper.

— Attendez, attendez ! lui dit Christian en suivant de l'œil les deux fugitifs, voyez ce qu'ils font !...

Les deux oursons s'étaient dirigés vers le cadavre de leur mère et s'étaient glissés et blottis sous ses flancs ensanglantés.

— C'est juste, dit le *danneman* en frottant son bras, que l'ours noir avait meurtri à travers la corde ; ce n'est pas à nous de les tuer. Nous avons chacun notre proie. Appelle tes camarades ; moi, je suis trop essoufflé, et puis j'ai eu peur, je le confesse. Je l'ai échappé belle. Sans toi... Mais appelle donc. Je te dirai ça tout à l'heure.

Et, tandis que Christian appelait de toute la force

de ses poumons, le *danneman*, un peu tremblant, mais toujours attentif, rechargeait à la hâte son fusil pour le cas où les oursons abandonneraient le corps de leur mère, et voudraient fuir avant l'arrivée des autres chasseurs.

Ils parurent bientôt, arrivant de trois côtés, avertis déjà par les coups de fusil, Larrson, le premier, criant victoire pour Christian à la vue de l'ourse énorme couchée à ses pieds.

— Prenez garde! arrêtez-vous! s'écria Christian. Notre ourse était pleine, elle vient de mettre bas deux beaux petits. Je vous demande grâce pour ces pauvres orphelins. Prenez-les vivants.

— Certes, répondit Larrson. A l'aide, camarades! Il s'agit ici de faire des élèves!

On entoura le cadavre de l'ourse et on le souleva avec précaution, car il y a toujours à se méfier de l'ours qui paraît mort. On s'empara avec quelque peine des deux petits, qui déjà montraient les dents et les griffes, et qui furent liés et muselés avec soin; après quoi, on eut le loisir d'admirer l'ample capture qu'avait recélée la tanière, et il y eut des regrets à demi exprimés que le *danneman* s'empressa de prévenir.

— Il faut que vous me pardonniez ce que j'ai fait, dit-il aux jeunes officiers. Je me doutais bien que

cette grande bigarrée était une mère ! l'ai-je dit,
qu'elle était bigarrée ? Oh ! je l'avais bien vue ; mais
je n'avais pas pu bien voir les petits, et, quant à l'*ami*,
je ne l'avais pas vu du tout. On m'avait bien dit que
souvent la mère emmenait dans son hivernage un
jeune malin qui n'était ni le père de ses petits, ni
même un individu de son père, pour défendre et
conduire ses enfants, dans le cas où elle serait tuée.
Je ne le croyais pas beaucoup, ne l'ayant jamais vu.
A présent, je le vois et j'y croirai. Si je l'avais cru,
j'aurais emmené deux de vous afin que chacun pût
abattre une belle pièce ; mais qui pouvait s'attendre
à cela? Ne comptant pas tirer, je n'avais pris mon
fusil que par précaution, dans le cas où le *herr* que
je conduisais manquerait son coup et se mettrait en
danger. Quant à l'épieu ferré, je croyais si peu m'en
servir, que je n'avais pas seulement regardé si celui
que je prenais était en bon état... Eh bien, voici ce
qui est arrivé, continua le *danneman* en s'adressant à
Christian. J'avais dit que je reviendrais te prendre
après avoir posté les autres, et, quand cela a été fait,
je pensais revenir droit sur toi ; mais il faut croire
que quelque bête avait dérangé mes brisées de la
nuit dernière ; car, sans m'égarer précisément, j'ai
passé devant la tanière et je ne me suis reconnu que
quand il était trop tard pour reculer. La maligne m'a-

vait entendu; elle revenait sur moi, parce qu'elle
avait des petits. J'ai essayé de lui faire peur avec mes
bras pour la faire rentrer chez elle; elle n'a pas voulu
avoir peur, elle s'est levée. Je lui ai fendu le ventre,
il le fallait bien, et, en même temps, j'ai appelé par
deux fois. Au bruit de ma voix, l'*ami* s'est montré à
l'entrée de la maison, et, pour l'empêcher de se
sauver, j'ai couru me mettre devant, sans songer que
mon épieu était resté brisé auprès de la mère. Je la
croyais morte; mais, quand j'ai été là, elle s'est relevée, recouchée et relevée deux fois. Alors le temps
m'a paru bien long avant de te voir arriver, *herr*
Christian; car, d'un côté, j'avais la mère, qui, d'un
moment à l'autre, pouvait retrouver la force de se
jeter sur moi, et, de l'autre côté, l'*ami*, qui s'était re-
culé au fond du trou et qui attendait ce renfort pour
me chercher querelle, sans compter les deux petits,
que je m'attendais bien à avoir dans les jambes
quand la bataille serait engagée. Pour faire face à
tout cela, je n'avais qu'un coup de fusil, et ce n'était
pas assez, je n'osais pas seulement coucher en joue,
car, à la vue de l'arme braquée, les malins se déci-
dent plus vite. J'ai eu peur, je peux bien l'avouer
sans honte, puisque je n'ai pas lâché pied, et que
voilà les quatre pièces dans nos mains. J'ai attendu,
ça m'a paru un an, et pourtant je crois que tu es

venu vite, *herr* Christian, puisque tout s'est bien
passé..., oui, très-bien passé, je dis, et tu es un
homme ! Je suis fâché qu'il y ait eu auparavant trois
mots de fiel entre nous deux. Cela est oublié, et je
te dois mon cœur comme je te dois ma vie. Embras-
sons-nous, et considére que je t'embrasse comme si
tu étais mon fils.

Christian embrassa avec effusion le Dalécarlien, et
celui-ci raconta aux autres comment, après avoir
lestement achevé l'ours corps à corps, le jeune homme
avait tué l'*ami* fort à propos, à *deux pouces de sa chrétienne figure*. Christian dut défendre sa modestie de
l'exagération du *danneman* quant à ce dernier point ;
mais, comme Bœtsoï, enthousiasmé, n'en voulut rien
rabattre et qu'il n'y avait aucun moyen d'aller aux
preuves, l'exploit du jeune aventurier prit des pro-
portions colossales dans l'imagination de Larrson et
de ses amis. Leur estime pour lui augmenta d'autant,
et il n'y a point trop lieu de s'en étonner. La présence d'esprit est la faculté du vrai courage. On
plaint celui qui succombe, on admire celui qui réussit. Sans consentir à s'admirer lui-même, Christian
éprouvait une vive satisfaction d'avoir acquis des
droits à l'amitié du *danneman*, qu'il s'obstinait à regarder désormais comme son proche parent ; mais il
se garda bien de revenir à ses imprudentes questions,

et il résolut de chercher ailleurs la vérité, dût-il y perdre beaucoup de temps et y dépenser beaucoup de patience.

Les deux ours morts, et surtout la mère, étaient d'un poids considérable, plus de quatre cents livres entre eux deux. Les traîner dans les aspérités du terrain, d'où l'on avait peine à se tirer soi-même, semblait impossible. Des chevaux mêmes n'en fussent pas venus à bout. Comme le jour allait bientôt décroître, et que l'on voulait rejoindre la chasse du baron, on se trouvait embarrassé de richesses. Les oursons mêmes, qui ne voulaient pas marcher, devenaient fort incommodes.

— Allez-vous-en, dit le *danneman;* avec mes enfants, j'aurai bientôt abattu deux ou trois jeunes arbres et fabriqué une claie sur laquelle nous chargerons le tout, et que nous ferons glisser jusque chez moi. De là, je vous enverrai la prise par mon traîneau et mon cheval, et tout cela vous arrivera dans deux heures à votre bostœlle pour que vous puissiez montrer votre chasse à tous vos amis.

— Et nous renverrons demain les animaux morts, dit Larrson; car c'est à vous seul que nous voulons confier le soin de les écorcher et de les préparer. N'est-ce pas votre avis, Christian ?

— Je n'ai pas d'autre avis que le vôtre, répondit Christian.

— Pardon ! reprit le major, nous avons acheté un ours au *danneman :* c'est celui que vous avez tué : il vous appartient, comme celui qu'il a tiré est à lui, s'il ne veut nous le vendre.

— Il les a tués tous deux, dit Christian ; je n'ai fait que les achever ; je n'ai droit à rien.

Il y eut un assaut de délicatesse où le *danneman* se montra aussi scrupuleusement loyal que les autres. Enfin Christian dut céder, et accepter l'ours femelle pour sa part. Les deux oursons furent payés comme un ours au *danneman,* qui dut accepter en toute propriété *l'ami de madame l'ourse.* Toutes choses ainsi réglées, le major et ses amis voulurent emmener Christian ; mais celui-ci refusa de les suivre.

—Je n'ai que faire, leur dit-il, à la chasse du baron, laquelle, m'avez-vous dit, n'a rien d'intéressant après celle-ci. Je n'ai, d'ailleurs, pas le temps de m'y rendre. Je dois rentrer au Stollborg le plus tôt possible pour m'occuper de ma représentation. Songez que, pour deux jours encore, je suis lié par un contrat au métier de *fabulator.* Je reste ici pour aider le *danneman* à emporter les *malins ;* après quoi, je profiterai de son traîneau pour retourner jusqu'au

lac. N'oubliez pas que vous avez promis à M. Goefle
et à moi de venir me voir au Stollborg.

— Nous irons après le souper et la comédie, répondit le major. Comptez sur nous.

— Et moi, dit le *danneman* à Christian, je vous réponds de vous faire arriver au lac avant la nuit.

Il n'y avait pas beaucoup de temps à perdre. Les
officiers allèrent rejoindre leurs traîneaux de campagne, et le *danneman*, aidé de Christian, de son fils
Olof et de sa fille aînée, qui étaient venus les retrouver, procéda avec une grande adresse et une grande
promptitude à la confection de son traîneau à bras.
Quand le gibier fut chargé, on le fit descendre
promptement, les uns tirant, les autres poussant ou
retenant, jusqu'au chalet.

Dès qu'on y fut arrivé, Christian chercha des yeux
la voyante. Le rideau du lit était fermé et immobile.
Était-elle encore là ? Il eût voulu revoir cette femme
mystérieuse et tâcher de lui parler ; mais il n'osa pas
approcher de son lit. Il lui sembla que le *danneman*
ne le perdait pas de vue, et que toute apparence de
curiosité lui eût beaucoup déplu.

La plus jeune des filles du *danneman* apporta de
l'eau-de-vie fabriquée dans la maison, cette fameuse
eau-de-vie de grain, dont plus tard Gustave III fit un
monopole de l'État, créant ainsi un impôt onéreux

et vexatoire qui lui fit perdre toute sa popularité, et qui, de fait, replongea dans la misère ce peuple qu'il avait délivré de la tyrannie des nobles. L'usage fréquent de l'eau-de-vie est-il une nécessité de ces climats rigoureux? Christian le pensait d'autant moins que cette boisson, fabriquée par le *danneman* en personne, et dont il était fier, arrachait littéralement le gosier. Le brave homme pressait son hôte d'en boire largement, ne comprenant pas qu'après avoir tué deux ours, il n'éprouvât pas le besoin de s'enivrer un peu. Christian ne pouvait pousser jusque-là l'obligeance, et, bien qu'il eût souhaité être de force à griser Bœtsoï sans se griser lui-même, circonstance qui eût peut-être amené la prompte découverte du secret de la famille, il se borna à boire du thé laissé à son intention par le major, et qui lui fut servi bien chaud dans une tasse de bois très-délicatement taillée et sculptée par le jeune Olof.

Le jeune homme se sentait un peu humilié d'avoir pris le plaisir princier de tuer un ours aux dépens de ses amis; car, en somme, cet ours appartenait au *danneman*, comme tout gibier appartient sans conteste à celui qui le découvre sur ses terres. On avait fait présent à Christian de sa capture, c'est-à-dire qu'on l'avait payée pour lui. Il apprit avec plaisir du *danneman* que ce payement n'avait pas encore été effectué, le major et ses amis n'ayant pas prévu que la chasse serait aussi abondante, et n'ayant pas apporté l'argent nécessaire. Christian s'informa du prix.

— C'est selon, dit le *danneman* avec fierté ; si on me laisse la bête, comme il arrive quelquefois, ce n'est rien qu'un remercîment que je dois à celui qui m'a aidé à l'abattre ; mais sans doute, *herr* Christian, tu souhaites garder la peau, les pattes, la graisse et les jambons ?

— Je ne souhaite rien de tout cela, dit en riant Christian. Qu'en ferais-je, bon Dieu ? Je vous prie de garder le tout, *herr* Bœtsoï, et, comme je présume que vous avez le droit de vendre un peu plus cher à ceux qui prennent sur vos terres le plaisir de la chasse qu'à ceux qui achètent purement et simplement une denrée, je vous prie d'accepter trente dalers que j'ai là sur moi...

Christian acheva sa phrase en lui-même :

— Et qui sont tout ce que je possède.

— Trente dalers ! s'écria le *danneman*, c'est beaucoup ; tu es donc bien riche ?

— Je le suis assez pour vous prier de les accepter.

Le *danneman* prit l'argent, le regarda ; puis il regarda les mains de Christian, mais sans en rien remarquer que la blancheur.

— Ton or est bon, dit-il, et ta main est blanche. Tu n'es pas un homme qui travaille, et pourtant tu manges le kakebroë comme un Dalécarlien. Ta figure est du pays et ton langage n'en est pas... Les habits que tu avais en venant ici ne sont pas plus beaux que les miens. Ce que je vois, c'est que tu es fier; c'est que tu ne veux pas que tes amis, qui t'ont cédé le plaisir de tuer le malin, dépensent encore leur argent pour toi.

— Précisément, *herr* Bœtsoï, vous y voilà.

— Sois tranquille. Joë Bœtsoï est un honnête homme; il ne recevra rien de tes amis, puisque tu lui laisses ton gibier. Quant à accepter de toi une récompense... cela dépend. Peux-tu me jurer, sur l'honneur, que tu es un jeune homme riche, un fils de famille?

— Qu'importe? dit Christian.

— Non, non, reprit le *danneman;* tu m'as sauvé la vie, je ne t'en remercie pas, c'est ce que j'aurais fait pour toi; mais tu es un fin tireur, et, de plus, tu es un homme qui sait écouter un autre homme. Si, quand je t'ai fait signe là-bas, tu n'avais pas voulu aller comme je voulais, nous étions dans un mauvais pas tous les deux... et moi surtout, sans épieu et le bras mal entouré. Je suis content de toi, et je voudrais que mon fils fût de ta mine et de ton caractère,

III.   5.

car tu es un garçon hardi et doux ; donc, si tu n'es pas riche, ne fais pas avec moi semblant d'être riche. A quoi sert? Je ne suis pas dans la misère, moi ! Je ne manque de rien selon mes besoins, et, si tu manquais de quelque chose, tu pourrais t'adresser à Joë Bœtsoï, qui ne serait pas en peine de trouver trente dalers et même cent, pour rendre service à un ami.

— J'en suis bien certain, *herr* Bœtsoï, répondit Christian, et je viendrais à vous avec confiance, non pas pour vous demander cent ni trente dalers, mais de l'ouvrage à votre service. Il n'est pas dit que cela n'arrivera point; mais, si cela arrivait, j'aurais bien plus de plaisir à me présenter après vous avoir payé ce qui vous est dû et ce qu'un riche vous payerait. Je ne suis pas venu ici en qualité de pauvre, vous ne me devez rien.

— Je ne veux rien, dit le *danneman*, reprends ton argent, et viens me trouver quand tu voudras. Que sais-tu faire?

— Tout ce que vous m'apprendrez, je le saurai vite.

Le *danneman* sourit.

— C'est-à-dire, reprit-il, que tu ne sais rien?

— Je sais tuer les malins, au moins!

— Oui, et très-bien. Tu sais même manier la hache

et tailler le bois. J'ai vu cela. Mais sais-tu voyager?

— C'est ce que je sais le mieux.

— Dormir sur un banc?

— Et même sur une pierre.

— Sais-tu le lapon, le samoïède, le russe?

— Non, je sais l'italien, l'espagnol, le français, l'allemand et l'anglais.

— Ça ne me servira de rien, mais ça me prouve que tu peux apprendre à parler de plusieurs manières. Eh bien, reviens quand tu voudras, avant la fin du mois de *thor* (janvier), et, si tu veux aller à Drontheim, et même plus loin, je serai content de ne pas voyager seul... Ou bien, si j'emmène Olof, qui me tourmente pour commencer à courir, tu garderas ma maison. Mes deux filles sont fiancées, je t'en avertis. Évite de donner de la jalousie à leurs fiancés, ce serait à tes risques. Soigne la tante Karine ; elle est douce, mais il ne faut pas la contrarier : je l'ai défendu une fois pour toutes.

— Je la soignerai comme ma mère, répondit Christian ému; mais, dites-moi, est-elle malade ou infirme? Pourquoi...?

— On te dira cela, si tu restes à la maison. Que veux-tu gagner à mon service?

— Rien.

— Comment, rien?

— Le pain et l'abri, n'est-ce pas assez?

— *Herr* Christian, dit le *danneman* en fronçant le sourcil, tu es donc un paresseux ou un mauvais sujet, que tu ne songes pas à l'avenir?

Christian vit qu'en montrant trop de désintéressement, il avait fait naître la méfiance.

— Connaissez-vous M. Goefle? dit-il.

— L'avocat? Oui, très-bien; c'est moi qui lui ai vendu son cheval, un bon cheval, celui-là, et un brave homme, l'avocat!

— Eh bien, il vous répondra de moi. Aurez-vous confiance?

— Oui, c'est convenu. Reprends ton argent.

— Et si je vous priais de me le garder?

— C'est donc de l'argent volé? s'écria le *danneman* redevenu méfiant.

Christian se mit à rire en s'avouant à lui-même qu'il était un diplomate très-maladroit.

— Croyez-moi, dit-il au *danneman*, je suis un homme simple et sincère. Je ne suis pas habitué à être cru sur parole; ma figure paraît bonne à tout le monde. Si vous ne prenez pas mes trente dalers aujourd'hui, le major voudra vous les donner demain, et c'est ce qui me blesse.

— Le major ne me donnera rien, parce que je n'accepterai rien, répondit le *danneman* avec vivacité. C'est donc toi qui doutes de moi, à présent.

Christian dut renoncer à laisser sa mince fortune dans cette maison, qui servait peut-être d'asile à sa mère. Ce débat de délicatesse eût pu dégénérer en querelle, vu que le *danneman* arrosait largement d'eau-de-vie son naïf orgueil de paysan libre. D'ailleurs, le traîneau était prêt, et Christian devait partir. Pour rien au monde, il n'eût voulu manquer les deux représentations qui devaient le mettre à la tête de cent dalers, et lui permettre, par conséquent, d'embrasser, sans rien devoir à personne, le nouveau genre de vie qu'il rêvait.

Il croyait que le *danneman* comptait l'accompagner; mais, au lieu de monter dans le traîneau, Bœtsoï remit les rênes à son fils, en lui recommandant d'aller prudemment et de revenir de bonne heure.

— J'espérais avoir le plaisir de votre compagnie jusqu'à Waldemora, dit Christian au *danneman*.

— Non ! répondit celui-ci, je ne vais pas à Waldemora, moi ! Il faut que j'y sois forcé ! Adieu, et au revoir !

Il y avait tant de hauteur et de dédain dans le ton du *danneman* en parlant de Waldemora, que Christian, en lui serrant la main, craignit qu'il ne s'aperçût de la conformation de ses doigts, et que cette

ressemblance, fortuite ou fatale, ne détruisît toute
leur amitié ; mais la difformité était si légère, et le
danneman avait la main si rude, qu'il ne s'aperçut de
rien et envoya encore plusieurs fois de loin un adieu
cordial à son hôte.

Malgré les recommandations de son père, Olof
gagna le fond de la vallée au triple galop de son petit cheval, debout, lui, sur l'avant du véhicule et les
rênes entortillées autour du bras, au risque d'être
lancé au loin dans une chute et d'avoir tout au moins
les deux poignets démis.

XIV

Le traîneau du *danneman*, moins léger que celu
dont le major s'était servi pour conduire Christian
au chalet, était heureusement plus solide, car le
jeune Dalécarlien ne daignait éviter aucune roche ni
aucun trou. Au lieu de laisser au cheval, plus intel-
ligent que lui, le soin de se diriger selon son instinct,
il le frappait et le contrariait au point de rendre la
course stupidement téméraire. Christian, couché au
milieu des quatre ours, les deux morts et les deux
vivants, se disait qu'il tomberait assez mollement,
s'ils n'étaient pas lancés d'un côté et lui de l'autre.
Impatienté enfin de voir maltraiter le cheval du *danneman* sans aucun profit pour personne, il prit les
rênes et le fouet assez brusquement, en disant au
jeune garçon qu'il voulait s'amuser à conduire, et
d'un ton qui ne souffrait guère de réplique.

Olof était assez doux; il ne faisait le terrible que par amour-propre, pour se poser en homme. Il se mit à chanter en suédois, autant pour se désennuyer que pour montrer à son compagnon qu'il prononçait la langue mère plus purement que les autres membres de sa famille. Cette circonstance détermina Christian à le faire causer.

— Pourquoi, lui dit-il, n'es-tu pas venu avec nous quand nous sommes partis pour la chasse? N'as-tu encore jamais vu l'ours debout?

— La tante ne l'a jamais voulu, répondit le jeune gars en soupirant.

— La tante Karine?

— Il n'y en a pas d'autre chez nous.

— Et on fait tout ce qu'elle veut?

— Tout.

— Elle avait fait sur toi quelque mauvais pronostic?

— Elle dit que je suis trop jeune.

— Et elle a raison peut-être?

— Il faut bien qu'elle ait raison, puisqu'elle le dit.

— C'est une femme qui en sait plus long que les autres, à ce qu'il paraît?

— Elle sait tout, puisqu'elle cause avec...

— Avec qui cause-t-elle?

— Il ne faut pas que je parle de cela; mon père me l'a défendu.

— Dans la crainte que l'on ne se moque de sa sœur; mais il n'a pas craint cela de moi, puisqu'il m'a dit de lui demander mon destin à la chasse.

— Et elle vous l'a dit?

— Elle me l'a dit. Où a-t-elle pris sa science?

— Elle l'a prise où elle la prend encore : dans les cascades où pleurent les filles mortes d'amour, et sur les lacs où les hommes du temps passé reviennent.

— Elle marche donc encore?

— Elle n'est pas vieille, elle a cinquante ans.

— Mais je la croyais infirme?

— Elle marcherait plus vite et plus loin que vous.

— Alors elle est malade dans ce moment-ci, puisqu'elle reste couchée pendant que l'on se met à table?

— Elle n'est pas malade. Elle est fatiguée souvent comme cela, quand elle a été debout pendant trop longtemps.

— Je croyais qu'elle ne travaillait pas?

— Elle ne travaille pas; elle parle ou elle marche, elle chante ou elle prie, et, que ce soit la nuit ou le jour, elle veille jusqu'à ce que la fatigue la fasse tomber. Alors elle dort si longtemps, qu'on la croirait morte; mais quelquefois on est bien étonné, le matin, quand on va à son lit, de ne plus la trouver ni là, ni dans la maison, ni sur la montagne, ni nulle part où l'on puisse aller.

— Et où pensez-vous qu'elle soit quand elle disparaît ainsi?

— Les mauvaises gens disent qu'elle va à Blaakulla; mais il ne faut pas les croire!

— Qu'est-ce donc que Blaakulla? Le rendez-vous des sorcières?

— Oui, la montagne noire où ces méchantes femmes portent les petits enfants qu'elles enlèvent pendant qu'ils dorment, et qu'elles mènent à Satan sur le cheval *Skjults,* qui est fait comme une vache volante. Alors Satan les prend et les marque en les mordant, soit au front, soit aux petits doigts, et ils conservent cette marque toute leur vie. Mais je sais bien pourquoi on dit cela de ma tante Karine.

— Pourquoi donc?

— Parce que, dans le temps, avant que je sois venu au monde, il paraît qu'elle avait apporté à la maison un petit enfant qui avait eu les doigts mordus par le diable, et que mon père ne voulait pas regarder; mais mon père s'est mis à l'aimer plus tard, et il dit que ma tante est une bonne chrétienne, et que tout ce que l'on raconte est faux. Le pasteur de la

paroisse ne trouve rien de mauvais en elle, et dit
que, puisqu'elle a besoin de courir en dormant, il
faut la laisser courir. D'ailleurs, elle a dit elle-même
qu'elle mourrait, et qu'il arriverait de grands mal-
heurs si on la renfermait. Voilà pourquoi elle va où
elle veut, et mon père dit encore qu'il vaut mieux ne
pas savoir où elle va, parce qu'elle a des secrets qu'on
lui ferait manquer, si on la suivait et si on la regardait.

— Et il ne lui est jamais arrivé d'accidents, quand
elle court ainsi dehors tout endormie?

— Jamais, et peut-être ne dort-elle pas en courant; comment le saurait-on? Ce qu'il y a de sûr,
c'est qu'on est quelquefois trois jours et trois nuits
sans savoir si elle reviendra ; mais elle revient toujours, quelque temps qu'il fasse, et, aussitôt qu'elle
a dormi et rêvé, elle n'est plus malade, et prophétise
des choses qui arrivent. Tenez, ce matin... Mais mon
père m'a défendu de le répéter !

— Si tu me le dis, Olof, c'est comme si tu le disais à ces pierres !

— Jurez-vous sur la Bible de ne pas le répéter?

— Je le jure sur tout ce que tu voudras.

— Eh bien, reprit Olof, qui, peu habitué dans la
solitude de sa montagne à trouver à qui parler, était
heureux d'être écouté par une personne sérieuse,

voici ce qu'elle a dit en s'éveillant au point du jour :
« Le grand *iarl* va partir pour la chasse. Pour la
chasse, le *iarl* et sa suite vont partir. » Le *iarl!* vous
savez bien ? c'est le baron de Waldemora.

— Ah ! ah ! il est allé à la chasse, en effet ; mais
votre tante pouvait l'avoir appris.

— Oui, mais le reste, vous allez voir : « Le *iarl*
laissera son âme à la maison ; à la maison, il laissera
son âme. » Attendez... attendez que je me rappelle
le reste...; elle chantait cela..., je sais l'air, l'air me
fera retrouver les mots.

Et Olof se mit à chanter sur un air à porter le
diable en terre :

— « Et, quand le *iarl* reviendra à la maison pour
reprendre son âme, l'âme du *iarl* ne sera plus à la
maison. »

Au moment où le jeune Dalécarlien achevait ces
mots mystérieux, un traîneau lancé à fond de train
venait derrière le sien, et la voix retentissante d'un
cocher criait : « Place ! place ! » d'un ton impérieux,
tandis que sa main fouettait ses quatre chevaux, que
l'odeur des ours emportés par Christian épouvantait
de loin. On était sorti de la montagne, et on se trouvait sur le chemin étroit qui se dirigeait vers le lac.
Christian, pressentant qu'on le culbuterait s'il ne se
rangeait pas, et ne voyant aucun moyen de se ranger

sans se culbuter lui-même dans le talus qui bordait
l'Elf, fouetta le cheval du *danneman* pour le lancer en
avant, et parvint ainsi à un endroit où il lui était
possible de faire place ; mais, au moment où il réussissait à prendre sa droite, le traîneau de derrière,
conduit par des chevaux impétueux et par un cocher
brutal, le rasa de si près, que les deux traîneaux
furent culbutés simultanément.

Christian se trouva par terre avec Olof et ses quatre
ours, et si bien enfoncé dans la neige amoncelée au
bord du chemin, qu'il lui fallut quelques instants
pour savoir où et avec qui il se trouvait enterré de la
sorte. La première voix qui frappa son oreille, le
premier visage qui réjouit son regard furent le visage
et la voix de l'illustre professeur Stangstadius. Le savant n'avait aucun mal ; mais il était furieux, et, s'en
prenant à tout hasard à Christian, qui n'était pas
masqué et avec qui, en se relevant, il se trouvait face
à face, il l'accabla d'injures et le menaça de la colère céleste et des malédictions de l'univers.

— La, la, tout doux ! lui répondit Christian en l'ai-
dant à se remettre sur ses jambes inégales : vous
n'avez rien de cassé, monsieur le professeur, Dieu
soit loué ! L'univers et le ciel sont témoins du plaisir
que j'en ressens ; mais, si c'est vous qui conduisez si
follement l'équipage, vous n'êtes guère aimable pour

les gens qui n'ont pas d'aussi bons chevaux que les
vôtres. Ah çà ! laissez-moi, ajouta-t-il en repoussant
doucement le géologue, qui faisait mine de le prendre
au collet, ou bien, la première fois que je vous ren-
contrerai sur le lac, je vous y laisserai geler, au lieu
de me meurtrir les épaules à vous rapporter.

Le professeur, sans chercher à reconnaître Christian, continuait à déclamer pour lui prouver que
l'accident était arrivé par sa faute, lorsque Christian,
qui ne songeait qu'à ramasser son gibier avec Olof,
aperçut, au milieu des quatre ours, un homme de
haute taille, étendu sans mouvement, la face tournée contre terre. En même temps, un jeune homme
vêtu de noir et pâle de terreur arrivait du talus opposé, où il avait été lancé, et accourait en s'écriant :

— M. le baron ! où est donc M. le baron ?

— Quel baron ? dit Christian, qui venait de relever
l'homme évanoui et qui le soutenait dans ses bras.

En ce moment, le fils du *danneman* poussa l'épaule
de Christian avec la sienne, en lui disant :

— Le *iarl* ! voyez le *iarl* !

Et, tandis que le jeune médecin du baron s'em-
pressait d'ôter le bonnet de fourrure que la chute
avait enfoncé sur le visage de son malade de manière
à l'étouffer, Christian faillit ouvrir ses bras robustes
et laisser retomber le moribond dans la neige, en

reconnaissant avec une horreur insurmontable, dans
l'homme auquel il portait secours, le baron Olaüs de
Waldemora.

On l'étendit sur le monceau d'ours : c'était le meilleur lit possible dans la circonstance, et le médecin
épouvanté supplia Stangstadius, lequel avait été
autrefois reçu docteur en médecine, de l'aider de
ses conseils et de son expérience dans un cas qui lui
paraissait extrêmement grave. Stangstadius, qui était
en train d'éprouver toutes ses articulations pour s'assurer qu'il n'était pas plus endommagé que de coutume, consentit enfin à s'occuper de la seule personne
que la chute semblait avoir sérieusement compro-
mise.

— Eh! parbleu! dit-il en regardant et en touchant
le baron, c'est bien simple : le pouls inerte, la face
violacée, les lèvres tuméfiées, un râle d'agonie... et
point de lésion pourtant... C'est clair comme le jour,
c'est une attaque d'apoplexie. Il faut saigner, saigner
vite, et abondamment.

Le jeune médecin chercha sa trousse et ne la
trouva pas. Christian et Olof l'aidèrent dans sa recherche et ne furent pas plus heureux. Le traîneau
du baron, emporté par ses chevaux fougueux, était
loin; le cocher, pensant que son maître le ferait périr sous le bâton pour sa maladresse, courait après

son attelage, la tête perdue, et remplissait le désert
de ses imprécations.

Comme le docile cheval du *danneman* s'était arrêté
court, on parla de mettre le malade dans le traîneau
du paysan et de le transporter au château le plus vite
possible. Stangstadius protesta que le malade arriverait mort. Le docteur, hors de lui, voulait courir
après l'équipage du baron pour chercher sa trousse
dans le traîneau. Enfin il la retrouva dans sa poche,
où, grâce à son trouble, il l'avait touchée dix fois
sans la sentir ; mais, quand vint le moment d'ouvrir
la veine, la main lui trembla tellement, que Stangstadius, parfaitement indifférent à tout ce qui n'était
pas lui-même, et satisfait, d'ailleurs, d'avoir à prouver
sa supériorité en toutes choses, dut prendre la lan-
cette et pratiquer la saignée.

Christian, debout et fort ému intérieurement,
contemplait ce tableau étrange et sinistre, éclairé
des reflets livides du soleil couchant : cet homme
aux formes puissantes et à la physionomie terrible,
qui s'agitait convulsivement sur les cadavres des
bêtes féroces bizarrement entassés ; ce bras gras et
blanc d'où coulait pesamment un sang noir qui se
figeait sur la neige ; ce jeune médecin à la figure
douce et pusillanime, à genoux auprès de son redoutable client, partagé entre la crainte de le voir

mourir entre ses mains et la terreur puérile que
lui causait le grognement des oursons vivants à côté
de lui; le traîneau renversé, les armes éparses, la
mine effarée et pourtant malignement satisfaite du
jeune *danneman;* le maigre cheval fumant de sueur
qui mangeait la neige avec insouciance, et par-dessus tout cela la fantastique figure de Stangstadius,
illuminée d'un sourire de triomphe passé à l'état
chronique, et sa voix aiguë pérorant sur la circonstance d'un ton tranchant et pédantesque. C'était
une scène à ne jamais sortir de la mémoire, un
groupe à la fois bouffon et tragique, peut-être incompréhensible à première vue.

— Mon pauvre docteur, disait Stangstadius, il ne
faut pas vous le dissimuler, si votre malade en réchappe, il aura une belle chance! Mais ne vous ima-
ginez pas que la chute soit pour beaucoup dans son
état, le coup de sang était imminent depuis vingt-
quatre heures. Comment n'aviez-vous pas prévu
cela?

— Je l'avais tellement prévu, répondit le jeune
médecin avec quelque dépit, que je vous le disais,
il y a une heure, monsieur Stangstadius, quand i
a reçu au pavillon de chasse cette lettre qui a bou-
leversé ses traits. Si vous l'avez oublié, ce n'est pas
ma faute. J'ai fait tout au monde pour empêcher

I   6

M. le baron d'aller à la chasse; il n'a rien voulu
écouter, et tout ce que j'ai pu obtenir, c'est de l'accompagner dans son traîneau.

— Pardieu! c'est une belle ressource qu'il s'était
assurée là! Si je ne me fusse offert à rentrer avec
vous deux, quand j'ai vu qu'il n'était pas en état de
chasser, il aurait bien pu étouffer ici. Vous n'auriez
pas eu la présence d'esprit...

— Vous êtes très-dur pour les jeunes gens, monsieur le professeur, reprit le médecin de plus en plus
piqué. On peut manquer de présence d'esprit, quand
on vient d'être lancé à dix pas, et que, à peine re-
levé, on se voit appelé à juger du premier coup
d'œil un cas peut-être désespéré.

— La belle affaire qu'une chute dans la neige! dit
M. Stangstadius en haussant celle de ses épaules qui
voulut bien se prêter à ce mouvement. Si vous étiez
tombé comme moi au fond d'un puits de mine! Une
chute de cinquante pieds, sept pouces et cinq lignes,
un évanouissement de six heures cinquante-trois...

— Eh! mordieu! monsieur le professeur, il s'agit
de l'évanouissement de mon malade, et non pas du
vôtre! Ce qui est passé est passé. Veuillez soutenir
le bras, pour que je cherche une ligature.

— Non, c'est qu'il y a des gens qui se plaignent de

tout, poursuivit Stangstadius en allant et venant, sans écouter son interlocuteur.

Puis, oubliant qu'il venait de se mettre dans une terrible colère contre Christian, le bonhomme vif, mais sans rancune, ajouta gaiement en s'adressant à lui :

— Ai-je seulement pâli tout à l'heure, quand je me suis trouvé sous ces quatre animaux... sans compter les deux autres, vous et votre camarade? Deux insignes maladroits! Mais qu'est-ce, au bout du compte, que quelques contusions de plus ou de moins? Je n'ai pas seulement songé à moi! Je me suis trouvé tout prêt à juger l'état du malade, à faire la saignée. Le coup d'œil rapide et sûr, la main ferme!... Ah çà! où diable vous ai-je vu? continua-t-il en s'adressant toujours à Christian, sans songer davantage au malade. Est-ce vous qui avez tué toutes ces bêtes? Voilà une belle chasse, une ourse de la grande espèce, l'espèce bise aux yeux bleus! Quand on pense que cet imbécile de Buffon... Mais où avez-vous rencontré cela? C'est rare dans le pays!

— Permettez que je vous réponde une autre fois, dit Christian; le docteur réclame mon aide.

— Laissez, laissez le sang couler, reprit tranquillement le géologue.

— Non, non, c'est assez! s'écria le médecin. La

saignée fait bon effet, venez, venez voir, monsieur
le professeur; mais il ne faut pas abuser du remède :
il est en ce moment aussi sérieux que le mal.

Christian avait pris dans ses mains, non sans une
mortelle et inexplicable répugnance, le bras pesant
et froid du baron, tandis que le médecin fermait la
saignée. Le malade ouvrait les yeux, et il chercha
bientôt à se reconnaître. Son premier regard fut
pour l'étrange lit où il était couché, le second pour
son bras ensanglanté, et le troisième pour son médecin tremblant.

— Ah! lui dit-il d'une voix faible et d'un ton mé-
prisant, vous m'ôtez du sang! Je vous l'avais défendu.

— Il le fallait, monsieur le baron; vous voilà
beaucoup mieux, grâce au ciel! répondit le docteur.

Le baron n'avait pas la force de discuter. Il pro-
menait avec effort autour de lui des regards éteints
où se peignait une sombre inquiétude. Il rencontra
la figure de Christian, et ses yeux dilatés s'arrêtèrent
sur lui comme hébétés; mais, au moment où Christian se penchait vers lui pour aider le médecin à le
soulever, il le repoussa d'un geste convulsif, et la
faible coloration qui lui était revenue fit place à une
nouvelle pâleur bleue.

— Rouvrez la saignée, s'écria Stangstadius au docteur. Je voyais bien que vous la fermiez trop tôt. Ne

l'ai-je pas dit? Et puis, laissez ensuite cinq minutes de repos au malade!

— Mais le froid, monsieur le professeur, dit le médecin en obéissant machinalement à Stangstadius : ne craignez-vous pas que le froid ne soit un agent mortel en de pareilles circonstances?

— Bah! le froid! reprit Stangstadius; je me moque bien du froid de l'atmosphère! Le froid de la mort est bien pire! Laissez saigner, vous dis-je, et ensuite laissez reposer. Il faut faire ce qui est prescrit, advienne que pourra.

Et il ajouta en se tournant vers Christian :

— Il est dans de mauvais draps, tenez, le gros baron! Je ne voudrais pas être dans sa peau pour le moment... Ah çà! où diable vous ai-je donc vu?

Puis, ramassant quelque chose sur la neige et changeant d'idée :

— Qu'est-ce, dit-il, que cette pierre rouge? Un fragment de porphyre? Dans une région de gneiss et de basaltes? Vous avez apporté cela de là-haut? ajouta-t-il en montrant les cimes de l'ouest. C'était dans vos poches? Ah! vous voyez que je ne serais pas facile à égarer, moi! Je connais toutes les roches à la forme, et à deux lieues de distance!

Le traîneau du baron était enfin de retour, et, quelques moments après, une nouvelle amélioration

III.   6.

dans son état s'étant manifestée, on put arrêter le
sang et remettre le malade dans son équipage, qui
le ramena au pas jusqu'au château, tandis que
Christian partait en avant avec le fils du *danneman*.

— Eh bien, lui dit le jeune garçon quand ils eurent
dépassé l'équipage lugubre, qu'est-ce que je vous
disais quand la chose est arrivée? Qu'est-ce qu'elle
avait dit la tante Karine?

— Je n'ai pas bien compris la chanson, répondit
Christian, absorbé dans ses pensées. Elle n'était pas
gaie, ce me semble.

— « Il laisse son âme à la maison, repartit Olof,
et, quand il viendra la reprendre, il ne la retrouvera
plus. » N'est-ce pas bien clair cela, *herr* Christian?
Le *iarl* était malade. Il a voulu secouer le mal; mais
l'âme n'a pas voulu aller à la chasse, et peut-être
bien qu'à présent elle est en route pour un vilain
voyage!

— Vous haïssez le *iarl*? dit Christian. Vous pensez
que son âme est destinée à l'enfer?

— Cela, Dieu le sait! Quant à le haïr, je ne le hais
pas plus que ne font tous les autres. Est-ce que vous
l'aimez, vous?

— Moi? Je ne le connais pas, répondit Christian
frémissant intérieurement de sentir cette haine en
lui-même plus vive peut-être que chez tout autre.

— Eh bien, s'il en réchappe, reprit l'enfant, vous le connaîtrez! Il apprendra bien par qui il a été culbuté, et vous serez sage si vous quittez le pays.

— Ah! c'est donc l'opinion de tout le monde qu'il ne faut pas lui déplaire?

— Dame! il a fait mourir son père par le poison, son frère par le poignard et sa belle-sœur par la faim, et tant d'autres personnes que ma tante Karine sait bien, et que tout le monde saurait, si elle voulait parler; mais elle veut pas !

— Et vous ne craignez pas que la colère du baron ne se tourne contre vous, quand il apprendra que c'est le traîneau de votre père qui l'a fait verser?

— Ce n'est pas la faute du traîneau, et encore moins la mienne. Vous avez voulu conduire! Si j'avais conduit, ça ne serait peut-être pas arrivé; mais ce qui doit arriver arrive, et, quand le mal tombe sur les méchants hommes, c'est que Dieu le veut ainsi !

Christian, toujours obsédé de la supposition qui l'avait frappé si cruellement, frissonna encore à l'idée qu'il venait d'être l'instrument parricide de la destinée.

— Non, non! s'écria-t-il en se répondant à lui-même plus qu'il ne songeait à répondre au fils du *danneman*, ce n'est pas moi qui suis la cause de son

mal; les médecins ont dit qu'il était condamné de
puis vingt-quatre heures!

— Et ma tante Karine aussi, elle l'a dit! reprit
Olof. Soyez donc tranquille, allez, il n'en reviendra
pas.

Et Olof se remit à chanter entre ses dents son
triste refrain, qui de plus en plus rappelait à Christian l'air monotone entendu la veille dans les galets
du lac.

— Est-ce que la tante Karine ne va pas quelquefois au Stollborg? demanda-t-il à Olof.

— Au Stollborg? dit le jeune garçon. Je ne le croi-
rais que si je le voyais.

— Pourquoi?

— Parce qu'elle n'aime pas cet endroit-là; elle ne
veut pas seulement qu'on le nomme devant elle.

— D'où vient cela?

— Qui peut savoir? Elle y a pourtant demeuré autrefois, du temps de la baronne Hilda; mais je ne
peux pas vous en dire davantage, parce que je n'en
sais que ce que je vous dis là : on ne parle jamais
chez nous du Stollborg ni de Waldemora !

Christian sentit qu'il y aurait quelque chose d'in-
délicat à questionner le jeune *danneman* sur les rap-
ports que sa tante pouvait avoir eus avec le baron.
D'ailleurs, son esprit devenait si triste et si sombre,

qu'il ne se sentait plus le courage de chercher à en savoir davantage pour le moment.

Le changement brusque survenu dans l'atmosphère ne contribuait pas peu à sa mélancolie. Le soleil, couché ou non, avait entièrement disparu dans un de ces brouillards qui enveloppent parfois soudainement son déclin ou son apparition dans les jours d'hiver. C'était un voile lourd, morne, d'un gris de plomb, qui s'épaississait à chaque instant, et qui bientôt ne laissa plus rien de visible que le fond de la gorge, où il n'était pas encore tout à fait descendu. A mesure qu'il en approchait, il se développait en ondes plus ou moins denses, et refusait de se mêler à la fumée noire qui partait de grands feux allumés dans les profondeurs pour préserver quelques récoltes ou pour conserver libre quelque mince courant d'eau.

Christian ne demanda même pas à Olof quel était le but de ces feux; il se laissait aller au morne amusement de regarder poindre leurs spectres rouges, comme des météores sans rayonnement et sans reflet, sur les bords du *strœm*, et à suivre la lutte lente et triste de leurs sombres tourbillons avec la brume blanchie par le contraste. Le torrent glacé se montrait encore; mais, par d'étranges illusions d'optique, tantôt il paraissait si près du chemin, que Christian

s'imaginait pouvoir le toucher du bout de son fouet,
tantôt il s'enfonçait à des profondeurs incommensu-
rables, tandis qu'en réalité il était infiniment moins
loin ou infiniment moins près que les jeux du brouillard ne le faisaient paraître.

Puis vint la nuit avec son long crépuscule des régions du Nord, ordinairement verdâtre, et, ce soir-là,
incolore et livide. Pas un être vivant dans la nature
qui ne fût caché, immobile et muet. Christian se
sentit oppressé par ce deuil universel, et peu à peu
il s'y habitua avec une sorte de résignation apathique. Olof avait mis pied à terre pour descendre,
en tenant le cheval par la bouche, presque à pic au
bord du lac, lequel ne présentait qu'une masse de
vapeurs sans limites. Christian s'imaginait descendre
d'un versant escarpé du globe dans les abîmes du
vide. Deux ou trois fois le cheval glissa jusqu'à s'asseoir sur ses jarrets, et Olof faillit lâcher prise et
l'abandonner à son destin avec le traîneau et le voyageur. Celui-ci se sentait envahi par une mortelle indifférence. Le fils du baron ! ces quatre mots étaient
comme écrits en lettres noires dans son cerveau, et
semblaient avoir tué en lui tout rêve d'avenir, tout
amour de la vie. Ce n'était pas du désespoir, c'était
le dégoût de toutes choses, et, dans cette disposition,
il ne se rendait compte que d'un fait immédiat :

c'est qu'il se sentait accablé de sommeil, et qu'il consentait à s'endormir pour jamais en roulant sans secousse au fond du lac. Il s'était même assoupi au point de ne plus savoir où il était, lorsqu'une voix aussi faible que le crépuscule, aussi voilée que le ciel et le lac, chanta près de lui des paroles qu'il écouta et comprit peu à peu.

— Voilà le soleil qui se lève, beau et clair, sur la prairie émaillée de fleurs. Je vois les fées toutes blanches, couronnées de saule et de lilas, qui dansent là-bas sur la mousse argentée de rosée. L'enfant est au milieu d'elles, l'enfant du lac, plus beau que le matin.

» Voilà le soleil au plus haut du ciel. Les oiseaux se taisent, les moucherons bourdonnent dans une poussière d'or. Les fées sont entrées dans un bosquet d'azalées pour trouver la fraîcheur au bord du *strœm*. L'enfant sommeille sur leurs genoux, l'enfant du lac, plus beau que le jour.

» Voilà le soleil qui se couche. Le rossignol chante à l'étoile de diamant qui se mire dans les eaux. Les fées sont assises au bas du ciel, sur l'escalier de cristal rose ; elles chantent pour bercer l'enfant qui sourit dans son nid de duvet, l'enfant du lac, plus beau que l'étoile du soir.

C'était encore la voix des galets qu'entendait

Christian, mais plus douce qu'il ne l'avait encore entendue, et chantant cette fois, sur un air agréable-
ment mélodieux, des paroles correctes. Ceci était
une chanson moderne que la sibylle pouvait avoir
comprise et retenue exactement. C'est en vain cependant que Christian essaya de voir une figure humaine.
Il ne voyait même pas le cheval qui le conduisait, ou
qui, pour mieux dire, ne le conduisait plus, car le
traîneau restait immobile, et Olof n'était plus là.
Loin de songer à s'inquiéter de sa situation, Christian écouta jusqu'au bout les trois couplets. Le premier lui parut chanté à quelques pas derrière lui, le
second plus près, et le troisième plus loin, en se
perdant peu à peu en avant du lieu où il se trouvait.

Le jeune homme avait failli s'élancer hors du
traîneau pour saisir au passage la chanteuse invisible; mais, au moment de poser le pied à terre, il
n'avait trouvé que le vide, et l'instinct de la conser-
vation lui étant revenu avec les suaves paroles de la
chanson, il avait allongé les mains pour savoir où
il était. Il sentit la croupe humide du cheval et appela Olof à voix basse à plusieurs reprises, sans recevoir de réponse. Alors, comme il lui sembla que
la chanteuse s'éloignait, il l'appela aussi en lui donnant le nom de *Vala Karina;* mais elle ne l'entendit

pas ou ne voulut pas répondre. Il se décida alors à sortir du traîneau par le côté opposé à celui qu'il avait tâté d'abord, et se trouva sur le chemin rapide, qu'il explora pendant une vingtaine de pas, appelant toujours Olof avec une vive inquiétude. Pendant le court sommeil de Christian, l'enfant avait-il roulé dans le précipice? Enfin il vit poindre dans le brouillard un imperceptible point lumineux qui venait à sa rencontre, et bientôt il reconnut Olof portant une lanterne allumée.

— C'est vous, *herr* Christian? dit l'enfant effrayé, en se trouvant face à face avec lui tout à coup, sans l'avoir entendu approcher. Vous êtes sorti du traîneau sans voir clair, et vous avez eu tort; l'endroit est bien dangereux, et je vous avais dit de ne pas bouger pendant que j'irais allumer ma lanterne au moulin qui est par là. Vous ne m'avez donc pas entendu?

— Nullement; mais, vous, n'avez-vous pas entendu chanter?

— Oui, mais je n'ai pas voulu écouter. On entend souvent des voix au bord du lac, et il n'est pas bon de comprendre ce qu'elles chantent, car alors elles vous emmènent dans des endroits d'où l'on ne revient jamais.

— Eh bien, moi, j'ai écouté, dit Christian, et j'ai

III.   7.

reconnu la voix de votre tante Karine. Elle doit être
par ici... Cherchons-la, puisque vous avez de la
lumière, ou appelez-la, elle vous répondra peut-
être.

— Non, non! s'écria l'enfant, laissons-la tranquille. Si elle est dans son rêve, et que nous venions
à la réveiller, elle se tuera!

— Mais elle risque également de se tuer en courant ainsi au bord de ce ravin qu'on ne voit pas!

— Ce que nous ne voyons pas, elle le voit; soyez
en paix, à moins que vous ne vouliez lui porter malheur et l'empêcher de rentrer à la maison, où je suis
bien sûr qu'elle sera de retour avant moi, comme à
l'ordinaire.

Christian dut renoncer à chercher la voyante,
d'autant plus que la clarté de la lanterne perçait si
peu le brouillard, qu'à peine servait-elle à voir où
l'on posait les pieds. Il aida Olof à descendre le traîneau avec précaution jusqu'au bord du lac, et, là, l'enfant, qui se dirigeait fort habilement au juger, lui
demanda s'il voulait remonter en traîneau pour aller
au bostœlle du major.

— Non, non, lui dit Christian, c'est au Stollborg
que je dois aller. N'est-ce pas à droite qu'il faut
prendre?

— Non, répondit Olof, tâchez de marcher droit

devant vous en comptant trois cents pas. Si vous en faites deux de plus sans trouver le rocher, c'est que vous vous serez trompé.

— Et alors que faudra-t-il faire?

— Regardez de quel côté marchent les bouffées du brouillard. Le vent est du midi, et il fait presque chaud. Si le brouillard passe à votre gauche, il faudra marcher sur votre droite. Au reste, il n'y a pas de danger sur le lac, la glace est bonne partout.

— Mais vous, mon enfant, vous tirerez-vous d'affaire tout seul?

— Pour aller au bostœlle? J'en réponds. Le cheval reconnaît son chemin à présent, et vous voyez qu'il s'impatiente.

— Mais vous ne retournerez pas ce soir chez votre père?

— Si fait! le brouillard ne tiendra peut-être pas, et, d'ailleurs, la lune se lèvera, et, comme elle est pleine, on verra à se conduire.

Christian donna une poignée de main avec un daler au jeune *danneman*, et, se conformant à ses instructions, il arriva au Stollborg sans faire fausse route et sans rencontrer personne.

XV

M. Goefle était en présence des apprêts de son quatrième repas, sérieusement occupé à donner une leçon de bonne tenue à M. Nils, qui, debout, la serviette sous le bras, ne montrait pas trop de mauvaise volonté.

— Eh ! arrivez donc, Christian ! s'écria le docteur en droit, j'allais prendre mon café tout seul ! Je l'ai fait moi-même pour nous deux. Je le garantis excellent, et vous devez avoir besoin de vous réchauffer l'estomac.

— J'arrive, j'arrive, mon cher docteur, répondit Christian en se débarrassant de sa veste déchirée et en se disposant à laver ses mains couvertes de sang.

— Eh ! bon Dieu ! reprit M. Goefle, n'êtes-vous pas blessé ? ou bien auriez-vous par hasard égorgé tous les ours du Sevenberg ?

— Il y a un peu de cela, répondit Christian ; mais je crois qu'il y a aussi du sang humain sur moi. Ah ! monsieur Goefle, c'est toute une histoire !

— Vous êtes pâle ! s'écria l'avocat ; il vous est arrivé quelque chose de plus grave qu'un exploit de chasse... Une querelle... un malheur?... Parlez donc vite... Vous m'ôtez l'appétit !

— Il ne m'est rien arrivé qui doive avoir ce résultat pour vous. Mangez, monsieur Goefle, mangez. J'essayerai de vous tenir compagnie, et je parlerai français à cause de...

— Oui, oui, répondit M. Goefle en français, à cause des oreilles rouges de ce petit imbécile; dites, j'écoute.

Pendant que Christian racontait avec détail et précision à M. Goefle ses aventures, ses imaginations, ses commentaires et ses émotions, on entendait au loin les sons de bruyantes fanfares. La disparition du baron s'était accomplie dans la forêt comme elle s'accomplissait si fréquemment dans ses salons. Après avoir tué un daim, se sentant réellement incapable de résister au froid et à la fatigue, et surtout à l'impatience de donner suite à l'affaire dont l'entretenait la missive de Johan, il était remonté en traîneau, sous prétexte d'aller se poster plus loin, en faisant dire aux autres chasseurs qu'ils n'eussent pas à s'oc-

cuper de lui, mais à poursuivre leur divertissement
comme ils l'entendraient. Larrson et le lieutenant
étaient venus se joindre à cette chasse, où, conformément à leurs prévisions, on n'avait point aperçu
la moindre trace d'ours, mais où l'on avait abattu
quelques daims blancs et forcé lièvres de grande
taille.

A l'approche du brouillard, les gens prévoyants
s'étaient hâtés de reprendre le chemin du château;
mais une partie de la jeunesse, escortée de tous les
paysans des environs, employés comme traqueurs,
s'attarda en descendant les collines, et dut s'arrêter
au pied du hogar, où Larrson émit le conseil d'attendre que la lune se montrât ou que les vapeurs du
lac fussent enlevées par le coup de vent qui précède
souvent son apparition. Quelques personnes firent
allumer le fanal de leurs traîneaux et préférèrent
rentrer tout de suite; une douzaine seulement demeura. Les paysans reçurent une abondante distri-
bution d'eau-de-vie, et se dispersèrent dans la campagne. Les valets et piqueurs sonnèrent de la trompe
et allumèrent un grand feu sur le tumulus, à côté
des débris informes de la statue de neige, et la bril-
lante jeunesse rassemblée dans la grotte, devant
laquelle s'élevait une pyramide de gibier, se livra
à des conversations animées, entremêlées de ré-

cits et de discussions sur les divers épisodes de la
chasse.

Mais les narrations du major l'emportaient si bien
sur toutes les autres en ce jour, que bientôt tout le
monde fit silence pour l'écouter. Au nombre des
auditeurs des deux sexes se trouvaient Olga, Martina
et Marguerite, à qui sa tante avait permis de rester
sur le hogar en compagnie de mademoiselle Potin et
de la fille du ministre.

— Ainsi, messieurs, disait Olga au major et au
lieutenant, vous avez été en sournois faire des exploits périlleux dont vous promettez de nous montrer la preuve demain, si nous acceptons une promenade à votre demeure?

— Dites *les preuves!* répondit le major : une pièce
énorme, une ourse blanchâtre aux yeux bleus, un
assez grand ours noir et deux oursons, que nous
avons l'intention de faire élever pour avoir le plaisir de les lâcher et de les chasser quand ils seront
grands.

— Mais qui a tué ou pris tout cela? demanda
Martina Akerström, la blonde fiancée du lieutenant.

— Le lieutenant a pris un ourson, répondit le
major avec un sourire expressif adressé à son ami.
Le caporal Duff et moi avons pris l'autre; le paysan

qui nous conduisait a blessé la grosse ourse et atta-
qué l'ours noir; mais ces deux bêtes furieuses l'auraient infailliblement mis en pièces, si un autre de
mes amis, arrivant là tout seul, n'eût éventré la première et cassé d'une balle la tête de l'autre à un
demi-pouce de la tête du pauvre diable.

On voit que, si le coup de fusil de Christian eût
été raconté une troisième fois, la distance entre sa
balle et la tête du *danneman* eût été inappréciable.
Certes, le major ne croyait pas mentir ; cependant les
auditeurs se récrièrent; mais le lieutenant frappa du
poing sur la table en faisant serment que, si le major
exagérait la distance, c'était en plus, et non en moins.
Le lieutenant ne croyait certainement pas mentir
non plus : son cher Osmund pouvait-il se tromper?

— Quoi qu'il en soit, dit Marguerite, le tueur de
monstres dont vous parlez a beaucoup de courage et
de présence d'esprit, à ce qu'il paraît, et je serais aise
de lui en faire mon sincère compliment. Est-ce par
excès de modestie qu'il garde l'anonyme, ou n'est-il
point ici?

— Il n'est point ici, répondit le major.

— Est-ce bien vrai? reprit Martina Akerstrom en
regardant naïvement son fiancé.

— Ce n'est que trop vrai, répondit le gros garçon
avec un soupir non moins ingénu.

— Mais a-t-il exigé, reprit Marguerite, que son nom fût un mystère pour nous?

— Nous n'aurions pas consenti à le lui promettre, répondit le major, nous l'aimons trop pour cela; mais, quand on tient un petit secret qui, par bonheur, excite la curiosité des dames, on se fait valoir, et nous ne dirons rien, n'est-ce pas, lieutenant, si l'on ne fait pas quelques efforts pour deviner le nom de notre héros?

— C'est peut-être M. Stangstadius! dit en riant mademoiselle Potin.

— Non, répondit quelqu'un, le professeur était à notre chasse, et il l'a quittée avec le baron de Waldemora.

— Eh bien, dit Olga, c'était peut-être pour se rendre à la chasse de ces messieurs. Qui sait si ce n'est pas le baron en personne?...

— Ces exploits-là ne sont plus de son âge, dit avec affectation un jeune homme qui eût volontiers fait la cour à Olga.

— Et pourquoi donc? reprit-elle.

— Je ne dis pas, observa Larrson, que de tels exploits ne seraient plus de son âge, mais je crois qu'ils n'ont jamais été de son goût. Je n'ai jamais ouï dire que le baron eût chassé l'ours à la nouvelle

mode, c'est-à-dire sans être retranché derrière un
filet de cordes solides et bien tendues.

— Comment, reprit Marguerite, vous avez chassé
sans filets ?

— A la manière des paysans de la montagne, répondit le major; c'est la bonne manière.

— Mais alors c'est très-dangereux !

— Le danger n'a pas été aujourd'hui pour nous,
mais pour notre ami, dont nous vous montrerons
demain le cafetan de cuir de renne ; la façon dont les
griffes de l'ours ont fait de cette espèce de cuirasse
une espèce de dentelle vous prouvera du reste qu'il
a vu l'ennemi de près.

— Mais s'exposer ainsi est une chose insensée !
s'écria Marguerite. Pour rien au monde je ne voudrais voir un pareil spectacle !

— Et le nom de ce Méléagre ! reprit Olga; on ne
pourra donc pas le savoir?

— Avouez, dit le major, que vous n'avez pas fait
beaucoup d'efforts pour le deviner.

— Si fait ; mais je vois ici tous ceux des hôtes du
château que je crois capables des plus hautes prouesses, et vous dites que votre héros n'est point parmi
nous?

— Vous avez oublié quelqu'un qui était du moins
au château hier au soir, reprit le lieutenant.

— J'ai beau chercher, répondit Olga, j'y renonce, et, à moins que ce ne soit le masque noir, l'homme mystérieux, le bouffon lettré, Christian Waldo !...

— Eh bien, pourquoi ne serait-ce pas lui? dit le major en regardant à la dérobée Marguerite, qui avait beaucoup rougi.

— Est-ce lui? s'écria-t-elle avec une vivacité candide.

— Eh ! mon Dieu ! lui dit la jeune Russe avec plus de brutalité que de malice, car ce n'était point une méchante personne, on dirait, ma chère enfant, que cela vous intéresse beaucoup...

— Vous savez bien, répondit avec à-propos la bonne Potin, que la comtesse Marguerite a peur de Christian Waldo.

— Peur? dit le major avec surprise,

— Eh ! mais sans doute, reprit la gouvernante, et j'avoue que je suis un peu dans le même cas; un masque me fait toujours peur.

— Mais vous n'avez pas même vu le masque de Christian.

— Raison de plus, répondit-elle en riant. On a réellement peur que de ce que l'on n'a jamais vu. Tous les récits que l'on fait sur ce spirituel comédien sont si étranges !... Et la tête de mort qu'on lui attribue !

croyez-vous qu'il n'y ait pas là de quoi rêver la nuit et trembler quand on entend son nom?

—Eh bien, dit le major, ne tremblez plus, mesdames; nous avons vu toute la journée la figure de Christian Waldo, et, quoi qu'en ait dit hier au soir M. le baron, sa prétendue tête de mort est la tête du jeune Antinoüs. N'est-il pas vrai, lieutenant, que c'est le plus beau jeune homme qu'on puisse imaginer?

— Aussi beau qu'il est aimable, instruit et brave, répondit le lieutenant.

Et le caporal Duff, qui se tenait dehors, la pipe à la bouche, écoutant la conversation, éleva la voix, comme malgré lui, pour vanter la cordialité, la noblesse et la modestie de Christian Waldo.

Marguerite ne fit ni questions ni réflexions; mais, tout occupée qu'elle semblait être d'agrafer sa pelisse, car on s'était levé pour partir, elle ne perdit pas un mot des éloges décernés à son ami de la veille.

— D'où vient donc? dit Olga, qui s'apprêtait à la suivre, qu'un homme instruit et distingué fasse un métier, je ne veux pas dire honteux, mais frivole, et qui, après tout, ne doit guère l'enrichir?

— Ce n'est pas un métier qu'il fait, répondit le major avec vivacité, c'est un amusement qu'il se donne.

— Ah! permettez, on le paye!

—Eh bien, nous autres militaires, on nous paye aussi pour servir l'État. Est-ce que nos terres et nos revenus ne sont pas le salaire de nos services?

—Il y a *salaire* et *récompense*, dit Marguerite avec une mélancolique douceur. Mais le froid se fait bien sentir : est-ce que nous ne partons pas? Il me semble qu'il n'y aurait aucun danger sur le lac.

Le major comprit ou crut comprendre que Marguerite avait un grand désir de causer avec lui, et il lui offrit le bras jusqu'à son traîneau, où il demanda à mademoiselle Potin de lui permettre de prendre place pour retourner au château. Quelques mots rapidement adressés au lieutenant firent comprendre à celui-ci qu'il serait agréable au major de voir Olga monter dans un autre traîneau avec lui et Martina Akerstrom, et le bon lieutenant, sans s'inquiéter de savoir pourquoi, obéissant comme à une consigne, fit accepter son offre à sa fiancée et à la jeune Russe.

Osmund put donc en toute liberté disculper chaudement Christian Waldo de la mauvaise opinion que Marguerite et mademoiselle Potin, sa discrète confidente, semblaient avoir de lui. Pour y parvenir, il n'eut qu'à raconter sa conversation avec Waldo et la résolution excentrique et généreuse que celui-ci avait prise d'embrasser une vie rude et misérable plutôt que de continuer une vie d'aventures qu'il condamnait lui-même. Marguerite écoutait avec une apparence de tranquillité, comme s'il se fût agi d'une appréciation générale sur une situation quelconque ; mais elle n'était pas habile comédienne, et le major, qui eut la délicatesse de prendre la chose comme elle désirait qu'elle fût prise, ne se trompa guère sur l'intérêt qu'elle y portait dans le secret de son âme.

Cependant le baron Olaüs avait été porté dans son lit, où il paraissait calme ; le médecin, interrogé par les héritiers, avait, selon sa coutume et conformément à sa consigne, éludé les questions. On savait bien que le *respectable et cher oncle* était arrivé si faible, qu'il avait fallu le porter, le déshabiller et le coucher comme un enfant ; mais, selon le médecin, ce n'était qu'un nouvel accident, passager comme les autres. Johan donnait des ordres pour que les *ris et les jeux* allassent leur train. La comédie de marionnettes était annoncée pour huit heures. Le docteur Stangstadius eût pu révéler la gravité de la situation ; mais il n'était rentré de la chasse que pour monter dans l'observatoire du château, afin d'étudier à loisir le phénomène du *brouillard sec*, qu'il attribuait, peut-être avec raison, à un passage d'exhalaisons volcaniques venant du lac Wettern.

La seule personne réellement inquiète, c'était Jo-

han. Resté seul avec son maître, que le médecin avait
bien recommandé de laisser reposer, pendant que
lui-même allait changer de toilette et prendre quelque nourriture, Johan résolut de savoir à quoi s'en
tenir sur l'état mental du baron.

— Voyons, mon maître, lui dit-il avec sa familia-
rité accoutumée, privilége exclusif dont il ne craignait jamais d'abuser, et pour cause, sommes-nous
mort, cette fois? Et votre vieux Johan ne réussira-
t-il pas à vous arracher un de ces bons petits sourires
qui signifient : « Je nargue la maladie, et j'enterre-
rai tous les sots qui voudraient me voir au diable ?»

Le baron essaya en vain ce victorieux sourire, qui
n'aboutit qu'à une grimace lugubre accompagnée
d'un soupir profond.

— Vous m'entendez? reprit Johan; c'est déjà quelque chose.

— Oui, répondit le baron d'une voix faible ; mais
je suis bien mal cette fois! Cet âne de docteur...

Et il essaya de montrer son bras.

— Il vous a saigné? reprit Johan. Il dit vous avoir
sauvé par là. Espérons-le; mais il faut que vous le
vouliez... Vous savez bien que votre seul remède à
vous, c'est votre volonté, qui fait des miracles !

— Je n'en ai plus !

— De volonté?... Allons donc! Quand vous dites

cela, c'est que vous voulez fortement quelque chose,
et ce que vous voulez, je vais vous le dire : c'est que
ces deux *ou trois* Italiens...

— Oui, oui, tous ! reprit le baron avec un éclair
d'énergie.

— A la bonne heure ! reprit Johan. Je savais bien
que je vous ferais revenir !... Vous avez vu la
preuve ?...

— Sans réplique ?

— L'écriture de Stenson ?

— Et sa signature... Tous les détails !... C'est
étrange, c'est étrange ! mais cela est.

— Où est-elle donc, cette preuve ?

— Dans mon habit de chasse.

— Je ne la trouve pas.

— Tu ne cherches pas bien. Elle y est. N'importe !
écoute : la fatigue m'accable... Stenson à la tour !

— Tout de suite ?

— Non, pendant les marionnettes.

— Et les autres ?

— Après.

— Dans la tour aussi ?

— Oui, un prétexte.

— Bien facile. Un plat de vermeil glissé dans le
bagage de ce bateleurs... Ils l'auront volé.

— Bien.

— Mais s'ils se méfient? si le vrai et le faux Christian ne viennent pas?

— Où sont-ils?

— Qui peut le savoir par ce brouillard? J'ai donné des ordres ; mais on n'avait encore vu rentrer personne, il y a une heure, au Stollborg, qui est épié et cerné de tous côtés.

— Alors... que feras-tu?

— Morte la preuve, c'est-à-dire le portefeuille et l'homme qui vous l'a livré, mort est le secret. Puisque Christian Waldo ignore tout.

— Est-ce bien sûr?

— Quand nous le tiendrons, nous le confesserons.

— Mais nous ne le tenons pas !

— Peut-être... à présent. Je vais moi-même au Stollborg m'en assurer.

— Va vite... Mais, s'il refuse de venir ce soir au château?...

— Alors le capitaine Chimère ira là-bas, avec...

— Très-bien. Et l'avocat?

— Je lui dirai d'avance que vous le demandez. Seulement, il faut tout prévoir... S'il n'obéit pas?

— Ce sera la preuve...

— Qu'il s'entend avec vos ennemis. Et alors...?

— Tant pis pour lui !

— C'est grave, un homme si connu !

— Qu'on ne lui fasse rien ; qu'on l'empêche de s'en mêler.

— Oui, si c'est possible. N'importe, j'essayerai. Je vais tout de suite au Stollborg glisser votre gobelet d'or dans le bât de l'âne. Ce sera le prétexte pour là-bas ; mais tout cela fera peut-être du bruit, le Christian est batailleur, et le Stollborg est bien près.

— Tant mieux ! on fera taire plus vite...

— Le major et son lieutenant ont pris ce bateleur en amitié. Il s'agit de bien saisir le moment. On va faire beaucoup de musique de cuivre dans le château ; on tirera des pétards et des boîtes dehors à chaque instant.

— Bien vu !

— Comment vous sentez-vous ?

— Mieux... et même je crois me rappeler... Attends donc, Johan... J'ai revu aujourd'hui cette figure... Où donc ? Attends, te dis-je !... Ai-je rêvé cela ?... Malheur !... Je ne puis... Johan, ma tête refuse... mon cerveau se trouble comme avant-hier.

— Eh bien, ne vous tourmentez pas, je trouverai, moi, c'est mon affaire. Allons, soyez calme ; vous surmonterez encore cette crise-là. Je vous envoie Jacob.

—Johan sortit. Le baron, épuisé de l'effort qu'il venait de faire, perdit connaissance dans les bras de Jacob; et le médecin, précipitamment rappelé, eut beaucoup de peine à le faire revenir. Puis le malade recouvra une énergie fébrile.

— Otez-vous de là, docteur, dit-il, votre figure m'ennuie... Vous êtes laid! tout le monde est laid!... Il est beau, *lui*, à ce qu'on prétend; mais cela ne lui servira de rien... Quand on est mort, on devient vite affreux, n'est-ce pas?... Si je meurs avant *lui* pourtant... J'ai envie de lui léguer ma fortune... Ce serait drôle! mais, si je vis, il faut bien qu'il meure, il n'y a pas à dire! Répondez-moi donc, docteur; est-ce que vous me croyez fou?

Le baron, après avoir encore divagué pendant quelques instants, tomba dans une somnolence brûlante. Il était alors six heures du soir. La société du château venait de se mettre à table pour l'*aftonward*, ce léger repas qui précède le souper.

Nous sommes désolé de faire passer nos lecteurs par tant de repas, mais nous ne serions point dans la réalité si nous en supprimions un seul. Nous sommes forcé de leur rappeler que c'est l'usage général du pays, de manger ou de boire de deux en deux heures, et qu'au siècle dernier personne ne s'en écartait, surtout à la campagne et dans la saison froide. Les

jolies femmes ne perdaient rien de leur poésie, aux
yeux de leurs admirateurs, pour montrer un excellent appétit. La mode n'était pas d'être pâle et d'avoir
les yeux cernés. L'éclatante et fine carnation des belles Suédoises n'ôtait rien à leur empire sur les cœurs
et les imaginations, et, pour n'être pas romantique, la
jeunesse des deux sexes n'en était pas moins romanesque. Donc, la petite Marguerite et la grande Olga, la
blonde Martina et plusieurs autres nymphes de ces
lacs glacés, après avoir pris le café dans la grotte du
hogar, mangèrent du fromage à la crème dans la
grande salle dorée du château, chacun rêvant l'a-
mour à sa manière, aucune n'admettant le jeûne
comme une condition du sentiment.

Les hôtes du château neuf n'étaient déjà plus aussi
nombreux que dans les premiers jours de Noël.
Plusieurs mères avaient emmené leurs filles en voyant
que le baron Olaüs n'y faisait aucune attention. Les
diplomates des deux sexes qui avaient avec lui des
relations d'intérêts, et les héritiers présomptifs, que
le baron avait coutume d'appeler, quand il plaisan-
tait en français sur leur compte, ses héritiers *présomptueux*, tenaient bon, en dépit de la tristesse qui
se répandait autour de lui. La comtesse Elvéda s'impatientait de ne pouvoir avancer aucune affaire avec
le mystérieux amphitryon ; mais elle s'en dédomma-

geait en établissant l'empire de ses charmes sur
l'ambassadeur de Russie. Quand aux dames âgées,
les matinées et les après-midi se passaient pour elles
en visites reçues et rendues dans les appartements
respectifs avec beaucoup de cérémonie et de solen-
nité. Là, on s'entretenait toujours des mêmes choses : du beau temps de la saison, de la magnifique
hospitalité du châtelain, de son grand esprit *un peu
malicieux*, de son *indisposition*, qu'il supportait avec
un si grand courage pour ne pas troubler *les plaisirs*
de ses convives, et, en disant cela, on étouffait d'ho-
mériques bâillements. Et puis on parlait politique
et on se disputait avec aigreur, ce qui n'empêchait
pas que l'on ne parlât religion d'une manière édifiante.
Le plus souvent on disait aux personnes qui venaient
d'entrer tout le mal possible de celles qui venaient
de sortir.

Les seuls esprits qui pussent lutter avec succès
contre le froid de cette atmosphère morale, c'était
une vingtaine de jeunes gens des deux sexes, qui,
avec ou sans l'agrément de leurs familles, avaient
vite noué entre eux des liaisons de cœur plus ou
moins tendres, et qui, par leur libre réunion à presque toutes les heures du jour, se servaient de chape-
rons ou de confidents les uns aux autres. A cette
bonne jeunesse se joignaient quelques personnes

plus âgées, mais bienveillantes et d'un caractère gai,
les gouvernantes comme mademoiselle Potin, la famille du pasteur, groupe choyé et considéré dans
toutes les réunions champêtres, quelques vieux cam-
pagnards sans prétention et sans intrigue, le jeune
médecin du baron, quand il pouvait s'échapper des
griffes de son tyrannique et rusé malade ; enfin l'illustre Stangstadius, quand on pouvait s'emparer de lui
et le retenir par des taquineries sous forme de compli-
ments hyperboliques, dont il ne suspectait jamais la
sincérité, même quand ils s'adressaient aux agré-
ments de sa personne.

La collation de l'*aftonward* fut donc aussi enjouée
que les autres jours, bien que le géologue n'y parût
pas, et le jeune monde, comme disaient les matro-
nes, ne s'aperçut pas de la figure soucieuse et agitée
des valets, lesquels n'étaient pas aussi dupes de la
légère indisposition de leur maître qu'ils voulaient
bien le laisser croire à ceux d'entre eux qui faisaient
métier d'espionner les autres.

Après la collation, on déclara que c'était assez
écouter les exploits des chasseurs, et Martina pro-
posa de reprendre un amusement qui avait eu beaucoup de succès la veille, et qui consistait à se cacher et à se chercher les uns les autres dans une
partie des bâtiments du château. Instinctivement, on

fuyait certain pavillon réservé aux appartements iso-
lés du châtelain, et peut-être, sans en rien faire
paraître, n'était-on pas fâché d'avoir le prétexte de
respecter son repos pour s'éloigner également des
appartements de cérémonie occupés par les grands
parents. Dans les longues galeries sombres et peu
fréquentées qui couronnaient les bâtiments d'enceinte, et qui ouvraient diverses communications
avec les étages inférieurs, consacrés à divers usages
domestiques, celliers, blanchisseries, etc., on avait
un libre parcours pour se chercher et beaucoup de
recoins pour se cacher. On tira au sort les groupes
qui devaient se donner la chasse les uns aux autres à
tour de rôle ; Marguerite se trouva avec Martina et
son fiancé le lieutenant.

XVI

Pendant que le jeune monde du château neuf se
livrait à d'innocents ébats, M. Goefle et Christian se
livraient à tous les commentaires imaginables sur
les découvertes que ce dernier croyait avoir faites
relativement à sa naissance. M. Goefle ne partageait
pas les idées de son jeune ami. Il les disait écloses
dans une imagination plus ingénieuse que logique,
et il paraissait plus que jamais tourmenté d'une idée
sur laquelle il avait à la fois envie et crainte de s'expliquer.

— Christian, Christian, dit-il en secouant la tête,
ne vous affligez pas à creuser ce cauchemar. Non,
non ! vous n'êtes pas le fils du baron Olaüs, j'en mettrais ma main au feu !

— Et pourtant, reprit Christian, est-ce qu'il n'y a
pas des traits de ressemblance entre lui et moi?
Pendant qu'il était évanoui et que son sang coulait

sur la neige, je le regardais avec effroi ; sa figure cruelle et sardonique avait pris l'expression de calme suprême que donne la mort. Il me semblait, il est vrai, que nul homme, à moins qu'il n'ait passé sa vie devant une glace, ou qu'il ne soit point peintre de portraits, ne se fait une idée certaine de sa propre physionomie ; mais enfin il me semblait que ce type était vaguement tracé dans ma mémoire, et que c'était précisément le mien. J'ai éprouvé la même chose en regardant cet homme pour la première fois. Je ne me suis pas dit : « Je l'ai vu quelque part ; » je me suis dit : « Je le connais, je l'ai toujours connu. »

— Eh bien, eh bien, dit M. Goefle, moi aussi, parbleu ! en vous voyant pour la première fois, et en vous regardant encore en ce moment-ci, où vous avez la figure sérieuse et absorbée, je trouve, sinon une ressemblance, du moins un rapport de type extraordinaire, frappant ! et c'est justement là, mon cher, ce qui me fait vous dire : Non, vous n'êtes pas son fils !

— Pour le coup, monsieur Goefle, je ne vous comprends pas du tout.

— Oh ! vous n'êtes pas le seul ! je ne me comprends pas moi-même. Et pourtant j'ai une idée, une idée fixe !... Si ce diable de Stenson avait voulu par-

ler ! mais c'est en vain que je l'ai tourmenté aujour-
d'hui pendant deux heures, il ne m'a rien dit que
d'insignifiant. Ou il commence à divaguer par moments, ou il fait résolûment le sourd et le distrait
quand il ne veut pas répondre. Si j'avais su que
cette Karine existât et qu'elle fût mêlée à nos affaires, j'aurais peut-être tiré quelque chose de lui,
au moins à propos d'elle. Vous dites que le fils du
danneman prétend qu'elle dirait bien des secrets, si
elle voulait ? Malheureusement, c'est encore, à ce
qu'il paraît, une tête fêlée, ou un esprit terrifié qui
ne veut pas se confesser ! Pourtant il faut que nous
venions à bout d'éclaircir nos doutes, car ou je suis
fou, mon cher Christian, ou vous êtes ici dans votre
pays, et peut-être sur le point de découvrir qui vous
êtes. Voyons, voyons ! cherchons donc, aidez-moi,
c'est-à-dire écoutez-moi. Votre figure est également
un grand sujet de trouble et d'inquiétude au château neuf, et il faut que vous sachiez...

En ce moment, on frappa à la porte, après avoir
essayé d'entrer sans frapper ; mais le verrou était
poussé en dedans, précaution que M. Goefle avait
prise sans que Christian y fît attention. Christian allait ouvrir, M. Goefle l'arrêta.

— Mettez-vous sous l'escalier, lui dit-il, et laissez-
moi faire.

Christian, préoccupé, obéit machinalement, et M. Goefle alla ouvrir, mais sans laisser le survenant entrer dans la chambre. C'était Johan.

— C'est encore vous? lui dit-il d'un ton brusque et sévère. Que voulez-vous, monsieur Johan?

— Pardon, monsieur Goefle; je désirérais parler à Christan Waldo.

— Il n'est pas ici.

— Il est rentré pourtant, je le sais, monsieur Goefle.

— Cherchez-le, mais non pas chez moi. Je travaille et je veux être tranquille. C'est la troisième fois que vous me dérangez.

— Je vous demande mille pardons, monsieur Goefle; mais, comme vous partagez votre chambre avec lui, je croyais pouvoir m'y présenter pour transmettre à ce comédien les ordres de M. le baron.

— Les ordres, les ordres... Quels ordres?

— D'abord l'ordre de préparer son théâtre, ensuite celui de se rendre au château neuf à huit heures précises, comme hier; enfin celui de jouer quelque chose de très-gai.

— Vous vous répétez, mon cher; vous m'avez déjà dit deux fois aujourd'hui la même chose, dans les mêmes termes... Mais êtes-vous certain de bien savoir ce que vous dites? Le baron n'est-il pas grave-

ment malade ce soir, et, pendant que vous rôdez
comme une ombre dans le vieux château, savez-vous
bien ce qui se passe dans le château neuf?

— Je viens de voir M. le baron il y a un instant,
répondit Johan avec son éternel sourire d'imperti-
nente humilité. M. le baron est tout à fait bien, et
c'est parce qu'il m'envoie ici que je me vois forcé, à
mon grand regret, d'être excessivement importun.
Je dois cependant ajouter que M. le baron désire
vivement causer avec l'honorable M. Goefle pendant la comédie des marionnettes.

— J'irai, c'est bien. Je vous souhaite le bonsoir.
Et M. Goefle ferma la porte au nez de Johan dés-
appointé.

— Pourquoi donc ces précautions? lui dit Christian sortant de sa retraite, d'où il avait écouté ce dia-
logue.

— Parce qu'il se passe ici quelque chose que j'étais
en train de vouloir vous dire, et que je ne comprends
pas, répondit le docteur en droit. Toute la journée,
ce Johan, qui est bien, si j'en juge par sa mine et
par l'opinion de Stenson, la plus détestable canaille
qui existe, n'a fait autre chose que de rôder dans le
Stollborg, et c'est vous qui êtes l'objet de sa curiosité. Il a interrogé sur votre compte d'abord Stenson,
qui ne vous connaît pas, et qui ne sait que d'aujour-

d'hui (précisément par ce Johan) que nous demeu-
rons ici, vous et moi. Ledit Johan a ensuite causé
longtemps, dans l'écurie, avec votre valet Puffo, et,
dans la cuisine du *gaard*, avec Ulphilas. Il eût fait
causer Nils, si je ne l'eusse tenu près de moi toute
la journée. Je crois même que ce mouchard a essayé
de confesser votre âne !

— Heureusement, ce brave Jean est la discrétion
même, dit Christian. Je ne vois pas ce qui vous inquiète dans les manœuvres de ce laquais pour voir
ma figure : je suis habitué à exciter cette curiosité
depuis que j'ai repris le masque; mais je vais me
débarrasser pour toujours de ce mystère puéril et
de ces puériles persécutions. Puisqu'il faut retourner ce soir au château, j'y retourne à visage découvert.

— Non, Christian, ne le faites pas; je vous le dé-
fends. Encore deux ou trois jours de prudence! Il y
a ici un gros secret à découvrir : je le découvrirai,
ou j'y perdrai mon nom; mais il ne faut pas qu'on
voie votre figure. Il ne faut même plus la montrer à
Ulf. Je ne vous quitte pas, je vous garde à vue. Un
danger vous menace très-certainement. L'oblique
regard de Johan n'est pas le seul que j'aie vu briller
dans les couloirs du Stollborg. Aujourd'hui, à la nuit
tombée, ou je me trompe fort, ou j'ai aperçu un cer-

tain escogriffe, décoré par le baron son maître, du
nom fantastique de capitaine Chimère, qui se prome-
nait autour du donjon sur la glace. Avec notre comédie d'hier au soir, nous avons peut-être mis le feu
aux poudres. Le baron se doute de quelque chose
relativement à vous, et, si vous m'en croyez, vous
allez vous faire malade, et vous n'irez pas au château
neuf.

— Oh! pour cela, je vous demande pardon, monsieur Goefle, mais rien de la part du baron ne saurait
m'effrayer. Si j'ai le bonheur de ne point lui appartenir, je me sens tout disposé à le braver et à tordre
vigoureusement la main qui se permettrait de soulever seulement la tapisserie de mon théâtre pour me
voir, s'il me plaît encore de garder l'incognito. Songez donc que j'ai tué deux ours aujourd'hui, et que
cela m'a un peu excité les nerfs. Allons, allons, pardon, cher oncle, mais il se fait tard, j'ai à peine
deux heures pour préparer ma représentation. Je
vais chercher un canevas dans ma bibliothèque, c'est-
à-dire au fond de ma caisse, et vous me ferez bien le
plaisir de le jouer tel quel avec moi.

— Christian, je n'y ai pas la tête aujourd'hui. Je
ne me sens plus *fabulator*, mais avocat, c'est-à-dire
chercheur de faits réels jusqu'à la moelle des os!
Votre valet Puffo n'est pas trop gris, à ce qu'il m'a

semblé; il doit être par là, dans le *gaard*. Tenez, je
sors, et je vais en passant l'appeler pour qu'il vous
aide, puisque vous voulez encore *fabulare* aujour-
d'hui... Il n'y a peut-être pas de mal... ça vous occu-
pera, et ça peut détourner les soupçons. Puffo vous
est dévoué, n'est-ce pas?

— Je n'en sais rien.

— Mais, si l'on vous cherchait querelle, il ne vous
planterait pas là? il n'est pas lâche?

— Je ne crois pas; mais soyez donc tranquille,
monsieur Goefle. J'ai là le couteau norvégien que l'on
m'a prêté pour la chasse, et je vous réponds que je
me ferai respecter sans l'aide de personne.

— Méfiez-vous d'une surprise. Je ne crains que
cela pour vous; moi, je ne peux plus rester en place!
Depuis que vous m'avez parlé d'un enfant élevé en
secret chez le *danneman*... d'un enfant qui avait les
doigts faits comme les vôtres...

— Bah! dit Christian, j'ai peut-être rêvé tout cela,
et il faut à présent que tout cela se dissipe. Je vois
au fond de leur boîte mes pauvres petites marionnettes, que je vais faire parler pour la dernière ou
l'avant-dernière fois, car il n'y a que cela de réel et
de sage dans les réflexions de ma journée, monsieur
Goefle. Je quitte la marotte, je prends le marteau du
mineur, la cognée du bûcheron ou le fouet de voyage

du paysan forain. Je me moque de tout le reste! Que je sois le fils d'un aimable sylphe ou celui d'un méchant *iarl*, peu importe! Je serai le fils de mes œuvres, et c'est trop se creuser la cervelle pour arriver à un résultat aussi simple et aussi logique.

— C'est bien, Christian, c'est bien! s'écria M. Goefle. J'aime à vous entendre parler ainsi; mais, moi, j'ai mon idée : je la garde, je la creuse, je la nourris... et je vais lui faire prendre l'air. Qu'elle soit absurde, c'est possible; je veux toujours voir Stenson, je lui arracherai son secret; cette fois, je sais comment m'y prendre. Je reviendrai dans une heure au plus, et nous irons ensemble au château. J'observerai le baron, j'irai chez lui savoir ce qu'il me veut. Il se croit fin; je le serai plus que lui. C'est cela, courage! Au revoir, Christian. — Allons, Nils, éclairez-moi. — Ah! tenez, Christian, voilà maître Puffo, à ce qu'il me semble.

M. Goefle, en effet, se croisa en sortant avec Puffo.

— Voyons, toi! dit Christian à son valet. Ça va-t-il mieux aujourd'hui?

— Ça va très-bien, patron, répondit le Livournais d'un ton plus rude encore que de coutume.

— Alors, mon garçon, à l'œuvre! nous n'avons pas une minute à perdre. Nous jouons *le Mariage de la*

Folie, la pièce que tu sais le mieux, que tu sais par cœur; tu n'as pas besoin de répétition.

—Non, si vous n'y mettez pas trop de votre cru nouveau.

—Pour cela, je ne te réponds de rien; mais je serai fidèle aux répliques, sois tranquille. Cours au château neuf avec l'âne et le bagage; monte le théâtre, place le décor. Tiens, le choix est fait : emporte ce ballot; moi, j'habille les personnages, et je te suis. S'il faut absolument relire le canevas, nous aurons encore le temps là-bas. Tu sais bien que le beau monde met un quart d'heure à se placer et à faire silence.

Puffo fit quelques pas pour sortir, et s'arrêta hésitant. Johan, tout en le retenant prisonnier à son insu au Stollborg, l'avait, en causant avec lui, excité contre son maître, et Puffo était impatient de chercher querelle à celui-ci; mais il le savait agile et déterminé, et peut-être aussi que, dans un recoin très-inexploré de son âme grossière et corrompue, il s'était glissé un sentiment d'affection involontaire pour Christian. Cependant il prit courage.

— Ce n'est pas tout, patron Cristiano, dit-il; mais je voudrais bien savoir quel est le maroufle qui a tenu les marionnettes hier au soir avec vous?

— Ah! ah! répondit Christian, tu commences à

t'en inquiéter? Je croyais que tu ne soupçonnais pas qu'il y eût eu hier au soir une représentation?

— Je sais qu'il y en a eu une, et que je n'en étais pas !

— En es-tu bien sûr?

— J'étais un peu gris, dit Puffo en élevant la voix, j'en conviens; mais on m'a dit la vérité aujourd'hui, et je la sais, la vérité.

— La vérité! dit Christian en riant; ne dirait-on pas que je l'ai cachée à Votre Excellence? Je n'ai pas eu l'honneur de vous voir aujourd'hui, signor Puffo, et, quand je vous aurais vu, je ne sache pas avoir à vous rendre compte...

— Je veux savoir qui s'est permis de toucher à mes marionnettes !

— *Vos* marionnettes, qui sont à moi; vous avez l'air de l'oublier, vous le diront peut-être; questionnez-les.

— Je n'ai pas besoin de les questionner pour savoir qu'un *individu* s'est permis de me remplacer, et de gagner apparemment mon salaire à ma place.

— Quand cela serait? Étiez-vous en état de dire un mot hier au soir?

— Il fallait au moins m'essayer ou me prévenir.

— C'est un manque d'égards dont je me confesse,

répondit Christian impatienté; mais je l'ai fait exprès
pour résister à la tentation de vous corriger, comme
vous le méritez, de votre ivrognerie.

— Me corriger ! s'écria Puffo en s'avançant sur lui
d'une manière menaçante. Allons-y donc un peu !
Voyons !

Et, en même temps, il brandit sur la tête de son
patron une marionnette en guise de massue. L'arme,
pour être comique, n'en était pas moins dangereuse,
la tête du *burattino* étant faite d'un bois très-dur,
pour résister aux batailles de la scène. En tenant la
figurine par son jupon de peau et en la faisant vol-
tiger comme un fléau, Puffo, en colère, pouvait
et voulait peut-être briser le crâne de son adversaire. Christian saisit la marionnette au vol, et, de
l'autre main, prenant Puffo à la gorge, il le renversa
à ses pieds.

— Maudit ivrogne, lui dit-il en le tenant sous son
genou, tu mériterais un solide châtiment; mais il me
répugne de te frapper. Va-t'en, je te donne ton
congé, je ne veux jamais plus entendre parler de
toi. Je t'ai payé ta semaine d'avance et ne te dois
rien; mais, comme tu l'as peut-être déjà bue, je vais
te donner de quoi retourner à Stockholm. Lève-toi,
et n'essaye plus de faire le méchant, ou je t'é-
trangle.

Puffo, un peu meurtri, se releva en silence. Ce n'était pas une nature d'assassin. Il était humilié et abattu. Peut-être sentait-il son tort; mais il avait surtout une préoccupation qui frappa Christian: c'était de ramasser une douzaine de pièces d'or qui s'étaient échappées de sa ceinture, et qui avaient roulé avec lui sur le plancher.

— Qu'est-ce que cela? dit Christian en lui saisissant le bras. De l'argent volé?

— Non! s'écria le Livournais en élevant la main avec un geste héroïque assez burlesque, je n'ai rien volé ici! Cet argent-là est à moi, on me l'a donné!

— Pourquoi faire? Allons, parle, je le veux!

— On me l'a donné, parce qu'on a voulu me le donner. Ça ne regarde personne.

— Qui te l'a donné? N'est-ce pas?...

Christian s'arrêta, craignant de montrer des soupçons qu'il était prudent de cacher.

— Va-t'en, dit-il, va-t'en vite; car, si je découvrais que tu es quelque chose de pis qu'un ivrogne, je t'assommerais sur la place. Va-t'en, et que je ne te revoie jamais, ou malheur à toi!

Puffo, effrayé, se retira précipitamment. Christian, pour le tenir à distance, avait mis exprès la main sur le large couteau norvégien du major. La vue de cette arme terrible suffit pour effrayer le bohé-

mien, qui craignait surtout de voir Christian lui
arracher son or, pour se livrer à une enquête sur la
source de cette richesse inexpliquée.

Le Livournais sortit très-indécis du donjon. Johan,
qui outre-passait quelquefois de son chef les intentions secrètes du baron, ne lui avait pas précisément donné de l'argent pour faire ce qu'en style de
grand chemin Puffo appelait, un peu en tremblant,
un *mauvais coup,* mais pour le décider à se tenir
tranquille, si son maître était provoqué et entraîné
dans une rixe fâcheuse. Johan l'avait confessé ; il
savait par lui que Christian était bouillant et intrépide. Il lui avait fait entendre, sans compromettre le
baron, que Christian avait déplu au château à quelqu'un de très-puissant, qu'on avait découvert en lui
un espion français, un personnage dangereux, que
sais-je ? Puffo n'avait pas compris un mensonge qui
n'était peut-être point encore assez grossier pour
lui. Ce qu'il avait compris, c'était la somme glissée
dans sa poche. Son intelligence s'était élevée jusqu'au raisonnement suivant : « Si l'on me paye pour
laisser faire, on me payerait bien plus pour agir. » Il
avait donc eu l'idée de prendre les devants ; il avait
cru trouver Christian sans armes et sans défiance : le
courage lui avait manqué, et un peu aussi la scélé-
ratesse. Christian était si bon, que la main avait trem-

III.   9

blé au misérable : à présent qu'il était vaincu et humilié, qu'allait-il faire?

Tandis que Puffo se livrait à la somme très-mi-
nime de réflexion dont il était capable, Christian,
ému et fatigué au moral plus qu'au physique, s'était
assis sur son coffre, perdu dans une rêverie mélancolique.

— Triste vie! se disait-il en contemplant machinalement la marionnette étendue par terre, qui avait
été si près de lui entamer le crâne. Triste société
que celle des hommes sans éducation! Il faut pourtant, plus que jamais, que je m'y habitue : si je
rentre dans les derniers rangs du peuple, d'où je
suis probablement sorti, et dont j'ai vainement essayé
de me séparer, il me faudra certainement plus d'une
fois avoir raison, par la force du poignet, de certaines natures grossières que la douceur et le sentiment ne sauraient convaincre. O Jean-Jacques! avais-
tu prévu cela pour ton Émile? Non, sans doute, et
pourtant tu as été assailli à coups de pierre dans ton
humble chalet, et forcé de fuir la vie champêtre pour
n'avoir pas su te faire craindre de ceux dont tu ne
pouvais te faire comprendre !

» Voyons, qui es-tu, toi qui as failli me tuer? dit
encore Christian en parlant tout haut cette fois;
pour se mettre en verve, et en ramassant la ma-

rionnette, qui gisait la face contre terre. O Jupiter !
c'est toi, mon pauvre petit Stentarello ! toi, mon fa-
vori, mon protégé, mon meilleur serviteur ! toi, le
plus ancien de ma troupe, toi, perdu à Paris et retrouvé si miraculeusement dans les sentiers de la
Bohême ! Non, c'est impossible, tu ne m'aurais pas
fait de mal, tu te serais plutôt retourné contre les
assassins. Tu vaux mieux que bon nombre de ces
grandes marionnettes stupides et méchantes qui pré-
tendent appartenir à l'espèce humaine, et dont le
cœur est plus dur que la tête. Viens, mon pauvre petit ami, viens mettre une collerette blanche et recevoir un coup de brosse sur ton habit couvert de poussière. Toi, je jure de ne plus t'abandonner !... Tu
voyageras avec moi, en cachette, pour ne pas faire
rire les gens sérieux, et, quand tu t'ennuieras trop de
ne plus voir les feux de la rampe, nous causerons
tous les deux tête à tête ; je te confierai mes peines,
ton joli sourire et tes yeux brillants me rappelleront
les folies de mon passé... et les rêves d'amour éclos
et envolés dans les sombres murs du Stollborg !

Un rire d'enfant fit retourner Christian : c'était
M. Nils, qui était rentré sur la pointe du pied et qui
sautait de joie en battant des mains à la vue de la marionnette animée et comme vivante dans les doigts
agiles de Christian, qui s'exerçait avec elle.

—Oh! donnez-moi ce joli petit garçon ! s'écria l'enfant enthousiasmé : prêtez-le moi un moment, que je m'amuse avec lui !

— Non, non, dit Christian, qui se hâtait d'arranger la toilette de Stentarello ; mon petit garçon ne joue qu'avec moi, et puis il n'a pas le temps. Est-ce que M. Goefle ne revient pas ?

— Oh! faites-moi voir tout ça! reprit Nils avec transport en jetant un regard ébloui dans la boîte que Christian venait d'ouvrir, et où brillaient pêle-mêle les chapeaux galonnés, les épées, les turbans à aigrette et les couronnes de perles de son monde en miniature. Christian essaya de se débarrasser de Nils par la douceur; mais l'enfant était si acharné dans son désir de toucher toutes ces merveilles, qu'il fallut lui parler fort et rouler de gros yeux pour l'empêcher de s'emparer des acteurs et de leur vestiaire. Il se mit alors à faire la moue, et s'en alla auprès de la table en disant qu'il se plaindrait à M. Goefle de ce que personne ne voulait l'amuser. Sa tante Gertrude lui avait promis qu'il s'amuserait en voyage, et il ne s'amusait pas du tout.

— Mais je me moque de toi, grand vilain ! dit-il en faisant la grimace à Christian ; je sais faire de jolis bateaux en papier, et tu ne verras pas ceux que je vais faire !

— C'est bien, c'est bien ! répondit Christian, qui, comptant sur l'aide de M. Goefle, continuait leste- ment sa besogne de costumier; fais des bateaux, mon garçon, fais-en beaucoup, et laisse-moi tran- quille.

Tout en clouant les chapeaux et les manteaux sur la tête et autour du cou de ses petits personnages, Christian regardait la pendule, et s'impatientait de ne pas voir revenir M. Goefle. Il essaya d'envoyer Nils au *gaard* pour le prier de se hâter ; Nils boudait et faisait semblant de ne pas entendre.

— Pourvu, se dit Christian, que nous ayons le temps de lire le canevas !... C'est tout au plus si je me le rappelle, moi ! J'ai eu tant d'autres soucis au- jourd'hui... Ah ! j'ai promis au major une scène de chasseurs... Où la placerai-je? N'importe où! Un intermède pillé de la scène de Moron avec l'ours, dans *la Princesse d'Élide*. Stentarello fera le brave ; il sera charmant...; il se moquera des gens qui tuent l'ours à travers un filet... comme M. le baron! Mais pourvu que Puffo n'ait pas emporté le canevas de la pièce !... Je le lui avais mis dans les mains !...

Christian se mit à chercher son manuscrit autour de lui. En faire un autre, c'était encore une demi- heure de travail, et sept heures sonnaient à la pen- dule. Il fouilla dans la boîte qui contenait tout son

petit répertoire. Il dérangea et retourna tout; il avait
la fièvre. L'idée de ne pas aller au château neuf à
l'heure dite et de paraître vouloir se soustraire à la
haine du baron lui était insupportable. Il se sentait
pris de rage contre son ennemi, et l'amour se mettait peut-être aussi de la partie. Il brûlait de braver
ouvertement *l'homme de neige* en présence de Marguerite, et de lui montrer qu'un histrion avait plus
de témérité que beaucoup des nobles hôtes du château.

En ce moment, il regarda Nils, qui faisait avec
beaucoup de gravité et d'attention ce qu'il lui plai-
sait d'appeler des petits bateaux, c'est-à-dire des pa-
pillotes de diverses formes avec du papier plié, re-
plié, déchiré, puis chiffonné, roulé et jeté par terre
quand l'objet n'était pas réussi à son gré.

— Ah ! maudit bambin, s'écria Christian en lui
arrachant des mains une poignée de paperasses, tu
mets mon répertoire en bateaux ?

Nils se mit à pleurer et à crier en jurant que ces
papiers n'étaient pas à Christian, et en essayant de
lutter avec lui pour les ravoir.

Tout à coup Christian, qui dépliait précipitamment
les *bateaux* pour tâcher de rassembler les feuillets de
son manuscrit, devint sérieux et s'arrêta immobile.
Ces papiers, en effet, n'étaient pas les siens, cette

écriture n'était pas la sienne ; mais son nom, ou plutôt un de ses noms, tracé par une main inconnue,
lui avait, pour ainsi dire, sauté aux yeux, et cette
phrase, écrite en italien : *Cristiano del Lago a aujour-
d'hui quinze ans...* éveillait vivement sa curiosité.

— Tiens, tiens, dit-il à l'enfant, qui continuait à le
tirailler en réclamant ce qu'il appelait *son papier;*
joue avec les marionnettes, et laisse-moi en paix !

Nils, voyant une poignée de petits hommes sur la
table, se plongea avec délices dans l'occupation de
les regarder et de les toucher, tandis que Christian,
prenant la chaise que l'enfant venait de quitter et
attirant à lui la bougie, se mit à déchiffrer une écriture détestable, avec un style italien et une ortho-
graphe à l'avenant, mais dont chaque mot, lu ou deviné, était pour lui une surprise extraordinaire.

— Où as-tu pris ces papiers-là ? dit-il à l'enfant
tout en continuant de déchiffrer et de rassembler les
fragments déchirés et chiffonnés.

— Ah ! monsieur, que vous êtes donc beau avec
vos grandes moustaches ! disait Nils à la marionnette
qu'il contemplait avec extase.

— Répondras-tu ? s'écria Christian ; où as-tu trouvé ces papiers-là ? Sont-ils à M. Goefle ?

— Non, non, répondit enfin Nils après avoir été
sourd à plusieurs questions réitérées. Je ne les ai pas

pris à M. Goefle ; c'est lui qui les a jetés, et les papiers qu'on jette, c'est pour moi. C'est pour faire des bateaux, M. Goefle l'a dit ce matin.

— Tu mens ! M. Goefle n'a pas jeté ces papiers-là ! Ce sont des lettres ; on ne jette pas des lettres, on les brûle. Tu as pris ça dans les tiroirs de cette table ?

— Non !

— Ou dans la chambre à coucher?

— Dame, non !

— Dis la vérité? vite !

— Non !

— Je te tire les oreilles !

— Eh bien, moi, je vais me sauver.

Christian arrêta Nils, qui voulait fuir avec les marionnettes.

— Si tu veux me dire la vérité, lui dit-il, je te donne un beau petit cheval avec une housse rouge et or.

— Voyons-le?

— Tiens, dit Christian en cherchant le jouet qui faisait partie de son matériel; parleras-tu, coquin?

— Eh bien, dit l'enfant, voici ce qui est arrivé. J'ai été tout à l'heure éclairer M. Goefle chez M. Stenson, vous savez bien, le vieux qui n'entend pas ce qu'on lui dit, et qui demeure dans l'autre cour?

— C'est bon, je sais ; dis vite, et ne mens pas, ou je reprends mon cheval.

— Eh bien, je suis resté à attendre M. Goefle dans la chambre de M. Stenson, où il y avait du feu, pendant que M. Goefle parlait fort avec lui dans le cabinet qui est à côté.

— Que se disaient-ils ?

— Je ne sais pas, je n'ai pas écouté ; je jouais à arranger le feu dans la cheminée. Et puis, tout d'un coup, il est venu dans le cabinet des hommes qui disaient comme ça : « Monsieur Stenson, il y a une heure que M. le baron vous attend. Pourquoi est-ce que vous ne venez pas ? Il faut venir avec nous tout de suite. » Et puis on s'est disputé. M. Goefle disait : « M. Stenson n'ira pas ; il n'a pas le temps. » Et M. Stenson disait : « Il faut que j'y aille ; je ne crains rien. Je vais y aller. » Et puis M. Goefle a dit : « J'irai avec vous. » Alors je suis entré dans le cabinet, parce que j'avais peur qu'on ne fît du mal à M. Goefle, et il y avait là trois... ou six hommes bien habillés en domestiques.

— Trois... ou six ?

— Ou quatre, je n'ai pas pu compter, j'avais peur ; mais M. Goefle m'a dit : *Va-t'en !* et il m'a poussé dans l'escalier en me jetant dans les jambes ce paquet de papiers sans que personne le voie. Peut-

III.   9.

être qu'il ne voulait pas qu'on sache qu'il me donnait cela, et, moi, j'ai ramassé ; je me suis sauvé, et voilà tout !

— Et tu ne me dis pas, imbécile, si M. Goefle...

Christian, jugeant bien inutile de formuler sa pensée, rassembla les papiers à la hâte, les enferma dans sa caisse, dont il prit la clef, et s'élança dehors, inquiet de la situation de l'avocat, au milieu des événements incompréhensibles qui se pressaient autour de lui.

Nils criait déjà en se voyant seul avec les marionnettes, qui l'effrayaient un peu, malgré l'attrait qu'elles avaient pour lui, lorsque M. Goefle arrêta Christian au passage et rentra avec lui dans la salle de l'ourse. Il était pâle et agité.

— Oui, oui, dit-il à Christian, qui le pressait de questions, fermons les portes. Il se passe ici des choses graves. Où est Nils ? Ah ! te voilà, petit ! Où as-tu mis les papiers ?

— Il les mettait en bateaux, répondit Christian ; je les ai sauvés : ils sont là, tout déchirés, mais rien ne manque. J'ai tout ramassé. Qu'est-ce donc, monsieur Goefle, que ces lettres singulières qui me concernent ?

— Elles vous concernent ? Vous en êtes sûr ?

— Parfaitement sûr.

— Vous les avez lues?

— Je n'ai pas eu le temps. M. Nils a rendu la besogne difficile, outre que l'écriture est d'un maître chat; mais je vais les lire. Monsieur Goefle, le secret de ma vie est là !

— En vérité? Oui, je m'en doutais, j'en étais sûr, Christian, qu'il s'agissait de vous ! Mais j'ai donné ma parole à Stenson, en recevant ce dépôt, de ne pas en prendre connaissance avant la mort du baron ou la sienne.

Mais, moi, monsieur Goefle, je n'ai rien promis. Le hasard a mis les papiers dans mes mains, je les ai sauvés de la destruction : ils sont à moi.

— Vraiment? s'écria en souriant M. Goefle. Eh bien, moi, au bout du compte, je n'avais pas achevé mon serment quand on est entré... Non, non, j'ai bien juré hier quant à un autre dépôt; mais, quant à celui-ci, je n'avais pas fini de jurer, je m'en souviens. J'allais, d'ailleurs, obtenir toute la confiance de Sten. J'écrivais mes questions pour ne pas avoir à élever la voix avec le pauvre sourd. Je lui parlais de vous, de mes doutes, et je sentais que nous étions espionnés. Vous avez dû trouver des fragments de mon écriture au crayon sur des feuilles volantes?

— Oui, il m'a semblé que ce devait être cela. Lisez donc les lettres alors.

— Ce sont des lettres ? Donnez... Mais non, il faudrait plutôt les cacher. Nous sommes entourés, surveillés, Christian. En ce moment, je suis sûr qu'on fouille et pille le cabinet de Stenson. On a emmené Ulphilas. Qui sait si on ne va pas nous attaquer ?

— Nous attaquer ? Eh bien, au fait, c'est possible ! Puffo vient de me chercher une querelle d'Allemand. Il a levé la main sur moi, et il avait de l'or dans ses poches. J'ai été obligé de jeter ce manant à la porte.

— Vous avez eu tort. Il fallait le lier et l'enfermer ici. Il est peut-être maintenant avec les coupe-jarrets du baron. Voyons, Christian, une cachette avant tout pour ces papiers !

— Bah ! une cachette ne sert jamais de rien.

— Si fait !

— Cherchez, monsieur Goefle ; moi, j'apprête mes armes, c'est le plus sûr. Où sont-ils ces coupe-jarrets ?

— Ah ! qui sait ? J'ai vu sortir Johan et ses acolytes avec Stenson, et j'ai fermé la porte du préau ; mais on peut venir par le lac, qui est une plaine solide en ce moment ; on est peut-être déjà venu. N'entendez-vous rien ?

— Rien. Pourquoi donc viendrait-on chez vous ? Raisonnons, monsieur Goefle, raisonnons la situation avant de nous alarmer.

— Vous ne pouvez pas raisonner, vous, Christian,
vous ne savez rien !... Moi, je sais... ou je crois savoir que le baron veut absolument découvrir qui
vous êtes, et, quand il l'aura découvert... qui peut
dire ce qui lui passera par la tête? Il est possible
qu'on nous retienne prisonniers jusqu'à nouvel ordre. On vient d'arrêter Stenson, oui, arrêter est le
mot. C'était d'abord comme une invitation polie, par
la bouche de cette canaille de Johan, et puis, comme
le vieillard effrayé hésitait, comme je voulais le retenir, d'autres laquais sont entrés et l'eussent emmené de force, s'il eût résisté. Alors j'ai voulu le
suivre. Je me disais qu'en ma présence on n'oserait rien contre lui, que je l'accompagnerais même
devant le baron, que j'ameuterais, s'il le fallait, tous
ses hôtes contre lui. J'étais même parti en avant;
mais, à la faveur du brouillard, je suis revenu sur
mes pas, parce que, d'un autre côté, vous laisser seul...
je n'ai pu m'y décider. Je me suis dit que, si le baron voulait arracher quelque révélation à Stenson,
il commencerait par l'amadouer, et que nous aurions le temps d'aller à son secours. Donc... allons-
y, Christian; mais comme il nous faut absolument
le mot de l'énigme avant d'agir... eh bien, faites le
guet, gardez la porte, on n'osera pas l'enfoncer, que
diable! Je suis chez moi ici; vous aviez raison. On n'a

pas le droit de me conduire devant le maître, comme
ce pauvre vieux intendant. Quel prétexte pourrait-on
prendre?

— Soyez donc tranquille, monsieur Goefle. Cette
grande porte est solide, celle de la chambre à coucher ne l'est pas moins. Je vous réponds de celle de
l'escalier dérobé; j'y veille. Lisez, lisez vite. Nous
aurons toujours un prétexte, nous autres, pour aller
au château : on n'a pas décommandé les marionnettes.

— Oui, oui, certainement, il faut savoir où nous
en sommes et *qui nous sommes!* s'écria M. Goefle,
exalté par l'esprit d'investigation qui est la question
d'art dans le métier de l'avocat. J'aurai plus tôt fait
que vous, Christian, pour rassembler ces fragments
et déchiffrer ce grimoire; c'est mon état. Cinq minutes de patience, je ne vous demande que cela.
Quant à vous, monsieur Nils, silence; parlez bas avec
les marionnettes.

Et M. Goefle, avec une promptitude remarquable,
se mit à rajuster les déchirures, à ranger les lettres
par ordre de date, lisant à mesure, et complétant le
sens avec un véritable coup d'œil d'aigle, explorant
chaque sillon, chaque détour de ce mystérieux dos-
sier, tantôt questionnant Christian, tantôt s'interrogeant lui-même comme pour se rappeler certains
faits.

— « ... Le jeune homme est fort heureux dans la maison Goffredi... on l'aime beaucoup... » J'espère que c'est bien de vous qu'il s'agit. Pourtant, en de certains endroits, il est dit : « Mon neveu, » et c'est de vous qu'il s'agit encore. « Mon neveu est parti pour la campagne, sur le lac de Pérouse, avec les Goffredi. Le jeune homme a aujourd'hui quinze ans... Il est grand et fort... Il ressemble à son père... » Oh ! oui, certes Christian, vous lui ressemblez !

— Mon père ? Qui donc est mon père ? s'écria Christian. Vous le savez donc ?

— Tenez, dit M. Goefle ému en lui tendant un médaillon qu'il tira de sa poche, regardez ! Voilà ce que Stenson vient de me confier. Ceci est un portrait ressemblant, authentique... N'est-ce pas vous à s'y méprendre ?

— Ciel ! dit Christian effrayé en regardant une fort belle miniature ; je n'en sais rien, moi ! Mais ce jeune homme richement habillé, n'est-ce pas là le baron Olaüs dans sa jeunesse ?

— Non, non, vive Dieu ! ce n'est pas lui !... Mais ne me dites rien, Christian, je lis ; je commence à comprendre ! Dans une autre lettre, vous êtes désigné sous le nom de *votre neveu*, et non plus *mon neveu* ; dans une autre encore, *votre neveu*. Il devient évident pour moi que c'est une précaution pour détourner les soupçons dans le cas où les lettres seraient interceptées, car vous n'avez de parenté ni avec l'homme qui a écrit ces lettres, ni avec Stenson à qui elles sont adressées.

— Stenson ! C'est donc à lui que l'on rendait ainsi un compte sommaire de ma santé, de mes progrès, de mes voyages ? car j'ai vu cela en feuilletant. On parle de mon duel, voyez, à la date de Rome, juin mil sept cent...

— Attendez !... Oui, oui, j'y suis. Il y a une lettre par année. « Il a eu le malheur de tuer Marco Melfi, qui était... » Des réflexions... « Le cardinal ne voudra pas se venger...J'espère découvrir ce que notre pauvre enfant est devenu... » Ah ! voici une lettre de Paris... « Impossible de le retrouver... Je pourrais vous tromper, mais je ne le veux pas. Je crains qu'il n'ait été arrêté en Italie. Pendant que je le cherche ici, il est peut-être enfermé au château Saint-Ange !... » Attendez, Christian ; ne vous impatientez pas. Voici une lettre qui doit être plus récente. Elle est datée du 6 août dernier, de Troppau, en Moravie. « J'étais bien cette fois sur sa trace... C'est lui qui avait pris le nom de Dulac à Paris ; mais il est parti pour un voyage, où malheureusement il a péri tout dernièrement. Je viens de dîner à l'auberge

avec un nommé Guido Massarelli, que j'ai connu à
Rome, qui le connaissait et qui m'a dit qu'on l'avait
assassiné dans la forêt de... » Illisible! « Je renonce
donc à le chercher, et, comme mon petit commerce
me rappelle en Italie, je vais partir demain avant le
jour. Ne m'envoyez plus d'argent pour m'aider dans
mes voyages. Vous n'êtes pas riche... pour avoir été
un honnête homme. C'est comme moi, votre serviteur et ami, Ma... Mancini... Manucci? »

— Inconnu ! dit Christian.

— Manassé ! s'écria M. Gœfle, celui que M. Guido
a nommé hier, le petit juif qui prenait à vous un intérêt inexplicable ?

— Il ne s'appelait pas ainsi, reprit Christian.

— C'est le même, j'en suis certain, dit M. Gœfle.
Il s'appelait Taddeo Manassé. Stenson me l'a dit aujourd'hui. C'est la première fois que, dans cette cor-
respondance, il a signé en entier un de ses noms, et
c'est peut-être la dernière fois que le pauvre malheureux a trempé une plume dans l'encre, car il est
mort, au dire de Massarelli, et je mettrais ma main
au feu que Massarelli l'a assassiné... Attendez ! ne
dites rien, Christian ! En annonçant cette mort à
Stenson, Massarelli se disait en possession d'une
preuve terrible qu'il voulait lui vendre, et qu'il me-

naçait de porter au baron; nul doute que... Se lais-
sait-il aller à boire ce pauvre juif?

— Non pas, que je sache.

— Eh bien, Guido l'aura assassiné pour lui prendre le peu d'argent qu'il pouvait avoir, et aura trouvé
sur lui quelque lettre de Stenson, dont la signature
et la date l'auront amené ici tout droit pour exploi-
ter l'aventure. D'ailleurs, ce Massarelli aura pu verser au juif quelque narcotique, lorsqu'il a dîné avec
lui à l'auberge... Non, pourtant, puisque Manassé a
écrit depuis... Mais le soir ou le lendemain...

— Qu'importe, hélas! monsieur Gœfle. Il est bien
certain que Massarelli a tout découvert et tout révélé
au baron; mais, moi, je ne découvre encore rien sur
mon compte, sinon que M. Stenson s'intéressait à
moi, que Manassé ou Taddeo était son confident et
lui a donné assidûment de mes nouvelles, enfin que
mon existence est fort désagréable au baron Olaüs.
Qui suis-je donc, au nom du ciel? Ne me faites pas
languir davantage, monsieur Gœfle.

— Ah! patience, patience, mon enfant, répondit
l'avocat tout en cherchant une cachette pour les
précieuses lettres. Je ne puis vous le dire encore.
J'ai une certitude depuis vingt-quatre heures, une
certitude d'instinct, de raisonnement; mais il me
faut des preuves, et celles-ci ne suffisent pas. Il faut

que j'en acquière... Où ? comment ? Laissez-moi ré-
fléchir... si je peux ! car il y a ici de quoi perdre la
tête... Des papiers à cacher, Stenson en danger...
nous aussi peut-être ! Pourtant... Ah ! oui, tenez,
Christian, je voudrais bien être sûr que c'est à vous
que l'on en veut, car alors je saurais bien positive-
ment qui vous êtes.

— Il est facile de s'assurer des intentions que vous
supposez au baron. Je vais sortir, comme si de rien
n'était, pour ma représentation, et, si l'on m'attaque,
comme aujourd'hui je suis bien armé, je tâcherai de
confesser mes adversaires.

— Je crois, en effet, dit M. Gœfle, qui avait enfin
réussi à cacher les lettres, qu'il vaut mieux courir la
chance d'une mauvaise rencontre sur le grand espace du lac que d'attendre ici qu'on nous prenne au
gîte. Il est déjà neuf heures ; nous devions être là-
bas à huit ! Et on ne vient pas savoir pourquoi nous
sommes si en retard ! C'est singulier ! Attendez,
Christian ! Votre fusil est-il chargé ? prenez-le ; moi,
je prends mon épée. Je ne suis ni un Hercule, ni un
spadassin ; mais j'ai su autrefois me servir de cela
comme tout autre étudiant, et, si on nous cherche
noise, je ne prétends pas me laisser saigner comme
un veau ! Promettez-moi, jurez-moi d'être prudent,
c'est tout ce que je vous demande.

— Je vous le promets, répondit Christian ; venez.

— Mais ce maudit enfant, qui s'est endormi là en jouant, qu'allons-nous faire de lui ?

— Portez-le sur son lit, monsieur Goefle ; ce n'est pas à lui qu'on en veut, j'espère !

— Mais on assomme un enfant qui crie, et celui-ci criera, je vous en réponds, s'il est réveillé par quelque figure inconnue.

— Eh bien, que le diable soit de lui ! Il nous faut donc l'emporter ? Rien de plus facile, si nous ne rencontrons pas de gens mal intentionnés ; mais, s'il faut se battre, il nous gênera fort, et il pourra bien attraper quelque éclaboussure.

— Vous avez raison, Christian ; il vaut encore mieux le laisser dans son lit. Si on surveille nos mouvements, on saura bien que nous sortons, et on n'aura que faire d'entrer ici. Gardez toujours la porte. Cette fois, le petit coucher de M. Nils ne sera pas long. Il dormira tout habillé.

XV

M. Goefle venait à peine de porter son valet de chambre sur son lit qu'il appela Christian.

— Écoutez! lui dit-il. C'est par notre chambre que l'on vient. On frappe à cette porte.

— Qui va là? dit Christian en armant son fusil et en se plaçant devant la porte de la chambre de garde, qui donnait, on s'en souvient, sur la galerie intérieure du préau.

— Ouvrez, ouvrez, c'est nous! répondit en dalécarlien une grosse voix.

— Qui, vous? dit M. Goefle.

Et, comme on ne répondait plus, Christian ajouta :

— Avez-vous peur de vous nommer?

— Est-ce vous, monsieur Waldo? répondit alors une voix douce et tremblante.

— Marguerite! s'écria Christian en ouvrant la porte

et en apercevant la jeune comtesse et une autre
jeune personne qu'il avait vue au bal, mais dont il
ne se rappelait pas le nom, escortées du fidèle domestique Péterson.

— Où sont-ils? demanda Marguerite en tombant,
oppressée et défaillante, sur un fauteuil.

— Qui donc? De qui parlez-vous? lui dit-il, effrayé
de sa pâleur et de son émotion.

— Du major Larrson, du lieutenant et des autres
militaires, répondit l'autre jeune fille, tout aussi
essoufflée et non moins émue que Marguerite. Est-ce
qu'ils ne sont pas arrivés?

— Non... Ils doivent venir ici?

— Ils sont partis du château il y a plus de deux
heures.

— Et... vous craignez qu'il ne leur soit arrivé
quelque accident?

— Oui, répondit Martina Akerstrom, car c'était
elle; nous avons craint... Je ne sais pas ce que nous
avons craint pour eux, puisqu'ils sont partis tous ensemble; mais...

— Mais pour qui craigniez-vous alors? dit
M. Goefle.

— Pour vous, monsieur Goefle, pour vous, répondit avec vivacité Marguerite. Nous avons découvert
que vous couriez ici de grands dangers. Ne vous en

doutiez-vous pas? Si fait, je vois que vous êtes armés.
Est-on venu? Vous a-t-on attaqués?

— Pas encore, répondit M. Goefle. Il est donc certain que l'on doit nous attaquer?

— Oh! nous n'en sommes que trop sûres!

— Comment! on me menace aussi, moi? reprit
M. Goefle sans aucune intention malicieuse. Répon-
dez donc, chère demoiselle : vous en êtes sûre? Cela
devient fort étrange!

—Je ne suis pas sûre de ce dernier point, dit Marguerite, dont la pâleur se dissipa tout à coup, mais
dont les yeux évitèrent ceux de Christian.

Alors, reprit M. Goefle, sans vouloir remarquer
l'embarras de la jeune fille, c'est à lui, c'est bien à
lui qu'on en veut?

Et il montrait Christian, que Marguerite s'obstinait
à ne pas voir et à ne pas nommer, ce qui ne l'empê-
cha pas de répondre :

— Oui, oui, c'est bien à lui, monsieur Goefle. On
veut se défaire de lui.

— Et le major avec ses amis, en sont-ils sûrs aussi?
Comment ne viennent-ils pas?

— Ils en sont sûrs, dit Martina; et, s'ils n'arrivent
pas, c'est qu'ils auront fait comme nous, ils se seront
perdus dans le brouillard, qui va toujours aug-
mentant.

— Vous vous êtes perdues dans le brouillard? dit Christian, ému de la sollicitude généreuse de Marguerite.

—Oh! pas bien longtemps, répondit-elle : Péterson est du pays, il s'est vite retrouvé; mais il faut que ces messieurs aient pris une rive du lac pour l'autre.

— Mettons une lumière sur la fenêtre de la salle de l'ourse, dit M. Goefle, cela servira à les diriger.

— Oh! oui-da, dit Péterson, il ne la verront pas plus qu'on ne voit les étoiles.

— N'importe, essayons toujours, dit Martina.

— Non, ma chère, répondit Marguerite; les assassins sont probablement égarés aussi, puisqu'ils ne sont pas encore venus. Ne les aidons pas à se retrouver avant que MM. les officiers...

— MM. les officiers seront les bienvenus, à coup sûr, reprit M. Goefle; mais, à présent, nous voilà trois hommes bien armés : je connais Péterson, c'est un vigoureux compère... Et puis, chères demoiselles, n'auriez-vous pas pris des curieux pour des assassins? Où les avez-vous vus?

—Racontez, Martina, dit Marguerite; racontez ce que nous avons entendu!

— Oui, oui, écoutez, monsieur Goefle, reprit Martina en prenant un petit air d'importance plein d'ingénuité. Il y a deux heures... deux heures et demie peut-être, le jeune monde du château, comme on nous appelle là-bas, jouait à se cacher dans les bâtiments de l'enceinte du château neuf. J'étais avec Marguerite et le lieutenant; on avait tiré au sort, et puis deux femmes, nous eussions eu trop peur pour courir dans des corridors sombres et dans des chambres que nous ne connaissions pas; il nous fallait bien un cavalier pour nous accompagner ! Le lieutenant ne connaissait pas plus que nous la partie du château où nous nous étions aventurés. C'est si grand ! Nous avions traversé une longue galerie déserte et descendu au hasard un petit escalier presque tout noir. Le lieutenant marchait le premier, et, ne trouvant rien d'assez embrouillé dans cet endroit-là pour nous bien cacher, il allait toujours, si bien qu'on ne voyait plus du tout, et que nous commencions à craindre de tomber dans quelque précipice, quand il nous dit :

» — Je me reconnais, nous sommes devant la grosse tour qui sert de prison. Il n'y a pas de prisonniers, car voici la porte ouverte. Si nous descendions dans les cachots, je vous réponds qu'on aurait de la peine à nous trouver là.

» Mais l'idée de s'enfoncer dans les souterrains, qu'on dit si grands et si affreux, fit peur à Marguerite.

» — Non, non, n'allons pas plus loin, dit-elle ; restons à l'entrée. Voilà une petite embrasure masquée par des planches, restons là et ne parlons plus, car vous savez bien qu'il y a des joueurs qui trichent et qui rôdent pour avertir les autres.

» Nous avons fait comme voulait Marguerite ; mais à peine étions-nous là que nous avons entendu venir, et, pensant qu'on était déjà sur nos traces, nous nous retenions de rire et même de respirer. Alors nous avons entendu les propres paroles que je vais vous redire. C'étaient deux hommes qui sortaient de la tour et qui s'en allaient par la galerie qui nous avait amenés là. Ils parlaient bas, mais, quand ils ont passé devant nous, ils ont dit :

» — Est-ce que je vais encore être de faction pour garder l'Italien ? Ça m'ennuie.

» — Non, tu viens avec nous au vieux château. A présent l'Italien est des nôtres.

» — Ah ! qu'est-ce qu'il y a donc à faire ?

» Alors l'autre a répondu des mots que nous n'avons pas compris et que je ne pourrais pas vous redire, des mots de brigand, à ce qu'il paraît ; mais on a dit le nom de Christian Waldo à plusieurs reprises, et on a parlé aussi de l'avocat, en disant :

» — L'avocat, ça ne fait rien ; un avocat, ça se sauve !

— C'est ce que nous verrons! s'écria M. Goefle. Et après?

» — Après, on a parlé d'un âne, d'une coupe d'or, d'une querelle à engager, c'était de plus en plus incompréhensible. Et puis ces deux hommes, qui s'étaient arrêtés pour s'expliquer, s'en allaient en disant:

» — C'est à huit heures, sur le lac, le rendez-vous.

» — Mais s'il ne passe pas? disait l'autre.

» — Eh bien, on ira au Stollborg; nous aurons des ordres.

» Aussitôt que ces deux coquins ont été partis, le lieutenant nous a fait sortir de notre cachette en nous disant tout bas:

» — Pas un mot ici!

» Et avec précaution il nous a ramenées dans la grande galerie des chasses, en nous disant alors:

» — Permettez-moi de vous quitter et de courir chercher le major.

» Le lieutenant avait compris l'argot de ces bandits: on devait attaquer M. Christian Waldo en l'accusant d'avoir volé quelque chose, l'emmener à la tour, le tuer même, s'il se défendait, et on avait ajouté:

» — Ce serait le mieux!

» Le lieutenant était indigné. Il nous disait en nous quittant :

» — Tout cela vient peut-être de plus haut qu'on ne pense.. Il y a de la politique là-dessous, il faut que Christian Waldo ait quelque secret d'État.

— Ah ! je vous jure que non ! répondit Christian, que la simplicité du lieutenant fit sourire.

— Je ne vous le demande pas, monsieur Christian, reprit l'ingénue et bonne Martina : ce que je sais, c'est que le lieutenant et le major, ainsi que le caporal Duff, ont juré de faire leur devoir et de vous protéger, quand même cela déplairait beaucoup à M. le baron ; mais ils ont pensé qu'il fallait agir avec beaucoup de prudence, et, nous recommandant le plus profond secret, ils sont partis à pied, bien armés, sans bruit, et séparément, en se donnant rendez-vous ici, afin de se cacher et de s'emparer des assassins et de leur secret.

» — Continuez les jeux, nous ont-ils dit ; tâchez que l'on ne s'aperçoive pas de notre absence.

» En effet, nous avons fait semblant de les chercher, Marguerite et moi, jusqu'au moment où l'on s'est séparé pour aller faire la toilette du soir ; mais, au lieu de songer à nous faire belles, nous n'avons pensé qu'à regarder par la fenêtre de ma chambre et à tâcher de voir à travers le brouillard ce qui se pas-

sait sur le lac. Hélas! c'était bien impossible; on ne
distinguait pas seulement la place du Stollborg. Alors
nous écoutions de toutes nos oreilles: dans le brouillard épais on entend quelquefois les moindres bruits;
mais on faisait, au château et autour des fossés, un
vacarme de fanfares et de boîtes d'artifice, comme si
on eût voulu justement nous empêcher d'entendre
les bruits d'une querelle ou d'une bataille. Et le temps
s'écoulait... lorsque tout à coup la peur a pris Marguerite...

— Et vous aussi, chère Martina, dit Marguerite
confuse.

— C'est vous, chère amie, qui m'avez communiqué
cette peur-là, reprit la fiancée du lieutenant avec
candeur. Enfin, comme deux folles, nous voilà par-
ties avec Péterson, persuadées que nous rencontre-
rions le major et ses amis qui nous rassureraient, et
que, grâce à Péterson, qui ne se perd jamais, nous
les remettrions sur la route du vieux château, s'ils
l'avaient perdue. Nous sommes donc venues à pied,
et nous n'avons pas trop erré au hasard, si ce n'est
que nous nous sommes trouvées arriver par le côté
du *gaard,* au lieu de pouvoir marcher droit par celui
du préau. Péterson nous a dit :

» — C'est égal, nous entrerons bien par ici.

» Et, en effet, nous voilà, sans trop savoir par où

nous sommes entrées ; mais dans tout cela nous n'a-
vons rencontré personne, et, rassurées sur votre
compte, nous devons, je crois, commencer à nous
inquiéter sérieusement du major... et des autres officiers.

— Ah ! Marguerite ! dit Christian bas à la jeune
comtesse, pendant que M. Goefle, Martina et Péterson se consultaient pour savoir ce qu'il y avait à faire,
vous êtes venue ainsi...

— Devais-je, répondit-elle, laisser assassiner un
homme comme M. Goefle, sans essayer de lui porter
secours ?

— Non, certes, reprit Christian, dont la reconnaissance était trop sincère et trop vive pour manquer à
la délicatesse par un mouvement de fatuité, vous ne
le deviez pas ; mais votre courage n'en est pas moins
grand. Vous pouviez les rencontrer, ces bandits ! Bien
peu de femmes auraient poussé le dévouement, l'hu-
manité... jusqu'à venir elles-mêmes...

— Martina est venue avec moi, répondit vivement
Marguerite.

— Martina est la fiancée du lieutenant, reprit
Christian. Elle n'aurait peut-être pas pu se résoudre
à venir pour... M. Goefle ?

— Je vous demande pardon, monsieur Christian,
elle serait venue pour... n'importe qui, du moment

qu'il s'agit de la vie de son semblable ! Mais occupez-
vous donc de savoir si ces messieurs arrivent, car
enfin je ne vois pas que le danger soit passé.

— Oui, oui, dit Christian, rassemblant ses idées,
il y a du danger. J'y songe à présent que vous êtes
ici. Mon Dieu ! pourquoi êtes-vous venue?

Et le jeune homme, en proie à des sentiments
contraires, était à la fois bien heureux qu'elle fût
venue et bien tourmenté de la voir exposée à quelque
scène fâcheuse. D'ailleurs, la présence de ces deux
jeunes filles au Stollborg n'était-elle pas faite pour
aggraver la situation sous un autre rapport? Ne pou-
vait-elle pas précisément servir de prétexte à une
invasion déclarée? La comtesse Elvéda, toute mauvaise gardienne qu'elle était de sa nièce, pouvait
bien s'apercevoir, ou s'être déjà aperçue de son absence, la faire chercher ou l'avoir fait suivre. Que
savait-on?

— Ce qu'il y a de certain, se disait Christian, c'est
qu'il ne faut pas qu'elle soit vue ici.

Il pensa bien à la conduire avec sa compagne au
gaard de Stenson, où personne n'aurait sans doute
l'idée de la chercher; mais la demeure de Stenson
servait peut-être, en ce moment, de poste d'observation à l'ennemi... Au milieu de toutes ces perplexi-
tés, Christian, qui ne répondait qu'avec distraction

aux interpellations agitées de M. Goefle, prit une
résolution dont il ne fit part à personne. Ce fut de
sortir de l'appartement et d'aller, soit dans les cours
du vieux château, soit sur le lac, affronter des
périls dont, en somme, il était l'unique point de
mire. Dans ce dessein, il se munit d'une lumière,
afin de se faire voir autant que possible dans le
brouillard, et sortit sans rien dire, espérant que
M. Goefle ne ferait pas attention tout de suite à son
absence; mais, avant qu'il eût franchi la porte prin-
cipale de la chambre de l'ourse, Marguerite se leva
en s'écriant :

— Où allez-vous donc?

— Où allez-vous, Christian? s'écria aussi M. Goefle
en s'élançant vers lui. Ne sortez pas seul !

— Je ne sors pas, répondit Christian en se glissant rapidement dehors; je vais voir si la seconde
porte, celle qui ouvre par ici, sur le préau, est
fermée.

— Que fait-il? dit Marguerite à M. Goefle; vous
ne craignez pas... ?

— Non, non, répondit l'avocat, il m'a promis d'être
prudent.

— Mais je l'entends qui tire les verrous de la seconde porte; il les ouvre !

— Il les ouvre? Ah ! nos amis arrivent!

— Non, non, je vous jure qu'il s'en va !

Et Marguerite fit le mouvement involontaire de suivre Christian. M. Goefle l'arrêta, et, faisant signe à Péterson de ne pas quitter les femmes, il voulut s'élancer sur les traces de Christian. Déjà celui-ci avait fermé la porte en dehors pour l'empêcher de le suivre, et il courait vers la porte extérieure du préau, appelant Larrson à haute voix, et se tenant prêt à se défendre, s'il réussissait à attirer à lui les assassins, lorsqu'une balle dirigée sur lui vint faire sauter de sa main le flambeau qu'il tenait et le replonger dans les blanches ténèbres que ne pouvait percer l'éclat de la lune, et qui formaient comme un linceul sur la terre.

Au bruit du coup de pistolet, M. Gœfle, épouvanté pour son jeune ami, laissa échapper un juron terrible; Martina fit un cri, Marguerite tomba sur une chaise; Péterson courut à M. Gœfle. Leurs efforts combinés eussent peut-être réussi à ouvrir la porte; mais ils ne s'entendirent pas. Péterson, tout dévoué à sa jeune maîtresse, ne songeait qu'à empêcher les malfaiteurs d'entrer, et ne soupçonnait pas que M. Gœfle voulût au contraire sortir pour voler au secours de Christian.

Durant ce malentendu, où le bon avocat se donnait à tous les diables, Christian, enchanté d'avoir

enfin la liberté d'agir, s'était élancé sur le premier
qui s'était trouvé devant lui; mais celui-ci, qui, trompé
par le brouillard, ne le croyait sans doute pas si
près, prit la fuite, et Christian le poursuivit en le
bravant et en l'injuriant, tandis qu'un autre bandit le
suivait rapidement sans rien dire. Christian entendit
derrière lui le bruit sec des pas de l'assassin sur la
neige durcie, et il lui sembla entendre aussi, à travers le sang que la colère faisait gronder dans ses
oreilles, d'autres pas et d'autres voix venant sur lui
à droite et à gauche. Il comprit rapidement qu'il
était traqué, et, conservant assez de présence d'esprit
pour savoir ce qu'il faisait, il s'acharna à la poursuite du premier assaillant, jugeant qu'il ne devait
pas se retourner avant de s'être débarrassé de celui-
ci, qui pouvait venir l'attaquer par derrière lorsqu'il
aurait à faire face aux autres. En outre, il ne perdait
pas de vue sa résolution d'éloigner l'affaire du Stollborg.

Christian descendit ainsi le roidillon du préau,
dont il trouva la porte ouverte, et, à vrai dire, la
pente rapide que ses pieds rencontrèrent fut le seul
indice certain qu'il pût avoir de la direction qu'il
prenait. Mais, au moment où il se sentit sur la glace
unie du lac, d'autres détonations partirent de derrière lui, des balles sifflèrent à son oreille, et il vit

tomber à deux pas devant lui l'homme qu'il poursui-
vait. Le fugitif avait été pris pour lui par ses complices, ou bien ceux-ci avaient tiré au hasard sur
tous deux, sans se soucier d'atteindre celui qui avait
lâché pied.

L'homme que les balles venaient d'atteindre était
Massarelli ; Christian reconnut sa voix, qui exhalait
un rugissement d'agonie, au moment où il enjamba
son cadavre. Il courut encore, afin de se donner le
temps de se reconnaître pendant que les assassins
ramasseraient ou tout au moins regarderaient Massarelli pour savoir qui ils avaient abattu. Puis il s'arrêta pour écouter, et il entendit seulement ces mots :

— Laissez-le là ; il est bien.

De quoi s'agissait-il ? Prenait-on Massarelli pour
lui, et les assassins allaient-ils se retirer ? ou bien
avait-on reconnu la méprise et allait-on continuer
la poursuite ? En faisant de rapides zigzags dans le
brouillard, Christian espéra se défaire d'eux un à un.
Il essayait de compter les voix et les pas. Il avait un
immense avantage, qui était d'avoir gardé, sans y
songer, les bottes de feutre sans couture et sans semelle qu'on lui avait prêtées le matin pour la chasse.
Cette souple chaussure ne gênait pas plus ses mouvements que s'il eût couru nu-pieds, et lui permettait en outre de ne faire sur la neige qu'un bruit ex-

trêmement léger, tandis qu'il entendait le moindre
pas de ses adversaires chaussés avec moins de luxe
et de précaution.

Il écouta encore. On venait à lui, mais on ne le
voyait pas ; la marche était incertaine. Il entendit à
dix pas de lui, ces mots rapides :

— Hé ? c'est moi !

Les bandits se rencontrant inopinément dans le
brouillard, leur ordre était rompu. Rien de plus facile désormais que de leur échapper. Christian n'y
songea pas. Il avait la rage au cœur ; il ne voulait
pas que ces scélérats pussent retourner le chercher au Stollborg. Il les appela d'une voix forte en se
nommant et en les défiant, reculant peu, mais courant
comme des bordées pour les irriter et les désunir,
espérant en joindre un, sans se laisser envelopper
par tous. Sa présence d'esprit était si complète,
qu'il put bientôt les compter ; ils étaient encore trois,
Massarelli avait été le quatrième.

Malgré cette étonnante possession de lui-même,
Christian éprouvait une surexcitation violente, mais
qui n'était pas sans mélange d'un plaisir âpre comme
l'ivresse de la vengeance. Aussi fut-il presque dé-
sappointé lorsque d'autres pas se firent entendre
derrière lui, des pas aussi moelleux que les siens, et
qui lui firent tout de suite reconnaître les bottes de

feutre dont étaient chaussés ses compagnons de
chasse. Il craignait que les bandits ne prissent la
fuite sans combattre. Il courut au-devant de ses amis,
et leur dit bas et rapidement :

— Ils sont là, ils sont trois, il faut les prendre!...
Suivez-moi et taisez-vous !

Et aussitôt, se retournant en droite ligne à la rencontre des ennemis, il s'arrêta au lieu où il les jugea
à peu près rassemblés en se nommant de nouveau et
en raillant leur maladresse et leur poltronnerie. A
l'instant même, un des bandits l'atteignit au bras
d'un coup de poignard, et tomba à ses pieds, étourdi
et suffoqué par un coup du manche du couteau norvégien, que Christian lui porta en pleine poitrine.
Christian n'avait été que blessé légèrement, grâce à
sa veste de peau de renne ; il remercia le ciel de n'a-
voir pas cédé au désir d'éventrer le bandit comme il
avait éventré l'ours de la montagne. Il était très-important de prendre vivant un des *bravi* du baron.
Les deux autres, le croyant mort, jugèrent qu'avec
leur chef ils avaient perdu la partie, et, se rapprochant l'un de l'autre à l'instant même, ils échan-
gèrent, en un seul mot de leur argot, la formule désespérée du sauve qui peut; mais ils avaient compté
sans le major et le lieutenant, qui les guettaient et qui
s'emparèrent de l'un, tandis que l'autre prenait la fuite.

— Pour l'amour du ciel! êtes-vous blessé, Waldo?
dit le major, que Christian aidait à désarmer les bandits.

— Non, non, répondit Christian, qui ne sentait sa
blessure qu'à la chaleur du sang qui remplissait sa
manche. Avez-vous des cordes?

— Oui, certes, de quoi les pendre tous, si nous en
avions le droit. Nous avions bien compté les faire
prisonniers, ces beaux messieurs! Mais, si vous n'êtes
pas trop essoufflé, Christian, donnez donc un son de
trompe pour tâcher d'amener ici nos autres amis
que nous attendons et cherchons depuis une heure.
Tenez, voici l'instrument.

— Mieux vaut décharger vos armes, dit Christian.

— Non pas ; il y a eu assez de coups de feu comme
cela ; sonnez la trompe, vous dis-je.

Christian fit ce qu'on lui demandait ; mais on ne
fut rejoint que par le caporal.

— Voyez-vous, dit le major à Christian, il faut que
ceci ait l'air d'une partie de promenade durant laquelle nous nous serions perdus et retrouvés.

— Je ne vous comprends pas.

— Il faut qu'il en soit ainsi, vous dis-je, pendant
quelques heures, afin que le baron ne se doute pas
trop tôt de l'issue de l'affaire et ne soit pas en mesure de mettre sur pied, contre nous, les autres co-

quins qu'il a sans doute en réserve. Quant à lui, ajouta-t-il en baissant la voix, son tour viendra, soyez tranquille !

— Son tour est tout venu, répondit Christian; je m'en charge.

— Doucement, doucement, cher ami! vous n'avez pas mission pour cela. Ce soin me regarde, et je suis bien décidé à sévir, maintenant que nous avons une certitude et des preuves. Seulement, nous ne pouvons agir contre un noble et un membre de la diète qu'en vertu d'ordres supérieurs; nous les obtiendrons, n'en doutez pas. Ce que nous avons à faire pour le moment, c'est que vous m'obéissiez, mon ami, car je vous requiers, au nom des lois et au nom de l'honneur, de me prêter main-forte comme je l'entends et selon les ordres que j'aurai à vous donner.

En ce moment, M. Goefle accourait tête nue, le flambeau d'une main, l'épée de l'autre. Il avait fait le tour par la porte de la chambre à coucher, après avoir décidé, non sans peine, les deux femmes à se tenir enfermées sous la garde de Péterson, car toutes deux montraient un égal courage pour elles-mêmes et une égale sollicitude pour les absents.

— Christian! Christian! s'écria-t-il, est-ce ainsi que vous gardez votre parole?

— J'ai tout oublié, monsieur Goefle, répondit

Christian à voix basse : c'était plus fort que moi...
Pouvais-je attendre que l'on vînt enfoncer les portes
et tirer sur les femmes ?... Tenez, nous sommes
délivrés ; retournez auprès de Marguerite, rassu-
rez-la.

— J'y cours, répondit l'avocat en éternuant, d'autant plus que je m'enrhume affreusement... J'espère,
ajouta-t-il tout haut, que ces messieurs vont venir
nous voir !

— Oui, certes, c'était convenu, répondit le major ; mais il nous faut d'abord vaquer à nos devoirs.

M. Goefle alla rassurer les dames, et les autres
hommes procédèrent à l'enlèvement du cadavre de
Massarelli, que l'on fit transporter par les deux prisonniers, le pistolet sur la gorge, dans un des celliers du *gaard*. Ceux-ci, bien liés, furent conduits ensuite dans la cuisine de Stenson, où le lieutenant et
le caporal rallumèrent le feu et s'installèrent pour
les garder à vue, tandis que le major se préparait à
les interroger en confrontation avec Christian.

Christian s'impatientait de voir procéder si régulièrement dans une affaire que le major paraissait
connaître mieux que lui-même ; mais le major, qui
lui parlait en français, lui fit comprendre qu'avec un
adversaire comme le baron, il n'était pas aussi facile

qu'il le pensait de prouver même un fait patent et avéré.

— Et puis, ajouta-t-il, je vois avec regret que nous manquons un peu de témoins. M. Goefle n'a rien vu, que le résultat de l'affaire. On ne retrouve ici ni M. Stenson, ni son neveu, ni votre valet. J'espérais que nous serions plus nombreux pour vous défendre à temps et constater les faits *de visu*. Le sous-lieutenant et les quatre soldats que j'avais envoyé chercher n'ont pas encore paru. Malgré le rapprochement de nos bostœlles et des *torps* des soldats, il se passera peut-être, grâce au brouillard, plusieurs heures avant que nous ayons ici huit hommes sous les armes.

— Mais qu'est-il besoin de huit hommes pour en garder deux ?

— Croyez-vous donc, Christian, que le baron, en voyant, pour la première fois, échouer une de ses diaboliques combinaisons, va se tenir tranquille ? Je ne sais pas ce qu'il pourra imaginer, mais à coup sûr il imaginera quelque chose, dût-il essayer de faire mettre le feu au Stollborg. C'est pourquoi je suis résolu à y passer la nuit, afin de m'emparer, avec aide, des autres bandits qui nous seront probablement dépêchés soit avec des offres de service, soit autrement. C'est toute une bande de voleurs et d'assassins que la

majeure partie de cette valetaille étrangère, et il faut
tâcher de les prendre tous en flagrant délit. Alors je
vous réponds que la magistrature osera sévir contre
le seigneur, réduit à invoquer en vain l'assistance de
ses paysans. Si nous ne procédons pas ainsi, soyez
sûr que c'est nous qui perdrons la partie. Tout le
monde aura peur; le baron trouvera le moyen de dé-
savouer la responsabilité de l'événement, ou de nous
faire enlever les prisonniers. Vous passerez pour un
assassin, et nous passerons pour des visionnaires, ou
tout au moins pour de jeunes officiers sans expérience, prenant parti pour le coupable et arrêtant les
honnêtes gens; car vous pouvez bien compter que les
deux *bravi* que nous tenons sont bien stylés. Je vais
les interroger, et vous verrez qu'ils sauront arranger
leur affaire. Je parie bien que la leçon leur est faite
on ne peut mieux.

En effet, les deux bandits répondirent avec impu-
dence qu'ils étaient venus, par l'ordre du majordome, avertir *l'homme aux marionnettes,* qui était en
retard pour la représentation; que celui-ci, en voyant
parmi eux un de ses anciens camarades, à qui il en
voulait, s'était élancé à sa poursuite, et l'avait tué. Il
avait ensuite injurié et provoqué les autres, et celui
qui avait blessé Christian jura qu'il l'avait blessé par
mégarde en voulant s'emparer d'un furieux.

— Tellement furieux, ajoutait-il, qu'il m'a enfoncé la poitrine et que je crache le sang !

— Vous verrez, dit Christian au major, que c'est moi qui ai manqué d'égards envers monsieur en ne me laissant pas assassiner !

— Et vous verrez, répondit Larrson que les assassins se sauveront de la corde ! Nos lois n'appliquent la peine capitale qu'aux criminels qui avouent. Ceux-ci le savent bien, et, quelque absurde que soit leur défense, ils s'y tiendront. Votre cause sera peut-être moins bonne que la leur. Voilà pourquoi, de notre côté, nous tiendrons ferme pour vous et auprès de vous, Christian, n'en doutez pas.

— Oh! la cause de Christian est très-bonne ! dit M. Goefle, qui était venu écouter l'interrogatoire, et qui ramenait ses hôtes vers ce qu'il appelait son manoir de l'ourse. Nous aurons bien des armes contre le baron, si nous pouvons venir à bout de délivrer le vieux Stenson, qui a été emmené, bon gré mal gré, au château. Il faut, messieurs, que vous en trouviez le moyen avec nous.

— Quant à cela, monsieur Goefle, dit le major, il n'y faut pas songer. Le châtelain est justicier sur son domaine, et, par conséquent, dans sa propre maison. J'ignore ce que l'affaire de M. Stenson peut avoir de

commun avec celle de Christian, mais mon avis n'est
pas de compliquer celle-ci. Avant tout, je voudrais
savoir si, en effet, Christian a trouvé dans le bât de son
âne un gobelet d'or, que le baron avait ordonné de
glisser là, comme autrefois Joseph voulant éprouver
ses frères, mais, je suppose, dans des intentions beaucoup moins pacifiques.

— Ma foi, dit Christian, je n'en sais rien. Venez
avec moi vous en assurer.

On se porta à l'écurie, où l'on trouva Puffo dans
un coin, pâle et demandant grâce. On le fouilla ; le
gobelet d'or était sur lui. Il se confessa à sa manière.
Il avait vu, une heure auparavant, maître Johan apporter là cet objet précieux dans des intentions qu'il
avait devinées, et, ne se croyant pas surveillé, il
avait résolu de s'en emparer pour le reporter au
château, disait-il, et empêcher que l'on n'accusât
son maître d'un vol dont il était innocent ; mais, au
moment où il allait fuir, il s'était trouvé enfermé
dans l'écurie, dont la porte avait résisté à tous ses
efforts, lorsqu'au bruit du combat il avait essayé de
porter secours à Christian. En raison de ces aveux
forts suspects, le major fit lier maître Puffo comme
les autres, et on le conduisit au *gaard,* où Péterson,
requis de prêter main-forte, fut chargé de seconder
le caporal dans le soin de garder les trois prison-

niers. La coupe d'or fut portée en triomphe par
M. Goefle sur la table de la salle de l'ourse.

Cependant Martina Akerstrom était accourue au-
devant de son fiancé, sans la moindre crainte du
qu'en dira-t-on, et sans éprouver aucun embarras
de la présence du major et du caporal. La bonne et
candide personne ne se tourmentait plus que de
deux choses : l'inquiétude que son absence devait
commencer à inspirer à ses parents, et le manque
de sucre pour offrir le thé « à ces pauvres messieurs
qui devaient avoir si froid ! » Elle demandait à envoyer quelqu'un au château neuf pour rassurer les
auteurs de ses jours et pour rapporter du sucre.

Quant au dernier point, Nils, que le mouvement
fait autour de lui avait réveillé, et que la présence
des officiers rassurait, put satisfaire la bonne Martina, vu qu'il savait très-bien, et pour cause, où se
trouvait la provision de sucre apportée par Ulphilas
le matin; mais, quant au premier, on manquait de
courriers, et le major tenait, d'ailleurs, à enregistrer,
séance tenante, la déposition de Martina avec celle
du lieutenant Osburn, relativement aux paroles des
bandits, entendues, deux heures auparavant, à l'entrée de la tour du château neuf. Comme pour lui
tout le nœud de l'affaire était là, il se fit rendre un
compte détaillé du fait, écrivant à mesure, et regret-

tant que le troisième témoin, la comtesse Marguerite, ne fût pas présente pour y apposer sa signature.

Marguerite était dans la chambre de garde, où
Christian l'avait à la hâte priée de rentrer, pour
qu'elle ne fût pas vue des jeunes officiers, vis-à-vis
desquels elle n'avait pas l'excuse, plausible et sacrée
en Suède, d'être venue par sollicitude pour les jours
d'un fiancé; mais la comtesse, qui se tenait près de
la porte, entendit que l'on réclamait son concours,
et, s'étant assurée, à l'audition des voix, qu'elle n'a-
vait rien à craindre de la médisance des personnes
présentes, elle ouvrit vivement et se montra. Elle
avait à cœur de jurer et de signer, elle aussi, que le
vol infâme imputé à Christian, dans les conseils et
desseins du baron, avait été annoncé d'avance devant elle.

En la voyant, le major et le lieutenant ne purent
retenir une exclamation de surprise; mais M. Goefle,
avec sa présence d'esprit accoutumée, se chargea de
tout expliquer.

— Mademoiselle Akerstrom, dit-il, n'eût pas pu
venir seule. Elle n'avait personne pour l'accompagner, et vous lui aviez tellement recommandé le silence, qu'elle ne pouvait choisir d'autre escorte que
le domestique de la comtesse Marguerite, initiée au

même secret. Naturellement, la comtesse Marguerite
a voulu accompagner son amie, à laquelle Péterson
eût peut-être fait quelques objections sur le mauvais
temps... M. Goefle trouva encore de bonnes raisons pour démontrer combien le fait s'était *naturellement* accompli. Martina eût pu dire, avec sa simplicité primitive, que les choses ne s'étaient pas
absolument passées comme les expliquait M. Goefle,
et elle était si loin de soupçonner la prédilection de
Marguerite pour Christian, qu'elle n'y eût même pas
manqué, si elle n'eût été absorbée par le soin de
servir le thé et même le gruau avec Nils, qui avait, en
outre, découvert au *gaard* les mets destinés par Ulphilas absent au souper de son oncle et des hôtes du
Stollborg. La lugubre salle de l'ourse offrait donc en
ce moment une de ces scènes tranquilles que, par
suite des nécessités de la nature et des éternels con-
trastes de la destinée, notre vie présente à chaque
instant : tout à l'heure des angoisses, des luttes, des
périls; l'instant d'après, un intérieur, un repas, une
causerie. Cependant M. Goefle et Martina furent les
seuls qui s'assirent pour manger. Les autres ne firent
qu'avaler debout et à la hâte, attendant avec impatience, ou de nouveaux événements, ou un renfort qui
leur permît de prendre de nouvelles résolutions.

Certes, chacun des personnages d'une réunion si

insolite avait un vif sujet d'inquiétude. Marguerite
se demandait si, à la suite du changement nécessité
dans le programme des plaisirs du château neuf par
l'absence des *burattini*, sa tante ne se mettrait pas à
sa recherche, et si mademoiselle Potin elle-même ne
partagerait pas son étonnement et sa frayeur en con-
statant l'absence de Martina, avec qui elle l'avait
laissée. Martina se tourmentait moins des angoisses
de sa famille. Positive en ses raisonnements, elle se
disait que le château était bien grand ; que sa mère,
parfaitement sûre d'elle et aimant le jeu, n'avait pas
l'habitude de la chercher quand elle courait avec
ses jeunes compagnes de salle en salle ; qu'enfin,
d'un instant à l'autre, l'arrivée des autres officiers
allait la délivrer ; mais, quand elle songeait au petit
nombre des défenseurs du Stollborg, elle s'inquiétait pour son fiancé et trouvait le secours bien lent
à venir.

Christian s'inquiétait pour Marguerite, sans trop
songer désormais à sa propre destinée. Le major s'inquiétait pour Christian et pour lui-même ; il ne ces-
sait de répéter tout bas au lieutenant qu'il trouvait
l'affaire mal engagée pour être portée devant un tribunal. Le lieutenant s'inquiétait de voir le major inquiet. Quant à M. Goefle, il s'alarmait pour le vieux
Stenson, et cela le conduisait à retomber dans ses

commentaires intérieurs sur la naissance et la destinée deChristian.

La situation n'était en somme rassurante pour personne, lorsque enfin on entendit sonner et frapper à
la porte du préau. Ce pouvait être l'officier avec les
soldats attendus ; mais ce pouvait être aussi une nouvelle bande dépêchée pour assister ou délivrer la
première. Le major et le lieutenant armèrent leurs
pistolets et s'élancèrent dehors, en ordonnant à
Christian, avec le droit et l'autorité dont ils étaient
revêtus en cette circonstance, de rester derrière eux,
et de n'attaquer qu'à leur commandement. Puis Larrson ayant ouvert lui-même résolûment la porte du
préau sans faire de questions, et au risque de tomber
sous les coups de ceux dont il voulait s'emparer, reconnut avec joie le sous lieutenant son ami et les
quatre soldats les plus voisins de son cantonnement.
Dès lors pour lui tout était sauvé. Il était bien impossible que le baron, ne recevant pas de nouvelles de
l'événement, dont il devait attendre l'issue avec impatience, n'envoyât pas une partie de son *mauvais
monde* à la découverte.

Le sous-lieutenant fit son rapport, qui ne fut pas
long. Il s'était perdu avec ses hommes ; il n'avait
trouvé le Stollborg que par hasard, après avoir longtemps erré dans la brume. Il n'avait rencontré per-

sonne, ou, s'il avait rencontré quelqu'un, il n'en savait absolument rien.

— Cependant, ajoutait-il, le brouillard commence à s'éclaircir sur les bords du lac, et, avant un quart d'heure, il sera possible de faire une ronde. Le bruit des fanfares et des boîtes ayant entièrement cessé du côté du château, on pourra désormais se rendre compte des moindres bruits du dehors.

— La ronde sera d'autant plus possible, répondit le major, que nous avons ici un homme du pays, un certain Péterson, qui a le sens divinatoire des paysans, et qui, dès à présent, saurait vous mener partout; mais attendons encore un peu. Postez-vous autour des deux entrées, dans le plus profond silence et en vous cachant bien. Fermez les portes du pavillon du *gaard*. Que les prisonniers soient toujours gardés à vue et menacés de mort s'ils disent un seul mot, mais que ce soit une simple menace! Nous n'avons que trop d'un mort, qui nous sera peut-être bien reproché!...

XVIII

Le brave et prudent major venait à peine de prendre ces dispositions, qu'une ombre passa près de lui,
au moment où il retournait à tâtons à la salle de
l'ourse pour continuer son instruction à laquelle
manquait l'avis très-important de M. Goefle sur tout
ce qui s'était passé relativement à Christian. Cette
ombre semblait incertaine, et le major se décida à
la suivre jusqu'à ce que, rencontrant le mur du donjon, elle se mît à jurer d'une voix assez douce, que
Christian, alors sur le seuil du vestibule, reconnut
aussitôt pour celle d'Olof Bœtsoï, le fils du *danneman.*

— A qui en avez-vous, mon enfant? lui dit-il en
lui prenant le bras. Et comment se fait-il que vous
veniez ici au lieu de retourner chez vous?

Et ils entrèrent tous trois dans la salle de l'ourse.

— Ma foi, si vous ne vous étiez pas trouvé là, dit

Olof à Christian, j'aurais cherché longtemps la porte.
Je connais bien le dehors du Stollborg, j'y viendrais
les yeux fermés; mais le dedans, non! je n'y étais
jamais entré. Vous pensez bien que, par ce temps
maudit, je ne pouvais pas retourner tout de suite dans
la montagne. Enfin j'ai vu un peu d'éclaircie, et,
après deux heures passées au bostœlle de M. le major, j'y ai laissé mon cheval, et me voilà parti à pied
pour ne pas causer de crainte à mon père; mais, auparavant, j'ai voulu vous rapporter un portefeuille
que vous avez oublié dans le traîneau, *herr* Christian. Le voilà. Je ne l'ai pas ouvert. Ce que vous avez
mis dedans y est comme vous l'avez laissé. Je n'ai
voulu le confier à personne; car mon père m'a dit
que les papiers, c'était quelquefois plus précieux que
de l'argent.

En parlant ainsi, Olof remit à Christian un portefeuille de maroquin noir que celui-ci ne reconnut en
aucune façon.

— C'est peut-être à vous? dit-il au major. Dans les
habits que vous m'aviez prêtés?...

— Nullement, je ne connais pas l'objet, répondit
Larrson.

— Alors, c'est au lieutenant?

— Oh! non, certainement, dit Martina; il n'a pas
d'autres portefeuilles que ceux que je brode pour lui.

— On peut toujours s'en assurer, dit le major ; il est par là dans le *gaard*.

— Attendez donc ! s'écria M. Goefle, qui était toujours sur la brèche devant son idée fixe ; ne m'avez-vous pas dit, Christian, que vous aviez fait verser le baron, ce soir, au moment de la chasse ?

— C'est-à-dire que le baron m'a culbuté et s'est culbuté lui-même par contre-coup, répondit Christian.

— Eh bien, reprit l'avocat, tous les objets que contenaient vos voitures ont roulé pêle-mêle sur le chemin, depuis les ours jusqu'aux portefeuilles, et celui-ci est…

— La trousse de son médecin, je le parierais ! dit Christian. Laissez-la ici, Olof ; nous la lui renverrons.

— Donnez-moi cela ! reprit M. Goefle d'un ton décidé et absolu. La seule manière de savoir à qui appartient un portefeuille anonyme, c'est de l'ouvrir, et je m'en charge.

— Vous prenez cela sur vous, monsieur Goefle ? dit le scrupuleux major.

— Oui, monsieur le major, répondit M. Goefle en ouvrant le portefeuille, et je vous prends à témoin de la chose, vous qui êtes ici pour instruire les faits d'un procès que j'aurai peut-être mission de plaider. Tenez, voici une lettre de M. Johan à son maître. Je connais l'écriture, et, du premier coup, j'y vois :

« L'homme aux marionnettes... Guido Massarelli...
La chambre des roses?... » Ah oui ! le baron se permet, comme le sénat, d'avoir la sienne ! Major, cette
pièce est fort grave, et peut-être l'autre, car il y en a
deux, est-elle plus grave encore; votre mandat exige
que vous en preniez connaissance.

— Puis-je m'en aller? dit le jeune *danneman,* qui,
comprenant confusément l'instruction d'une affaire
judiciaire, éprouvait, comme les paysans de tous les
pays, la crainte d'avoir à se compromettre par un
témoignage quelconque.

— Non, répondit le major, il faut rester et écouter.

Et, s'adressant à Marguerite et à Martina, qui
se consultaient à voix basse sur la possibilité de s'en
retourner au château :

— Je vous prie et vous demande, leur dit-il, d'é-
couter aussi. Nous avons affaire à forte partie, et nous
serons peut-être accusés d'avoir fabriqué de fausses
preuves. Or, en voici une qui nous est remise en votre
présence, et dont il est nécessaire que vous ayez connaissance en même temps que nous.

— Non, non ! s'écria Christian, il ne faut point que
ces dames soient mêlées à un procès...

— J'en suis désolé, Christian, répondit le major;
mais les lois sont au-dessus de nous, et je ferai ici

rigoureusement mon devoir. Il a été tué, ce soir, un homme qu'il vaudrait mieux certes tenir vivant. Je sais bien que vous n'y êtes pour rien et que vous avez été blessé... Vous êtes vif, vous êtes brave et généreux ; mais vous n'êtes pas prévoyant quand il s'agit de vous-même. Moi, je dis que cette affaire-ci peut vous mener à l'échafaud, parce que vous avouerez loyalement le fait de provocation à vos ennemis, tandis que les drôles nieront tout effrontément !... Lisons donc, et ne négligeons aucun moyen pour faire triompher la vérité.

— Oui, oui, major, lisez, j'écoute, s'écria Marguerite, qui était devenue pâle en regardant la manche ensanglantée de Christian ; je témoignerai, dussé-je y perdre l'honneur !

Christian ne pouvait accepter le dévouement de cette noble fille, et il supportait impatiemment l'autorité que le major s'arrogeait sur elle. Le major avait pourtant raison, et Christian le sentait, puisqu'en cette affaire l'honneur de l'officier n'était pas moins en jeu que le reste. Il s'assit brusquement, et couvrit sa figure de ses mains pour cacher et retenir les mouvements impétueux qui l'agitaient, tandis que le major faisait lecture à haute voix du journal de maître Johan, écrit par lui-même et envoyé au baron durant la chasse.

— Cette pièce est très-mystérieuse pour moi, dit le major en finissant ; elle prouve un complot bien médité contre Christian ; mais...

—Mais vous ne pouvez comprendre, dit M. Goefle, qui, pendant la lecture de cette pièce, avait rapidement parcouru l'autre, tant de haine contre un inconnu sans nom, sans famille et sans fortune, de la part du haut et puissant seigneur le baron de Waldemora? Eh bien, moi, je comprends fort bien, et, puisque nous avons la preuve de l'effet, il est temps de connaître la cause ; la voici... Relève la tête, Christian de Waldemora, ajouta M. Goefle en frappant la table avec énergie, le ciel t'a conduit ici, et le vieux Stenson avait raison de le dire : « Les richesses du pécheur sont réservées au juste ! »

Un silence de stupeur et d'attente permit à M. Goefle de lire ce qui suit :

« Déclaration confiée par moi, Adam Stenson, à Taddeo Manassé, commerçant, natif de Pérouse,

» Pour être remise à *Cristiano* le jour où les circonstances ci-dessous mentionnées le permettront.

» Adelstan-Christian de Waldemora, fils de noble seigneur-Christian Adelstan, baron de Waldemora, et de noble dame Hilda de Blixen, né le 15 septembre 1746, au donjon du Stollborg, en la chambre dite de l'ourse, sur le domaine de Waldemora, province de Dalécarlie ;

» Secrètement confié aux soins d'Anna Bœtsoï, femme du *danneman* Karl Bœtsoï, par moi soussigné Adam Stenson, et par Karine Bœtsoï, fille des ci-dessus nommés, et femme de confiance de la défunte baronne Hilda de Waldemora, née de Blixen.

» Ledit enfant nourri par une daine apprivoisée, en la maison dudit *danneman* Karl Bœtsoï, sur la montagne de Blaakdal, jusqu'à l'âge de quatre ans, passant pour le fils de Karine Bœtsoï, laquelle, par dévouement pour sa défunte maîtresse, a consenti à se laisser croire ensorcelée et mise à mal par un inconnu, et a ainsi préservé l'enfant, dont elle se disait mère, de la recherche de *ses ennemis* ;

» Ledit enfant, emmené par moi, Adam Stenson, pour le soustraire à des soupçons qui commençaient à le compromettre, en dépit des précautions prises jusqu'alors ;

» A été conduit, par moi soussigné, en Autriche, où j'ai une sœur mariée, laquelle pourra témoigner m'avoir vu arriver chez elle avec un enfant nommé Christian, parlant la langue dalécarlienne ;

» Et, sur l'avis du très-fidèle ami et confident Taddeo Manassé, de la religion de *l'Ancien Testament*, autrefois bien connu en Suède sous le nom de Manassé, et très-estimé de feu M. le baron Adelstan de Waldemora pour homme de parole, de discrétion et de probité dans son commerce d'objets d'art, dont était fort amateur ledit baron ;

» Je soussigné me suis rendu en la ville de Pérouse, en Italie, où résidait alors mondit ami Taddeo Manassé, et où, me présentant aux jours de carnaval, sous un masque, aux très-honorables époux Silvio Goffredi, professeur d'histoire ancienne en l'université de Pérouse, et Sofia Negrisoli, sa femme légitime, de la famille de l'illustre médecin de ce nom,

» Leur ai remis, confié et comme qui dirait *donné* ledit Cristiano de Waldemora, sans aucunement leur faire connaître son nom de famille, son pays, et les raisons particulières qui me déterminaient à me séparer de lui.

» En donnant cet enfant bien-aimé aux susdits époux Goffredi, j'ai cru remplir le vœu de la défunte baronne Hilda, laquelle désirait qu'il fût élevé loin de *ses ennemis*, par des gens instruits et vertueux, lesquels, sans aucun motif d'intérêt, l'aimeraient comme leur propre fils, et le rendraient propre à

soutenir un jour dignement le nom qu'il doit porter
et le rang qu'il doit recouvrer après la mort de *ses
ennemis*, laquelle mort, d'après l'ordre de la nature,
doit précéder de beaucoup la sienne.

» Et, dans le cas où la mort du soussigné arriverait avant celle *desdits ennemis*, le soussigné a chargé
le susdit Taddeo Manassé de prendre telles informa-
tions qui conviendraient pour que, à la mort de *ses
ennemis,* Christian de Waldemora en fût averti et mis
en possession de la présente déclaration... En foi de
quoi , — après avoir fait contrat de bonne amitié
avec Taddeo Manassé, lequel ne doit jamais perdre
de vue ledit Christian de Waldemora, résider où il
résidera, et lui venir en aide si autre protection venait à lui manquer, mettre en sa propre place à cette
fin, en cas de maladie grave et danger de mort,
une personne sûre comme lui-même ; enfin, donner
une fois par an de ses nouvelles au soussigné : — le
soussigné, voulant conserver sa place d'intendant au
château de Waldemora , afin de ne pas éveiller de
soupçons et de gagner l'argent nécessaire aux dépla-
cements présumés de Taddeo ou aux besoins éven-
tuels de l'enfant, a quitté, non sans douleur, la ville
de Pérouse pour retourner en Suède le 16 mars 1750,
croyant et espérant avoir fait son possible pour
préserver de tout danger et placer dans une si-

tuation heureuse et digne le fils de ses défunts
maîtres.

» ADAM STENSON.

» *Contre-signé* :

» TADDEO MANASSÉ,

» Gardien juré des peintures del Cambio,

à Pérouse. »

— Parlez, Christian, dit M. Goefle à son jeune ami
stupéfait et silencieux. Tout doit être vérifié. Ce Manassé était-il réellement un honnête homme?

— Je le crois, répondit Christian.

— Ne vous offrit-il pas une fois des secours, de la
part de votre famille?

— Oui. Je refusai.

— Connaissez-vous sa signature?

— Très-bien. Il fit plusieurs affaires avec M. Goffredi.

— Regardez-la; est-ce son écriture ?

— C'est son écriture.

— Quant à moi, reprit M. Goefle, je reconnais
parfaitement dans le corps de la pièce la main et le
style d'Adam Stenson. Veuillez ouvrir ce carton,
monsieur le major, et constater la similitude. Ce
sont des comptes de gestion dressés et signés par le
vieux intendant, à peu près à la même époque, c'est-

à-dire en 1751 et 1752. Au reste, son écriture n'a pas changé, et sa main est toujours ferme. En voici la preuve : trois versets de la Bible écrits hier, et dont le sens, appliqué à la situation de son esprit, est ici fort clair et fort utile à constater.

Le major fit la constatation ; mais pour lui l'énigme restait, sinon entière, du moins assez obscure encore. Le baron avait-il fabriqué de fausses pièces pour établir que sa belle-sœur n'avait pas laissé d'héritiers à lui opposer ? Il en était fort capable ; mais M. Goefle les avait vues, ces pièces. Il devait même les avoir entre les mains, comme un dépôt confié à son père, auquel il avait succédé.

— J'ai ces pièces chez moi, à Gœvala, en effet, répondit M. Goefle. Elles ont été vérifiées par des experts, elles sont authentiques ; mais ne tombe-t-il pas maintenant sous le sens qu'elles ont été arrachées au consentement de la baronne Hilda par la contrainte ou par la terreur ? Calmez-vous, Christian ; tout s'éclaircira. Tenez, major, voici une autre découverte, faite hier dans un vêtement, que je vais vous montrer : une lettre du baron Adelstan à sa femme ; lisez, et supputez les dates. L'espérance de la maternité était confirmée le 5 mars, après deux ou trois mois d'incertitude peut-être ! l'enfant naissait le 15 septembre ; la baronne s'était réfugiée ici dans les premiers jours dudit mois. Elle y était probablement retenue prisonnière, et elle y mourait le 28 de la même année. Encore une preuve : voyez ce portrait en miniature ! Regardez-le, Marguerite Elvéda. C'est le comte Adelstan, qui certes n'a pas été peint pour les besoins de la cause ; le peintre est célèbre, et il a daté et signé son œuvre. Ce portrait est pourtant celui de Christian Waldo ! La ressemblance est frappante. Enfin regardez le portrait en pied du même personnage. Ici, même ressemblance, bien que ce soit l'œuvre d'un artiste moins habile ; mais les mains ont été rendues naïvement, et vous voyez bien ces doigts recourbés : montrez-nous les vôtres, Christian !

— Ah ! s'écria Christian, qui marchait dans la chambre avec exaltation, et qui laissa M. Goefle saisir ses mains tremblantes, si le baron Olaüs a martyrisé ma mère, malheur à lui ! Ces doigts crochus lui arracheront le cœur de la poitrine !

— Laissez parler la passion italienne, dit M. Goefle au major, qui s'était levé, craignant que Christian ne s'élançât dehors. L'enfant est généreux ; je le connais, moi ! Je sais toute sa vie. Il a besoin d'exhaler sa douleur et son indignation, ne le comprenez-vous pas ? Mais attendez, mon brave Christian. Peut-être le baron n'est-il pas aussi criminel dans le passé

qu'il nous le semble. Il faut connaître les détails, il
faut revoir Stenson. Délivrer Stenson, et l'amener
ici, major, voilà ce qu'il faudrait, et ce que vous ne
voulez pas faire.

— Vous savez bien que je ne le peux pas ! s'écria
le major, très-ému et très-animé. Je n'ai aucun droit
devant l'autorité seigneuriale, surtout en matière
de répression domestique, et, si le baron veut faire
souffrir ce vieillard, il ne manquera pas de prétextes.

Ici, le major fut interrompu par Christian, qui ne
pouvait plus contenir son impétuosité. Il voulait aller seul au château neuf; il voulait délivrer Stenson
ou y laisser sa vie.

— Quoi ! disait-il, ne voyez-vous pas que, dans ce
repaire, on ne recule devant rien? Je comprends trop
ce que, par une amère et horrible dérision, on appelle ici la *chambre des roses!* Et ce pauvre vieillard
qui n'a plus que le souffle, ce fidèle serviteur qui m'a
sauvé de *mes ennemis*, comme il le dit dans sa déclaration, et qui, après les fatigues d'un long voyage,
m'a consacré une longue vie de silence et de travail,
c'est pour moi encore qu'à l'heure où nous sommes
il expire peut-être dans les tourments ! Non, cela est
impossible; vous ne me retiendrez pas, major! Je ne
reconnais pas votre autorité sur moi, et, s'il faut se

frayer un passage ici l'épée à la main... eh bien, tant
pis, c'est vous qui l'aurez voulu.

— Silence ! s'écria M. Goefle en arrachant des
mains de Christian son épée, que le jeune homme
venait de saisir sur la table, silence ! Écoutez ! on
marche au-dessus de nous dans la chambre murée.

— Comment cela serait-il possible, dit le major,
si elle est murée en effet? D'ailleurs, je n'entends
rien, moi.

— Ce ne sont point des pas que j'entends, répondit M. Goefle; mais taisez-vous et regardez le
lustre.

On regarda et on fit silence, et non-seulement on
vit trembler le lustre, mais encore on entendit le léger bruit métallique de ses ornements de cuivre,
ébranlés par un mouvement quelconque à l'étage su-
périeur.

— Ce serait donc Stenson? s'écria Christian. Nul
autre que lui ne peut connaître les passages exté-
rieurs...

— Mais en existe-t-il? dit le major.

— Qui sait? reprit Christian. Moi, je le crois, bien
que je n'aie pu m'en assurer, et que l'ascension par
les rochers m'ait paru impossible. Mais... n'entendez-
vous plus rien?

On écouta encore, on entendit ou on crut entendre

ouvrir une porte et frapper ou gratter de l'autre côté
de la partie murée de la salle de l'ourse. Stenson
s'était-il échappé des mains de ses ennemis, et, n'o-
sant revenir par le *gaard* ou par le préau, qu'il pouvait supposer gardés par eux, était-il entré dans le
donjon par un passage connu de lui seul? Appelait-il
ses amis à son aide, ou leur donnait-il un mystérieux
avertissement pour qu'ils eussent à se méfier d'une
nouvelle attaque? Le major trouvait ces suppositions
chimériques, lorsque le lieutenant entra avec le *danneman* Bœtsoï, en disant :

— Voici un de nos amis qui arrive de nos bœstelles
où il cherchait son fils. N'est-il point ici ?

— Oui, oui, mon père ! répondit Olof, qui était fort
effrayé de tout ce qu'il venait d'entendre et qui fut
très-content de voir arriver le *danneman*. Étiez-vous
inquiet de moi?

— Inquiet, non ! répondit le *danneman*, qui venait
de faire la route par un temps affreux pour retrouver
son enfant, mais qui trouvait contraire à la dignité
paternelle de lui avouer sa sollicitude. Je pensais
bien que nos amis ne t'auraient pas laissé partir seul;
mais, à cause du cheval, qui pouvait s'estropier!...

Tandis que le *danneman* expliquait ainsi son inquiétude, le lieutenant faisait au major une communication dont celui-ci parut frappé.

III.

— Qu'y a-t-il donc? lui demanda M. Goefle.

— Il y a, répondit Larrson, que nous sommes tous sous l'empire d'idées noires qui nous rendent fort ridicules. Le lieutenant, en faisant sa ronde, a entendu comme une plainte humaine traverser les airs, et nos soldats sont si effrayés de tout ce que l'on raconte de la *dame grise* du Stollborg, que, sans le respect de la discipline, ils auraient déjà déguerpi. Il est temps d'en finir avec ces rêveries, et, puisqu'il n'y a pas moyen de pénétrer par ici dans cette chambre murée, il faut explorer le dehors avec attention, et voir si cette fantasmagorie ne sert pas de prétexte aujourd'hui aux bandits de là-bas pour nous tendre un piége. Venez avec nous, Christian, puisque vous avez cru découvrir un moyen de grimper.

— Non, non! répondit Christian; ce serait trop long et peut être impossible. Je trouve bien plus sûr et plus prompt d'ouvrir ce mur. Il ne s'agit que d'avoir la première brique.

En parlant ainsi, Christian arrachait de ses anneaux la grande carte de Suède, et, armé de son marteau de minéralogiste, il entamait la cloison avec une vigueur désespérée, tantôt frappant avec le bout carré de l'instrument sur la brique retentissante, tantôt passant la pointe aiguë et tranchante dans les trous qu'il avait pratiqués, et amenant avec violence

de larges fragments liés ensemble par le mortier, et
qui tombaient avec fracas sur l'escalier sonore. Il eût
été bien inutile de vouloir s'opposer à son dessein. Une
sorte de rage le poussait à sortir de l'inaction à laquelle on voulait le réduire. Les idées étranges qu'il
avait conçues sur la présence d'une personne enfer-
mée dans cette masure lui revenaient dans l'esprit
comme un cauchemar. Il était même tellement sur-
excité, qu'il était prêt à admettre les idées superstitieuses que M. Goefle avait subies en ce lieu, et à
penser qu'un avertissement surnaturel l'appelait à
découvrir le secret infernal qui pesait sur les derniers
moments de sa mère.

— Otez-vous, ôtez-vous de là ! criait-il à M. Goefle,
qu'une anxiété analogue, mêlée d'une vive curiosité,
poussait à chaque instant au pied de l'escalier ; si le
travail s'écroule en bloc, je ne pourrai pas le retenir.

En effet, la cloison artificielle, qui s'étendait sur
une assez grande surface, et que Christian attaquait
avec fureur, s'en allait de plus en plus en ruines,
couvrant de poussière l'intrépide démolisseur, qui
semblait protégé par miracle au milieu d'une pluie
de pierres et de ciment. Personne n'osait plus lui
parler ; personne ne respirait, croyant à chaque
instant le voir enseveli sous les débris, ou frappé

mortellement par la chute de quelque brique. Un
nuage l'enveloppait lorsqu'il s'écria :

— J'y suis ! voilà la continuation de l'escalier. De
la lumière, monsieur Goefle !...

Et, sans l'attendre, il s'élança dans les ténèbres.
Mais le peu de temps qu'il lui fallut pour chercher
des mains une porte qui se trouva entr'ouverte devant lui avait suffi au major pour le rejoindre.

— Christian, lui dit-il en le retenant, si vous avez
quelque amitié pour moi et quelque déférence pour
mon grade, vous me laisserez passer le premier.
M. Goefle suppose qu'il y a ici des preuves déci-
sives de vos droits, et vous ne pouvez témoigner
dans votre propre cause. D'ailleurs, prenez-y garde !
ces preuves sont peut-être de nature à vous faire
reculer d'horreur !

— J'en supporterai la vue, répondit Christian,
exaspéré par cette pensée, qui était déjà la sienne. Je
veux savoir la vérité, dût-elle me foudroyer ! Passez
le premier, Osmund, c'est votre droit ; mais je vous
suis, c'est mon devoir.

— Eh bien, non ! s'écria M. Goefle, qui, avec le
danneman et le lieutenant, venait de monter rapidement l'escalier derrière le major, et qui se jeta résolûment devant la porte. Vous ne passerez pas,
Christian ; vous n'entrerez pas sans ma permission !

Vous êtes violent, mais je suis obstiné. Porterez-
vous la main sur moi?

Christian recula vaincu. Le major entra avec
M. Goefle; le lieutenant et le *danneman* restèrent
sur le seuil, entre eux et Christian.

Le major fit quelques pas dans la chambre mystérieuse, que n'éclairait guère la lueur de la bougie
apportée par M. Goefle. C'était une grande pièce
boisée, comme celle de l'ourse, mais entièrement
vide, délabrée, et cent fois plus lugubre. Tout à
coup le major recula, et, baissant la voix pour n'être
pas entendu de Christian, qui était si près de l'entrée :

— Voyez! dit-il à M. Goefle, voyez, là! par terre!

— C'était donc vrai! répondit M. Goefle du même
ton : voilà qui est horrible! Allons, major, courage!
il faut tout savoir.

Ils s'approchèrent alors d'une forme humaine qui
gisait au fond de l'appartement, le corps plié et
comme agenouillé par terre, la tête appuyée contre
la boiserie, du moins autant qu'on en pouvait juger
sous les voiles noirs et poudreux dont cette forme
ténue était enveloppée.

— C'est elle, c'est le fantôme que j'ai vu, dit
M. Goefle en reconnaissant, sous ces voiles, la robe

grise avec ses rubans souillés et traînants. C'est la
baronne Hilda, morte ou captive !

— C'est une personne vivante, reprit le major fort
ému en relevant le voile; mais ce n'est pas la baronne Hilda. C'est une femme que je connais. Ap-
prochez, Joë Bœtsoï. Entrez, Christian. Il n'y a rien
ici de ce que vous imaginiez. Il n'y a que la pauvre
Karine, évanouie ou endormie.

—Non, non, dit le *danneman* en s'approchant doucement de sa sœur, elle ne dort pas, elle n'est pas
évanouie; elle est en prières, et son esprit est dans
le ciel. Ne la touchez pas, ne lui parlez pas avant
qu'elle se relève.

— Mais comment est-elle entrée ici? dit M. Goefle.

— Oh ! cela, répondit le *danneman*, c'est un don
qu'elle a d'aller où elle veut et d'entrer, comme les
oiseaux de nuit, dans les fentes des vieux murs. Elle
passe, sans y songer, par des endroits où je l'ai quelquefois suivie en recommandant mon âme à Dieu.
Aussi je ne m'inquiète plus quand je ne la vois point
à la maison; je sais qu'il y a en elle une *vertu*, et
qu'elle ne peut pas tomber; mais, voyez! la voilà qui
a fini de prier en elle-même : elle se lève, elle s'en
va vers la porte. Elle prend ses clefs à sa ceinture.
Ce sont des clefs qu'elle a toujours gardées comme

des reliques, et nous ne savions pas d'où elles lui venaient...

— Observons-la, dit M. Goefle, puisqu'elle ne paraît pas nous voir, ni nous entendre. Que fait-elle en ce moment?

— Ah! cela, dit le *danneman*, c'est une habitude qu'elle a de vouloir trouver une porte à ouvrir, quand elle rencontre certains murs. Voyez! elle y pose sa clef et elle la tourne, puis elle voit qu'elle s'est trompée, elle va plus loin.

— Ah! dit M. Goefle, voilà qui m'explique les petits cercles tracés sur le mur, dans la salle de l'ourse.

— Puis-je lui parler? dit Christian, qui s'était approché de Karine.

— Vous le pouvez, répondit le *danneman*; elle vous répondra si votre voix lui plaît.

— Karine Bœtsoï, dit Christian à la voyante, que cherches-tu ici?

— Ne m'appelle pas Karine Bœtsoï, répondit-elle; Karine est morte. Je suis la *vala* des anciens jours, celle qu'il ne faut point nommer!

— Où veux-tu donc aller?

— Dans la chambre de l'ourse. Ont-ils déjà muré la porte?

— Non, dit Christian; je vais t'y conduire. Veux-tu me donner la main?

— Marche! dit Karine, je te suivrai.

— Tu me vois donc?

— Pourquoi ne te verrais-je pas? Ne sommes-nous pas dans le pays des morts? N'es-tu pas le pauvre baron Adelstan? Tu me redemandes la mère de ton enfant?... Je viens de prier pour elle et pour lui. Et à présent... viens, viens... je te dirai tout!

Et Karine, qui sembla tout à coup se reconnaître, franchit la porte et descendit l'escalier, non sans causer une vive terreur à Marguerite et à Martina, bien que le jeune Olof, qui s'était approché de l'escalier et qui avait tout entendu, les eût prévenues qu'elles n'avaient rien à craindre de la pauvre extatique.

— N'ayez pas peur, leur dit Christian, qui suivait Karine, et que suivaient les deux officiers, M. Goefle et le *danneman;* examinez tous ses mouvements; tâchez, avec moi, de deviner la pensée de son rêve. Ne fait-elle pas le simulacre de rendre les derniers devoirs à une personne qui vient de mourir?

— Oui, répondit Marguerite, elle lui ferme les yeux, elle lui baise les mains et les lui croise sur la poitrine. Et, maintenant, elle tresse une couronne imaginaire.

qu'elle lui pose sur la tête. Attendez, elle cherche quelqu'un...

—Est-ce moi que tu cherches, Karine? dit Christian à la voyante.

— Es-tu Adelstan, le bon *iarl*, répondit Karine. Eh bien, écoute et regarde : voilà qu'elle a cessé de souffrir, ta bien-aimée ! Elle est partie pour le pays des elfes. Le méchant *iarl* avait dit : « Elle » mourra ici, » et elle y est morte ; mais il avait dit aussi : « Si un fils vient à naître, il mourra le pre- » mier. » Il avait compté sans Karine. Karine était là; elle a reçu l'enfant, elle l'a sauvé, elle l'a donné aux fées du lac, et l'homme de neige n'a jamais su qu'il fût né. Et Karine n'a jamais rien dit, même dans la fièvre et dans la douleur ! A présent, elle parle, parce que le beffroi du château sonne la mort. Ne l'enten- dez-vous pas?

— Serait-il vrai? s'écria le major en ouvrant pré- cipitamment la fenêtre : non, je n'entends rien. Elle rêve.

— S'il ne sonne pas, il ne tardera guère, répondit le *danneman*. Elle l'a déjà entendu ce matin, de notre montagne. Nous savions bien que cela ne se pouvait pas; mais nous savions bien aussi qu'elle entendait d'avance, comme elle voit d'avance les choses qui doivent arriver.

Karine, sentant la fenêtre ouverte, s'en approcha.

— C'est ici! dit-elle, c'est par ici que Karine Bœt-soï a fait envoler l'enfant.

Et elle se mit à chanter le refrain de la ballade que Christian avait entendue dans le brouillard : « L'enfant du lac, plus beau que l'étoile du soir... »

— C'est une chanson que votre maîtresse vous a apprise? lui demanda M. Goefle.

Mais Karine ne semblait entendre que la voix de Christian.

Martina Akerstrom se chargea de la réponse.

— Oui, oui, dit-elle, je la connais, moi, cette ballade : elle a été composée autrefois par la baronne Hilda. Mon père l'a trouvée dans des papiers saisis au Stollborg, et laissés au presbytère par son prédécesseur. Il y avait aussi des poésies scandinaves, traduites en vers et mises en musique par cette pauvre dame, qui était fort savante et très-grande artiste en musique. On avait voulu faire de cela des preuves contre elle, comme si elle eût pratiqué le culte des dieux païens. Mon père a blâmé la conduite de l'ancien ministre, et il a précieusement gardé les manuscrits.

— A présent, Karine, dit M. Goefle à la voyante, qui était retombée dans une sorte d'extase tranquille, ne nous diras-tu plus rien?

— Laissez-moi, répondit Karine, qui était entrée dans une autre phase de son rêve, laissez-moi ! il faut que j'aille sur le hogar, au-devant de celui qui va revenir.

— Qui te l'a dit ? lui demanda Christian.

— La cigogne qui perche sur le haut du toit, et qui apporte aux mères assises sous le manteau de la cheminée des nouvelles de leur fils absent. C'est pourquoi j'ai mis la robe que la bien-aimée m'a donnée, afin qu'il vît au moins quelque chose de sa mère. Il y a trois jours que je l'attends et que je chante pour l'attirer ; mais le voici enfin, je le sens près de moi. Cueillez des bluets, cueillez des violettes, et appelez le vieux Stenson, afin qu'il se réjouisse avant de mourir. Pauvre Stenson !...

— Pourquoi dites-vous : *Pauvre Stenson ?* s'écria Christian effrayé. Vous apparaît-il dans votre vision ?

— Laissez-moi, répondit Karine. J'ai dit, et à présent la *vala* retombe dans la nuit !

Karine ferma les yeux et chancela.

— Cela signifie qu'à présent elle veut dormir, dit le *danneman* en la recevant dans ses bras. Je vais l'asseoir ici ; car il faut qu'elle dorme où elle se trouve.

— Non, non, dit Marguerite, nous allons la conduire dans l'autre chambre, où il y a un grand sofa. Elle paraît brûlée de fièvre et brisée de fatigue, cette pauvre femme. Venez.

— Mais que faisait-elle là-haut? dit M. Goefle en retournant vers l'escalier et en s'adressant au major, pendant que les deux jeunes filles conduisaient la famille du *danneman* vers la chambre de garde. Rien ne m'ôtera de l'idée qu'il y a dans cette chambre, murée avec tant de soin par Stenson, un secret plus grave encore, une preuve plus irrécusable que les souvenirs de Karine et la déclaration de Stenson. Voyons, Christian, il faut... Mais où êtes-vous donc?

— Christian? s'écria Marguerite en revenant précipitamment de la chambre de garde : il n'est pas avec nous; où est-il?

—Il est donc déjà remonté là-haut? dit le major en s'élançant sur l'escalier de bois.

— Malédiction! s'écria M. Goefle, qui remonta avec Osmund dans la chambre murée; il est parti! Il a passé par cette brèche comme une couleuvre! N'est-ce pas lui que je vois courir sur ce mur? Christian !...

— Pas un mot, dit le major. Il court sur le bord d'un abîme!... Laissez-le tranquille... A présent, je ne le vois plus; il est entré dans le brouillard. Je voudrais le suivre; mais je suis plus gros que lui, je ne passerai jamais là.

— Écoutez! reprit M. Goefle. Il a sauté!... Il parle!... Écoutez!...

On entendit la voix de Christian, qui disait aux soldats :

— C'est moi! c'est moi! le major m'envoie au château!

— Ah! le fou! le brave enfant! s'écria M. Goefle. Il ne prend conseil que de lui-même; il s'en va, seul contre tous, à la recherche de Stenson!

En effet, Christian s'était envolé, selon l'expression du *danneman*, comme l'oiseau de nuit à travers la fente du vieux mur. Le nom de Stenson, prononcé par Karine, lui avait déchiré le cœur.

— Qu'il se réjouisse avant de mourir! avait-elle dit en achevant son rêve prophétique.

Stenson allait-il mourir, en effet, sous les coups de ses bourreaux, ou bien y avait-il, dans ces navrantes paroles, une de ces cruelles dérisions que nous apporte l'espérance?

Christian se voyait enfermé et paralysé par la prudence du major. Une querelle entre eux à ce sujet était imminente, et, bien qu'il sût combien était dangereuse l'évasion par la brèche, Christian aima mieux se mesurer avec l'abîme qu'avec un des excellents amis que la Providence lui avait envoyés. Il n'avait vu cette issue fortuite de la tour que de trop

loin et avec trop de préoccupation pour l'étudier.
Le brouillard se dissipait lentement, et les objets
étaient encore assez confus ; mais Karine y avait
passé.

— Mon Dieu ! dit-il, donnez au dévouement les
facultés surnaturelles que vous donnez quelquefois
au délire !

Et, bien convaincu qu'ici l'adresse et la précaution ne lui serviraient de rien, puisqu'il ne voyait
pas à trois pieds au-dessous de lui, l'enfant du lac,
se confiant au miracle permanent de sa destinée,
descendit en courant l'abîme qu'il n'avait pas osé
gravir durant le jour.

XIX

Christian arriva au manoir de Waldemora avant
que le major, ayant un parti à prendre et des ordres
à donner à sa petite troupe, eût pu franchir la moitié
de cette même distance pour le rejoindre. Il trouva
les portes des cours ouvertes et éclairées comme
d'habitude, durant les fêtes. Un grand mouvement
régnait toujours dans les escaliers et dans les galeries, mais un mouvement insolite. Ce n'étaient plus
de belles dames parées et de beaux messieurs pou-
drés qui, au son de la musique de Rameau, échangeaient, en se rencontrant, de grandes révérences ou
de gracieux sourires ; c'étaient des valets affairés, portant des malles et courant charger des traîneaux.
Presque tous les hôtes du manoir se préparaient au
départ, les uns causant à voix basse dans les corridors, les autres enfermés chez eux, prenant quelques

heures de repos après avoir donné leurs ordres pour
le voyage.

Que se passait-il donc? On était si agité, que Christian, botté, tête nue, la veste déchirée et ensanglantée, le couteau de chasse à la ceinture, ne fit aucune sensation. On lui fit instinctivement place, sans se demander quel était ce chasseur attardé qui semblait monter à l'assaut, résolu à tout renverser plutôt que de subir une seconde d'attente.

Christian traversa ainsi la galerie des Chasses, dans laquelle il vit errer des figures singulièrement agitées. Parmi ces figures, il reconnut quelques-uns de ceux qui lui avaient été désignés, au bal, comme les héritiers *présomptueux* du châtelain. Ils paraissaient très-émus, se parlaient bas, et se tournaient à chaque instant vers une porte par laquelle ils semblaient attendre avec anxiété une nouvelle importante.

Sans leur donner le temps de l'examiner et de comprendre ce qu'il faisait, Christian franchit cette porte, se disant que par là probablement il arriverait aux appartements du baron ; mais, en suivant un assez long couloir, il entendit pousser d'horribles gémissements. Il se mit à courir de ce côté, et entra dans une chambre ouverte, où il se trouva tout à coup en présence de Stangstadius, qui, tranquillement assis, lisait une gazette auprès d'une petite

lampe à chapiteau, sans paraître le moins du monde
ému des plaintes effrayantes qu'on entendait de plus
en plus rapprochées et distinctes.

— Qu'est-ce que cela? lui dit Christian en lui saisissant le bras. N'est-ce point par ici que l'on donne
la torture?

Sans doute Christian, le couteau à la main, avait
une physionomie peu rassurante, car l'illustre géologue bondit effrayé en s'écriant :

— Qu'est-ce que c'est? qu'est-ce que vous voulez?
qu'est-ce que vous parlez de...?

— L'appartement du baron? répondit laconique-
ment le jeune homme, d'un ton si absolu, que Stangstadius ne songea pas à discuter.

— Par là! répondit-il en lui montrant la gauche.

Et, très-content de le voir s'éloigner, il reprit sa
lecture, en se disant que le châtelain avait d'étranges
bandits à son service, et qu'on rencontrait dans ses
appartements des gens que l'on ne voudrait pas rencontrer au coin d'un bois.

Christian traversa encore un cabinet, et trouva
une dernière porte fermée. Il la fit sauter d'un coup
de poing. Il eût enfoncé, en ce moment, les portes
de l'enfer.

Un spectacle lugubre s'offrit à sa vue. Le baron,
en proie aux convulsions d'une terrible agonie, se

III.   13.

débattait dans les bras de Johan, de Jacob, du médecin et du pasteur Akerstrom. Ces quatre personnes avaient à peine la force d'empêcher qu'il ne se jetât hors de son lit pour se rouler sur le plancher. La crise qu'il subissait était si poignante, et les gens qui l'entouraient si absorbés, qu'ils ne s'aperçurent pas du bruit que Christian avait fait pour entrer, et ne se retournèrent qu'au moment où le moribond, dont la figure était tournée vers lui, s'écria avec un accent de terreur impossible à rendre :

— Voilà... voilà... voilà mon frère !

En même temps, sa bouche se contracta, ses dents coupèrent sa langue, d'où le sang jaillit. Il se rejeta en arrière par un mouvement si brusque et si violent, qu'il échappa aux mains qui le soutenaient, et tomba, la tête en arrière, contre le mur de son alcôve, avec un bruit affreux. Il était mort.

Tandis que le ministre, le médecin et l'honnête Jacob échangeaient, terrifiés, la parole suprême : *C'est fini !* Johan, conservant une présence d'esprit extraordinaire, avait regardé et reconnu Christian. L'attentat du Stollborg, dont il attendait depuis une heure le résultat avec tant d'impatience, sans pouvoir quitter le mourant, avait donc échoué. Johan se sentit perdu. Il n'y avait pour lui, en ce moment, de salut que dans la fuite, sauf à faire plus tard sa sou-

mission au nouveau maître, ou à tenter de s'en défaire à l'aide des complices qui lui restaient. Quoi
qu'il dût résoudre, il ne songea qu'à s'échapper;
mais Christian le serrait de trop près pour que cela
fût possible, et il le prit au collet, sur le seuil de la
porte, d'une si vigoureuse façon, que le misérable,
pâle et suffoqué, tomba à genoux en lui demandant
grâce.

—Stenson ! lui dit Christian, qu'as-tu fait de Stenson?

— Qui êtes-vous, monsieur, et que faites-vous ?
s'écria le ministre d'un ton sévère. Est-ce dans un
moment aussi solennel que celui-ci, est-ce en présence d'un homme dont l'âme comparait au tribunal
suprême, que vous devez vous livrer à un acte de
violence?

Pendant que le ministre parlait, Jacob essayait de
dégager Johan de l'étreinte de Christian; mais l'état
de surexcitation où se trouvait le jeune homme décu-
plait sa force naturelle, et les trois personnages pré-
sents n'eussent pu lui faire lâcher prise.

Presque aussitôt Stangstadius, accouru au bruit,
était entré, livrant passage aux héritiers, avides de
connaître la vérité sur l'état du baron, et aux domestiques, qui étaient aux écoutes et qui venaient d'entendre le dernier râle du mourant.

— Qui êtes-vous, monsieur? répétait le ministre,
par qui Christian s'était laissé volontairement désarmer, mais sans lâcher sa proie.

— Je suis Christian Goefle, répondit-il autant par
pitié pour les pauvres héritiers que par prudence en
leur compagnie; je viens ici de la part de M. Goefle,
mon parent et mon ami, réclamer le vieux Adam
Stenson, que ce misérable a peut-être fait assassiner.

— Assassiner? s'écria le ministre en reculant d'effroi.

— Oh! il en est capable! s'écrièrent à leur tour
les héritiers, qui haïssaient Johan.

Et, sans se préoccuper davantage de l'incident, ils
se pressèrent autour du *cher défunt*, étouffant le
médecin sous leur nombre, l'accablant de questions
avides, et repaissant leurs yeux du spectacle de cette
face hideusement défigurée, qui les effrayait encore
en dépit de leur joie.

Ils ne s'ouvrirent avec déférence que devant l'impassible Stangstadius, qui venait, avec une glace,
faire la dernière épreuve, disant que le médecin
était un âne incapable de constater le décès. Si Christian eût été moins occupé de son côté, il eût entendu plusieurs voix dire : « Ne reste-t-il plus d'espérance? » sur un ton qui disait clairement : « Pourvu
qu'il soit bien trépassé ! » Mais Christian n'avait pas

une pensée pour son héritage; il voulait voir Stenson, et il exigeait que Johan le fît paraître sur l'heure ou le conduisît lui-même auprès du vieillard.

— Lâchez cet homme, lui dit le ministre; vous l'étranglez, et il est hors d'état de vous répondre.

— Je ne l'étrangle pas du tout, répondit Christian, qui, en effet, avait grand soin de ne pas compromettre la vie de celui auquel il voulait arracher des révélations.

Cependant le rusé Johan avait fait son profit des bonnes intentions de M. Akerstrom. Ne voulant pas parler, il feignit de s'évanouir, et le ministre blâma Christian de sa brutalité, tandis que les valets, inquiets du sort qui leur était réservé si les *redresseurs de torts* commençaient leur office, se montrèrent beaucoup plus disposés à défendre Johan qu'à céder devant un inconnu.

Quand Johan se vit assez entouré et assez appuyé pour reprendre son audace, il recouvra lestement la parole, et s'écria d'une voix retentissante qui domina le tumulte de l'appartement :

—Monsieur le ministre, je vous dénonce un intrigant et un imposteur, qui, à l'aide d'un infernal roman, prétend se faire passer ici pour l'unique héritier de la baronnie! Abandonnez-moi donc à sa vengeance, vous qui me haïssez, ajouta-t-il en s'adressant aux héritiers, et, à présent que le maître n'est plus, vous n'aurez plus personne pour déjouer les infâmes machinations de M. Goefle; car c'est lui qui a inventé ce chevalier d'industrie et qui se vante de faire prévaloir son droit sur tous les vôtres.

Si la foudre fût tombée au milieu de l'assistance, elle n'aurait pas produit plus d'effroi et de stupeur que les paroles de Johan; mais, comme il s'y attendait bien, une réaction subite s'opéra, et un chœur d'injures et de malédictions couvrit la voix de Christian, que le ministre appelait à se justifier ou à s'expliquer.

— Chassez-le ! qu'il soit honteusement chassé ! disaient avec véhémence les cousins et neveux du défunt.

— Non, non ! criait Johan, aidé de ses complices, qui comprenaient fort bien que le jour des révélations était venu, et qu'il fallait réduire les vengeurs au silence ; faisons-le prisonnier. A la tour ! à la tour !

— Oui, oui, à la tour ! hurla le baron de Lindenwald, un des héritiers les plus âpres à la curée.

— Non, tuez-le ! s'écria Johan risquant le tout pour le tout.

— Oui, oui, jetez-le par la fenêtre ! répondit le chœur de ces passions diaboliques.

Et la chambre du défunt devint le théâtre d'une scène de tumulte et de scandale, les valets s'étant précipités sur Christian, qui ne pouvait se défendre, car le ministre s'était mis devant lui pour lui faire un rempart de son corps, en jurant qu'on le tuerait lui-même avant d'accomplir un meurtre en sa présence.

Le médecin, Jacob et deux des héritiers, un vieillard et son jeune fils, se mirent du côté de Christian, par respect pour le ministre et par loyauté naturelle; Stangstadius, espérant calmer les passions par l'autorité de son nom et de son éloquence, s'était jeté entre les combattants, qui n'en tenaient compte et le refoulaient sur Christian, si bien que le jeune homme, plus empêché que secouru par ce petit groupe de faibles champions, se voyait repoussé pas à pas vers la fenêtre, que Johan, l'œil en feu et la bouche baveuse de rage, venait d'ouvrir en vociférant, pour ne pas laisser refroidir l'ivresse de la peur chez ses acolytes.

En regardant cet homme affreux, qui jetait enfin le masque de son hypocrite douceur et laissait voir le type et les instincts d'un tigre, le ministre et le médecin, frappés de terreur, eurent comme un moment de vertige et tombèrent, plus qu'ils ne reculèrent, sur Christian, tandis que deux des plus déterminés coquins saisissaient adroitement ses

jambes pour le soulever et le jeter dehors à la ren-
verse. C'en était fait de lui, lorsque le major Larrson,
le lieutenant, le caporal, M. Goefle et les quatre
soldats se précipitèrent dans la chambre.

— Respect à la loi ! s'écria le major en se dirigeant
sur Johan. Au nom du roi, je vous arrête !

Et, le remettant au caporal Duff, il ajouta en s'a-
dressant au lieutenant :

— Ne laissez sortir personne !

Alors, au milieu d'un silence de crainte ou de respect, car personne n'osait en ce moment méconnaî-
tre l'ascendant d'un officier de l'indelta, Larrson,
promenant ses regards autour de lui, vit le baron
immobile sur son lit. Il approcha, le regarda attentivement, ôta son chapeau en disant :

— La mort est l'envoyé de Dieu !

Et le remit sur sa tête en ajoutant :

— Que Dieu pardonne au baron de Waldemora !

Plusieurs voix s'élevèrent alors pour invoquer l'assistance du major contre les intrigants et les impos-
teurs ; mais il requit le silence, déclarant ne vouloir
entendre que de la bouche du ministre la première
explication de l'étrange scène qu'il avait surprise en
entrant.

— Ne convient-il pas, répondit M. Akerstrom, que
cette explication ait lieu dans une autre pièce ?

— Oui, dit le major, à cause de ce cadavre, passons
dans le cabinet du baron. Caporal, faites défiler une
à une les personnes qui sont ici, et qu'aucune ne
reste ou ne se retire par une autre porte. Monsieur le
ministre, veuillez passer le premier avec M. le docteur Stangstadius et le médecin de M. le baron.

Puis, Christian lui désignant le vieux comte de
Nora et son fils, qui avaient manifesté l'intention
loyale de le protéger, le major les invita à passer librement, et leur témoigna de grands égards en les
interrogeant à leur tour.

L'instruction des faits fut très-minutieuse ; mais le
major n'attendit pas longtemps qu'elle fût complétée
pour céder au désir impatient de Christian et de
M. Goefle, en donnant l'ordre d'aller délivrer le
vieux Stenson, que Jacob déclarait avoir vu avec douleur conduire à la tour une heure auparavant. Christian voulait y courir aussitôt ; le major s'y opposa,
et, sans lui donner l'explication de sa conduite, il
ordonna que Stenson fût immédiatement ramené
au Stollborg et réintégré dans sa résidence avec tous
les égards possibles, mais sans communiquer avec
personne, et cela sous les peines les plus sévères
contre quiconque enfreindrait cette consigne. Puis,
à la place de Stenson, il fit conduire à la prison du
château Johan et quatre laquais qui furent déclarés

par le ministre avoir voulu attenter à la vie de Christian. Ceux qui s'étaient contentés de l'injurier, et qui
s'empressèrent de nier le fait, furent admonestés et
menacés d'être déférés à la justice, s'ils tombaient
en récidive.

Ils n'en avaient nulle envie. Malgré le petit nombre d'hommes que le major avait en ce moment
autour de lui, on sentait qu'il avait la loi et le droit
pour lui, en même temps que le courage et la volonté. On devinait bien aussi, à son attitude, qu'il
avait fait avertir le reste de sa compagnie, et que,
d'un moment à l'autre, l'indelta se trouverait en force
au château.

En l'absence de tout autre magistrat, puisque le
défunt châtelain avait assumé sur lui, par ses priviléges, toute l'autorité du canton, et qu'il se trouvait
sans successeur jusqu'à nouvel ordre, le major se
fit assister du ministre de la paroisse comme autorité
civile et morale, et de M. Goefle comme conseil. Il
se fit apporter toutes les clefs et les remit à Jacob,
qu'il constitua majordome et gardien de toutes
choses, en lui attribuant l'assistance spéciale de
deux soldats pour se faire respecter des autres serviteurs de la maison, en cas de besoin. Il confia au
médecin le soin de veiller aux funérailles du baron,
et déclara qu'il allait, avec le ministre, M. Goefle,

le lieutenant et quatre témoins nommés à l'élection
des héritiers, procéder à la recherche du testament,
bien que Johan eût déclaré que le baron n'avait pas
testé.

Les héritiers, d'abord très-effrayés et très-irrités,
s'étaient calmés en voyant que ni le major, ni
M. Goefle, ni Christian ne parlaient d'un nouveau
compétiteur. Ils étaient environ une douzaine, tous
fort mal intentionnés les uns pour les autres, bien
qu'ils eussent associé leurs inquiétudes autour du
châtelain et leur surveillance sur la proie commune.
Le vieux comte de Nora, le plus pauvre de tous, avait
seul conservé sa dignité au milieu d'eux et son franc
parler avec le baron.

Aucun testament du baron ne pouvant porter at-
teinte aux droits de Christian, celui-ci avait compris,
aux regards et à quelques mots de M. Goefle, qu'on
allait se livrer à cette recherche seulement pour apai-
ser la bande rapace des héritiers et gagner du temps,
jusqu'à ce que l'on se vît en mesure d'agir ouvertement. Christian avait également compris, au silence
expressif de ses amis sur son compte, que le moment
n'était pas venu de se faire connaître, et que,
jusqu'à nouvel ordre, l'accusation jetée par Johan
sur ses prétentions devait être considérée comme
non avenue.

Les héritiers avaient, on le pense bien, accepté avec joie cette situation, que semblaient établir la pantomime dénégative de M. Goefle et l'air de parfaite sécurité très-naturellement pris par Christian à partir du moment où il s'était vu rassuré sur le sort de Stenson. Donc Christian seconda les intentions de ses amis en ne les accompagnant pas dans la recherche du testament, et il ne songeait plus qu'à s'enquérir discrètement de Marguerite, lorsqu'il se trouva en présence de la comtesse Elvéda, dans la galerie.

Elle le reconnut du plus loin qu'elle le vit, et, venant à sa rencontre :

— Ah ! ah ! dit-elle gaiement, vous n'étiez donc point parti, où vous êtes revenu, monsieur le fantôme ? Et dans quel costume êtes-vous là ? Arrivez-vous de la chasse en plein minuit ?

— Précisément, madame la comtesse, répondit Christian, qui vit, à l'air enjoué de la tante de Marguerite, combien peu il était question, dans son esprit, de l'escapade de sa nièce. J'ai été chasser l'ours fort loin, et j'arrive pour apprendre l'événement...

— Ah ! oui, la mort du châtelain ! dit la comtesse d'un ton léger. C'est fini, n'est-ce pas ? et on peut respirer maintenant. J'ai eu du malheur, moi ! De

mon appartement, on entendait tous les gémissements de son agonie, et j'ai été obligée de me réfu-
gier dans celui de la jeune Olga, qui m'a régalée
d'une autre musique. Cette pauvre fille est très-ner-
veuse, et quand je lui ai appris qu'au lieu de voir les
marionnettes, il nous fallait ou partir à travers le
brouillard, ou rester dans la maison d'un moribond
jusqu'à ce qu'il lui plût de rendre l'âme, elle est tombée dans des convulsions effrayantes. Ces Russes sont
superstitieuses! Enfin, nous voilà tranquilles, j'espère, et je vais me mettre en route, car il est, je crois,
question de sonner une grosse cloche que l'on ne
met ici en branle qu'à la mort ou à la naissance des
seigneurs du domaine. Donc, je me sauve, moi, car il
n'y aurait pas moyen de dormir, et cette cloche des
morts me donnerait les idées les plus noires. Tenez,
n'est-ce pas cela que j'entends?

— Je crois bien que oui, répondit Christian; mais
vous n'emmenez donc pas la comtesse... votre
nièce?

Et il ajouta fort hypocritement :

— Je suis un grand sot de ne pas me rappeler son
nom.

— Vous êtes un grand fourbe! répondit en riant
la comtesse. Vous lui avez fait la cour, puisque vous
avez provoqué le baron pour l'amour d'elle. Eh

bien, je ne m'en scandalise pas : c'est de votre âge,
et, après tout, vous avez montré, en tenant tête à ce
pauvre baron, qui était un fort méchant homme, une
témérité qui ne m'a pas déplu. Il y a du bon en vous,
je m'y connais; et je vois maintenant combien peu
convenaient à votre caractère les leçons de souplesse
et de prudence que je vous avais données ce jour-là.
Vous êtes dans un autre chemin; car il y en a deux
pour parvenir, l'adresse ou la témérité. Eh bien,
vous êtes peut-être dans le plus court, celui des mauvaises têtes et des audacieux. Il faut aller en Russie,
mon cher. Vous êtes beau et hardi; j'ai parlé de
vous avec l'ambassadeur; il vous a remarqué, et il a
des desseins sur vous. Vous m'entendez bien?

— Pas le moins du monde, madame la comtesse !

— Oh! que si fait! Le crédit d'Orlof ne peut pas
être éternel, et certains intérêts peuvent vouloir combattre les siens... A présent, vous m'entendez de
reste? Donc, ne pensez pas à ma nièce; vous pouvez
prétendre à une plus belle fortune, et, comme, pour
le moment, vous n'êtes rien, pas même le neveu de
M. Goefle, qui ne vous avoue même pas pour son bâtard, je vous avertis que je vous mettrais à la porte,
si vous vous présentiez chez moi dans la sotte intention
de plaire à Marguerite; tandis que je vous attends à

Stockholm pour vous présenter à l'ambassadeur, qui vous prendra à son service. Donc, au revoir!... ou plutôt, attendez, je vous emmène!

— Vraiment?

— Vraiment, oui. Je laisse ici ma nièce, qui, effrayée des rugissements du moribond, a été passer la nuit au presbytère avec mademoiselle Akerstrom, son amie, du moins à ce que prétend sa gouvernante. En quelque lieu que cette poltronne se soit réfugiée, mademoiselle Potin partira aujourd'hui avec elle pour Dalby, sous la conduite de Peterson, un homme de confiance. M. Stangstadius m'a promis de les accompagner. Ce sera un grand crève-cœur pour la petite, qui se flattait de venir avec moi à Stockholm ; mais elle est trop jeune encore : elle ne ferait que des sottises dans le monde. Son début est remis à l'année prochaine.

— Ainsi, dit Christian, elle passera encore une année toute seule dans son vieux manoir?

— Ah! je vois qu'elle vous a conté ses peines. C'est fort touchant, et voilà pourquoi je vous emmène dans mon traîneau. Tenez, je vous donne une heure pour vous préparer, et je reviens vous prendre ici. C'est convenu?

— Je n'en sais rien, répondit Christian payant

d'audace; je suis très-amoureux de votre nièce, je
vous en avertis !

— Eh bien, tant mieux, si cela dure ! reprit la comtesse. Quand vous aurez passé quelques années en
Russie et que vous vous y serez fait donner beaucoup de roubles et de paysans, je ne dirai pas non,
si vous persistez.

Et la comtesse se retira, persuadée que Christian
serait exact au rendez-vous.

Elle n'eut pas plus tôt disparu que mademoiselle
Potin, qui la guettait, se glissa près de Christian
pour lui faire une sévère remontrance. Elle avait été
fort inquiète de Marguerite, et l'avait cherchée partout.

— Heureusement, ajouta la gouvernante, elle vient
de rentrer avec son amie Martina, dont la mère ne
s'inquiétait pas, la croyant attardée dans notre appartement; mais il m'en coûte de mentir si souvent
pour couvrir les imprudences de Marguerite, et je
déclare que je vais tout révéler à la comtesse, si vous
ne me donnez votre parole d'honneur de quitter le
château et le pays à l'instant même.

Christian rassura la bonne Potin en lui disant que
c'était convenu, et, bien résolu à ne rien faire de ce
qu'elle souhaitait, il attendit les événements.

A une heure du matin, la troupe arriva sans bruit,

et avis en fut donné au major, qui déclara les recherches terminées; elles n'avaient eu aucun résultat, à la grande satisfaction de la plupart des héritiers, qui aimaient mieux s'en remettre à leurs droits qu'à la bienveillance fort douteuse du défunt.

— Maintenant, messieurs, dit le major, je vous prie de me suivre au Stollborg, où j'ai quelque raison de croire qu'un testament a été confié à M. Stenson.

Et, comme tous s'élançaient vers la porte de l'appartement :

— Permettez, leur dit-il ; une grave responsabilité pèse ici sur M. le ministre, sur M. Goefle et sur moi. Je dois procéder très-scrupuleusement et très-officiellement, rassembler le plus grand nombre possible de témoins sérieux, et ne pas permettre que les choses se passent sans ordre et sans surveillance. Veuillez vous rendre avec moi dans la galerie des Chasses, où les autres témoins doivent être rassemblés.

En effet, conformément aux ordres donnés par le major, tous les hôtes du château neuf avaient été priés de se rendre dans la galerie, au grand dépit de quelques-uns, qui avaient déjà le pied levé pour partir ; mais l'indelta parlait au nom de la loi, on s'y rendit.

La comtesse Elvéda, pressée d'en finir et toujours
fort active, y était arrivée la première. Elle trouva
Christian endormi sur un sofa.

—Eh bien, s'écria-t-elle, vous n'êtes pas plus prêt
que cela?... Et que venez-vous faire ici? ajouta-
t-elle en s'adressant à Marguerite, qui arrivait avec sa
gouvernante.

— Je n'en sais rien, répondit Marguerite; j'obéis
à un ordre général.

Olga arriva bientôt, en effet, ainsi que la famille du
ministre, M. Stangstadius, l'ambassadeur et son
monde, enfin tous les hôtes de Waldemora, en habit de voyage, et la plupart fort maussades d'être
retenus au moment de partir, ou empêchés de continuer leur somme. On murmura beaucoup, on maudit la lugubre cloche, qui eût pu attendre, disait-on,
que tout le monde fût en route.

— Mais qu'y a-t-il? que nous veut-on? disaient les
douairières; le baron a-t-il donné l'ordre qu'on dan-
sât encore ici après sa mort, ou bien sommes-nous
condamnées à le voir sur son lit de parade? Je n'y
tiens pas, moi; et vous?

— Quel est donc ce jeune homme qui sort d'ici?
dit l'ambassadeur à la comtesse Elvéda : n'est-ce
pas notre jeune drôle?

— Oui, c'est notre aventurier, répondit-elle. Il

vient de recevoir un billet. Il paraît que la consigne
qui nous retient ici ne le concerne pas.

En effet, Christian venait de recevoir un mot de
M. Goefle, qui lui disait :

« Allez-vous-en au Stollborg, et habillez-vous vite
comme vous étiez au bal d'avant-hier ; vous nous at-
tendrez dans la salle de l'ourse. Faites dégager l'escalier et cacher la brèche sous les grandes cartes. »

On apporta le thé et le café dans la galerie des
Chasses, et, un quart d'heure après, toutes les personnes désignées par le major et le ministre, ainsi
que les héritiers et une partie des serviteurs et des
principaux vassaux du domaine, se mirent en route
pour le Stollborg, dont Christian, convenablement
vêtu, fit les honneurs avec l'aide de Nils, des *dannemans* père et fils, et d'Ulphilas, qui avait été mis
en liberté après quelques heures de prison. Disons
ici qu'il n'a jamais su pourquoi M. Johan lui avait
infligé cette peine, n'ayant compris, ni avant, ni
pendant, ni après, les événements accomplis au
Stollborg.

XX

Quand toute l'assistance fut réunie, le major donna lecture et communication de toute l'affaire relative à l'assassinat projeté sur la personne de Christian, et les prisonniers appelés à comparaître, se voyant perdus par l'emprisonnement de Johan et la mort du baron, se défendirent si mal que leurs dénégations équivalurent à des aveux. Puffo avoua franchement qu'on l'avait chargé de mettre la coupe d'or dans le bagage de son maître, et que, pour ce fait, il avait reçu de l'argent de M. Johan.

— A présent, dit l'avare et orgueilleux baron de Lindenwald, qui était le cousin le plus proche du défunt, nous ne demandons pas mieux que de signer le procès-verbal de tout ce que nous venons d'entendre sur le compte de M. Johan, si l'on veut bien nous tenir quittes de juger la conduite et les intentions du baron, son maître. Il y a quelque chose de barbare et d'impie à instruire ici le procès d'un homme qui n'est pas encore descendu dans la tombe, et qui, couché sur son lit de mort, ne peut plus répondre aux accusations. A mon avis, messieurs, c'est trop tard ou trop tôt, et nous devons refuser d'en entendre davantage. Que nous importe l'individu qui prend de telles précautions pour assurer sa vengeance, devant les tribunaux, contre des valets dont personne ne se soucie, et contre la mémoire d'un homme que chacun ici, j'espère, est libre d'apprécier intérieurement, sans être appelé à le maudire en public? On nous avait parlé d'un testament dont il n'est plus question, et, comme il est aisé de voir qu'on a voulu nous mystifier, je suis, quant à moi, résolu à me retirer et à ne pas m'incliner devant les usurpations de pouvoir d'un petit officier de l'indelta. Je ne suis pas le seul ici dont les priviléges soient méconnus en cet instant, et, quand de pareilles choses arrivent, vous savez aussi bien que moi, messieurs, ce qu'il nous reste à faire.

En achevant sa phrase, le baron de Lindenwald mit la main sur la garde de son épée, et, les autres héritiers suivant son exemple, un combat allait s'engager, lorsque le ministre, avec une grande vigueur de parole et de fierté ecclésiastique, s'interposa en invoquant l'appui des personnes désintéressées et loyales, lesquelles, par leur attitude et leurs réflexions, condamnèrent tellement la tentative du baron, que les récalcitrants se soumirent et dispensèrent le major du devoir pénible de sévir contre eux.

Il devenait bien évident, pour lui et pour tous les témoins de cette scène, que les héritiers se refusaient à connaître les motifs de haine du baron contre Christian parce qu'ils pressentaient la vérité. M. Goefle l'avait fait placer, sans affectation, au-dessous du portrait de son père, et la ressemblance frappait déjà tous les regards ; mais il n'y avait pas assez de sarcasmes dans la langue suédoise pour exhaler l'aversion des *présomptueux* contre le bateleur que Johan avait dénoncé, et que M. Goefle (dont il était le bâtard) voulait produire à l'aide d'un roman invraisemblable et de preuves fabriquées.

M. Goefle resta impassible et souriant, Christian eut un peu plus de peine à se contenir ; mais le regard tendre et suppliant de Marguerite produisit ce miracle.

— A présent, dit le ministre, quand le silence fut établi, introduisez M. Adam Stenson, que nous tenons au secret dans son appartement depuis sa sortie de prison.

Adam Stenson comparut. Il s'était habillé avec

soin ; sa douce et noble figure, altérée de fatigue, mais digne et sereine, produisit beaucoup d'émotion. M. Goefle le pria de s'asseoir, et lui donna lecture de la déclaration écrite de sa main et confiée à Manassé, à Pérouse. Cette pièce, qui n'avait pas encore été produite à l'assemblée, fut accueillie avec un grand mouvement de surprise et d'intérêt par les uns, avec un silence de stupeur par les autres.

L'ambassadeur de Russie, qui n'avait peut-être pas sur Christian les vues que lui attribuait ou que voulait lui susciter la comtesse Elvéda, mais qui s'intéressait véritablement à sa figure et à son air déterminé, commença à témoigner de son approbation pour la manière dont cette instruction était conduite, à l'effet de prévenir un débat judiciaire, ou d'y apporter, si l'on y était conduit, toutes les lumières de la conscience. Il faut dire aussi que les amis de Christian avaient amené là le personnage par la douceur et la prière. Les égards que lui témoignait adroitement M. Goefle, en dépit de ses préventions contre son rôle politique, flattaient l'ambassadeur, qui aimait à se mêler des affaires particulières comme des affaires publiques de la Suède.

Quand la pièce fut lue, le ministre, s'adressant à Stenson, lui demanda s'il était en état d'entendre les questions qui lui seraient adressées...

— Oui, monsieur le ministre, répondit Stenson ;
j'ai l'oreille affaiblie, il est vrai, mais pas toujours, et
j'entends souvent des choses auxquelles je ne veux
pas répondre.

— Voulez-vous répondre aujourd'hui ?

— Oui, monsieur, je le veux.

— Reconnaissez-vous dans cette pièce votre écriture ?

— Oui, monsieur, parfaitement.

— Les raisons de votre long silence y sont indi-
quées, reprit le ministre ; mais la vérité exige plus de
détails. La manière dont le baron vous a traité jusqu'à ce jour ne semble pas motiver la crainte que
vous aviez de lui, ni les terribles intentions que
votre déclaration lui attribue envers d'autres personnes.

Pour toute réponse, Stenson releva les manches de
son habit, et, montrant, sur ses bras maigres et trem-
blants, les traces de la corde qui avait serré ses poignets jusqu'à en faire jaillir le sang :

— Voilà, dit-il, quels jeux s'amusait à regarder le
baron quand l'agonie a éteint ses yeux et terminé
mon supplice ; mais je n'ai rien avoué. On eût pu
briser tous mes vieux os ! je n'aurais rien dit. Qu'importe de mourir à mon âge ?

— Vous vivrez encore, Stenson ! s'écria M. Goefle ;

vous vivrez pour avoir une grande joie. Vous pouvez
parler maintenant, le baron Olaüs a cessé de vivre.

— Je le sais, monsieur, dit Stenson, puisque je
suis ici ; mais je n'aurai plus de joie en ce monde,
car celui que j'avais sauvé n'existe plus !

— En êtes-vous bien sûr, Stenson? dit M. Goefle.

Stenson promena ses regards autour de la chambre, qui était très-éclairée. Ses yeux s'arrêtèrent sur
Christian, qui se contenait pour ne pas avoir l'air de
solliciter son attention, et qui affectait même de ne
pas le voir, bien qu'il brûlât de se jeter dans ses bras.

— Eh bien, dit M. Goefle au vieillard, qu'est-ce
que vous avez, Stenson? Pourquoi les larmes cou-
vrent-elles votre figure ?

— Parce que je crains de rêver, dit Stenson, parce
que j'ai déjà cru rêver en le voyant ici il y a deux
jours, parce que je ne le connais plus, moi, et que
je le reconnais pourtant.

— Restez là, M. Stenson ; dit le ministre au vieillard, qui voulait s'approcher de Christian : une ressemblance peut n'être qu'un hasard insidieux. Il faut
établir les faits avancés par vous dans la pièce qui
vient d'être lue.

— C'est bien facile, dit Stenson, M. Goefle n'a qu'à
vous lire l'écrit que je lui ai confié avant-hier, et il
pourra ensuite établir l'identité de Cristiano Gof-

fredi avec Christian de Waldemora, au moyen des
lettres de Manassé, que je lui ai également remises
hier.

— J'avais juré, dit M. Goeflé, de n'ouvrir cet écrit
qu'après la mort du baron. Je l'ai donc ouvert il y a
deux heures, et voici le peu de mots qu'il contient :

« Crevez le mur derrière le portrait de la baronne
Hilda, au Stollborg, à droite de 'la croisée de la
chambre de l'ourse. »

— Ah ! ah ! dit le major à l'oreille de M. Goeflé,
pendant que le ministre faisait enlever le portrait et
procéder, sous la direction de Stenson, à l'ouverture
de la cachette, j'aurais cru que la preuve se trouverait dans la chambre murée.

— Dieu merci, non, répondit du même ton l'avocat, car il eût fallu faire voir que nous y avions pénétré, chose dont, grâce aux grandes mappes remises en place, personne ici ne se préoccupe et ne
s'aperçoit, et on eût pu nous accuser d'avoir mis là
nous-mêmes de fausses preuves. C'est parce que j'ai
pris connaissance, au château neuf, de l'avis mystérieux de Sten, que je vous ai dit d'amener ici sans
crainte beaucoup de témoins.

La cachette ouverte, le ministre y prit lui-même
un coffret de métal, où se trouvait une pièce décisive
dont il donna lecture.

C'était un récit très-net et très-détaillé, écrit en entier de la main de la baronne Hilda, des tristes jours qu'elle avait passés au Stollborg sous la garde de l'odieux Johan, et des persécutions exercées contre elle et contre ses fidèles amis et serviteurs, Adam Stenson et Karine Bœtsoï.

La malheureuse veuve déclarait et jurait, « sur son salut éternel et sur l'âme de son mari et de son premier enfant, tous deux assassinés par l'ordre d'un homme qu'elle ne voulait pas nommer, mais dont les forfaits seraient connus un jour, » qu'elle avait donné naissance à un second fils, fruit de sa légitime union avec le baron Adelstan de Waldemora, le 15 septembre 1746, à deux heures du matin, dans la salle de l'ourse, au Stollborg. Elle racontait, d'une façon à la fois modeste et dramatique, le courage qu'elle avait eu de ne pas faire entendre la moindre plainte à ses geôliers, installés auprès d'elle, dans la chambre dite *chambre de garde*. Karine l'avait assistée dans ses souffrances, tout en chantant auprès d'elle pour couvrir le bruit des vagissements du nouveau-né. Stenson n'avait pas quitté la chambre pendant la naissance de l'enfant, et, aussitôt après, il avait tenté de l'emporter par la porte secrète ; mais cette porte se trouva fermée en dehors et gardée. (A cette époque, la brèche de l'appartement situé au-dessus de

la chambre de l'ourse n'existait pas, puisque Stenson
n'avait point essayé d'en profiter.) Stenson, après
avoir été fouillé, réussit pourtant à sortir du donjon
pour chercher une barque, qu'à la faveur de la nuit
il parvint à amener sous les rochers ou galets du lac,
et Karine lui descendit l'enfant par la fenêtre au
moyen d'une corde et d'une corbeille. Tout cela avait
pris du temps, et le jour paraissait. La fenêtre de la
chambre de garde s'ouvrit au moment où Stenson
recevait l'enfant dans ses mains tremblantes ; mais,
heureusement protégé par la voûte de rochers, il
avait pu se tenir caché là et attendre que les gardiens
se fussent rassurés, pour traverser, en se recommandant à Dieu, le court espace entre le lac et la rive,
derrière le *gaard*.

Christian, en explorant ce site bizarre, avait donc
deviné et reconstruit sa propre histoire.

L'enfant avait été confié à Anna Bœtsoï, mère de
Karine et du *danneman* Joë. Il avait été nourri, par
une daine apprivoisée, dans les chalets du Blaackdal,
et, de temps en temps, la baronne captive recevait de
ses nouvelles au moyen de certains signaux de feux
allumés à l'horizon.

Rassurée sur le sort de son enfant, la baronne
avait espéré pouvoir le rejoindre et s'enfuir avec lui
en Danemark ; mais le baron avait mis à sa liberté

la condition qu'elle signerait la déclaration d'une grossesse simulée ; et, comme elle s'y refusait, disant qu'elle voulait bien s'accuser d'erreur, mais non d'imposture, on lui avait laissé voir de graves soupçons sur l'événement qu'elle avait tant à cœur de cacher. Dès lors, tremblant qu'on ne vînt à découvrir la naissance et la retraite de son fils et à le faire périr, elle signa cette pièce, rédigée par le pasteur Mickelson.

« Mais, devant Dieu et les hommes, disait-elle dans sa nouvelle déclaration, je proteste ici contre ma propre signature, et fais serment qu'elle m'a été arrachée par la violence et la terreur. Si, en cette circonstance, j'ai, pour la première fois de ma vie, trahi la vérité, toutes les mères comprendront ma faute et Dieu me la pardonnera. »

Une fois en possession de cette terrible pièce, le baron, craignant une rétractation ou la révélation de ses violences, avait formellement refusé la liberté à sa victime, déclarant qu'elle était folle, et faisant son possible pour qu'elle le devînt par un système d'étroite captivité, de privations, d'insultes et de terreurs. Quelques paysans ayant eu le courage de lui témoigner de la sympathie et d'essayer de la délivrer, il les avait fait battre, *à la russe*, dans la chambre de garde, et elle avait entendu leurs cris. Il avait me-

nacé Stenson et Karine du même traitement, s'ils in-
sistaient encore pour que la liberté fût rendue à la
baronne, et ces fidèles amis avaient dû feindre de
vouloir lui complaire pour n'être pas séparés de leur
infortunée maîtresse.

Enfin la souffrance et la douleur avaient vaincu les
forces de la victime. Elle avait décliné rapidement,
et, se sentant mourir, elle avait écrit pour son fils le
récit de ses maux, en le conjurant de ne jamais
chercher à en tirer vengeance, si des circonstances
impossibles à prévoir lui faisaient découvrir le mystère
de sa naissance avant la mort du baron. Elle était
convaincue qu'en quelque lieu de la terre que son fils
fût caché, cet homme implacable, riche et puissant,
saurait l'atteindre. Elle faisait des vœux pour qu'il
vécût longtemps « dans la médiocrité, dans l'igno-
rance de ses droits, et pour qu'il eût l'amour des
arts ou des sciences bien plutôt que celui des richesses et du pouvoir, source de tant de maux et de
cruelles passions sur la terre. » La pauvre mère
ajoutait néanmoins, dans la prévision de futurs éclair-
cissements, que son fils, à qui elle avait donné le
nom d'Adelstan-Christian, avait, en naissant, les cheveux noirs et les doigts « faits comme ceux de son
père et de son aïeul. » Puis, en lui donnant sa suprême bénédiction, elle lui recommandait de regar-

der comme sacrée la parole de Stenson et de Karine
sur la vérité de tous les faits qu'ils pourraient lui
transmettre, sur les souffrances de sa captivité et la
constante et inaltérable lucidité de son esprit, en dépit des bruits calomnieusement répandus sur son
prétendu état d'aliénation et de fureur.

« Mon âme est calme, disait-elle, aux approches
de la mort. Je m'en vais, pleine de résignation, d'espoir et de confiance, dans un monde meilleur. Je
pardonne à mes bourreaux. Je n'emporte qu'un regret de cette triste vie, celui d'abandonner mon fils;
mais le succès inespéré de son évasion m'a appris à
compter sur la Providence et sur la sainte amitié de
ceux qui l'ont déjà sauvé. »

La signature était ferme et large, comme si un dernier effort de la vie eût réchauffé le cœur de la pauvre
mourante à cette heure suprême. La date portait :
« Aujourd'hui, 15 décembre 1746. »

A la date du 28 décembre de la même année, Stenson avait dressé une sorte de procès-verbal des derniers
moments et de la mort de son infortunée maîtresse.

« On l'a privée de sommeil jusqu'à sa dernière
heure, disait-il; Johan et sa séquelle, installés dans
la chambre voisine, jurant, criant et blasphémant
jour et nuit à ses oreilles, et M. le baron, son beau-
frère, venant chaque jour, sous prétexte de voir si

elle était bien traitée, lui dire qu'elle était folle et l'accabler de reproches outrageants sur la prétendue ruse qu'il avait fait échouer. Toute la ruse, et Dieu l'a protégée ! fut d'amener ce persécuteur, à force de patience et de silence, à croire qu'en effet madame s'était trompée sur son état, et qu'il n'avait rien à craindre de l'avenir.

» De son côté, le pasteur Mickelson, non moins cruel et non moins importun, vint jusqu'au pied du lit de mort de madame, lui dire qu'ayant vécu dans les pays du papisme, elle était imbue de mauvaises doctrines, et il la menaça cent fois de l'enfer, au lieu de lui donner les consolations et les espérances auxquelles a droit toute âme chrétienne.

» Enfin il est sorti une heure avant qu'elle rendît le dernier soupir, et elle a expiré dans nos bras, le quatrième jour de Noël, à quatre heures du matin, en disant ces paroles :

» — Mon Dieu ! rendez une mère à mon fils !

» Nous attestons qu'elle est morte comme une sainte, sans avoir eu un seul instant de colère, de délire, ou seulement de doute religieux.

» Après lui avoir fermé les yeux, nous avons arrêté la pendule et soufflé la bougie de Noël qui brûlait dans le lustre, en demandant à Dieu qu'il nous permît de voir pousser cette aiguille et rallumer cette flamme par la main de notre futur jeune maître.

» Après quoi, nous avons rédigé cet écrit, que nous allons cacher et sceller, avec celui de notre dame bien-aimée, dans le mur de sa chambre, à la place qu'elle-même nous avait désignée, toutes choses étant préparées à cette fin.

» Et, versant bien des larmes, avons signé tous deux ici, faisant encore serment de n'avoir certifié que l'exacte vérité.

» ADAM STENSON, KARINE BŒTSOÏ. »

Le pasteur avait lu ces simples pages avec tant de franchise et d'onction, que les femmes pleuraient, et que les hommes, touchés et convaincus, acclamèrent par trois fois le nom de Christian de Waldemora, et s'empressèrent autour de lui pour le féliciter et lui serrer les mains; mais les héritiers (il faut toujours excepter de cette mauvaise bande le vieux comte de Nora et son fils) déclarèrent qu'ils exigeaient la comparution de Karine Bœtsoï, ayant peut-être recueilli, on ne sait d'où, l'avis que cette femme existait encore et qu'elle était folle. C'était pour eux un témoignage à récuser; aussi le major redoutait-il beaucoup sa présence, et se hâta-t-il de dire qu'elle était malade et demeurait fort loin. Une voix rude, quoique bienveillante, l'interrompit : c'était celle du *danneman* Joë Bœtsoï.

— Pourquoi dire ce qui n'est point, monsieur le major ? s'écria le brave homme. Karine Bœtsoï n'est ni si malade ni si loin que tu crois. Elle a dormi ici, et, à présent qu'elle est reposée, son esprit est aussi clair que le tien. Ne crains pas de faire venir Karine Bœtsoï. Il est bien vrai que la pauvre âme a souffert, surtout depuis le jour où il a fallu se séparer de l'enfant ; mais, si elle dit des choses que l'on ne peut pas comprendre, elle n'en a pas moins la tête bonne et la volonté sûre ; car jamais personne n'a pu lui arracher son secret, pas même moi, qui ai connu l'enfant, et qui viens d'apprendre son nom et son histoire pour la première fois de ma vie. Or, une femme qui sait garder un secret n'est pas une femme comme une autre, et, quand elle parle, on doit croire ce qu'elle dit.

Puis, ouvrant la porte de la chambre de garde :

— Viens, ma sœur, dit-il à la voyante ; on a besoin de toi ici.

Karine entra au milieu d'un mouvement de curiosité. Sa pâleur et sa précoce vieillesse, son regard étonné, sa démarche incertaine et brusque causèrent d'abord plus de pitié que de sympathie. Cependant, à la vue de tout ce monde, elle se redressa et

s'affermit. Sa physionomie prit une expression d'enthousiasme et d'énergie. Elle avait ôté de dessus ses
vêtements de paysanne la pauvre robe grise, ce hail-
lon précieux avec lequel elle ne s'endormait jamais,
et ses cheveux, blancs comme la neige, étaient rigi-
dement relevés par des cordons de laine rouge
qui lui donnaient je ne sais quel air de sibylle
antique.

Elle s'approcha du ministre, et, sans attendre qu'on
l'interrogeât, elle lui dit :

— Père et ami des affligés, tu connais Karine Bœtsoï; tu sais que son âme n'est ni coupable ni trompeuse. Elle te demande pourquoi sonne le beffroi du château neuf; ce que tu lui diras, elle le
croira.

— Le beffroi sonne la mort, répondit le ministre;
tes oreilles ne t'ont pas trompée. Depuis longtemps,
Karine, je sais qu'un secret te pèse. Tu peux parler
maintenant, et peut-être tu peux guérir : le baron
Olaüs n'est plus !

— Je le savais, dit-elle : le grand *iarl* m'est apparu
cette nuit. Il m'a dit : « Je m'en vais pour toujours... » et j'ai senti mon âme renaître. A présent,
je parlerai, parce que l'enfant du lac doit revenir. Je
l'ai vu aussi en songe !

— Ne nous parle pas de tes songes, Karine, re-

prit le ministre ; tâche de recueillir tes souvenirs. Si
tu veux que l'esprit de lumière et de tranquillité re-
vienne en toi par la grâce du Seigneur, fais un effort pour revenir toi-même à la soumission et à
l'humilité ; car, je te l'ai dit souvent, il y a de l'orgueil dans ta démence, et tu prétends lire dans l'avenir, quand tu es incapable peut-être de raconter le
passé.

Karine resta interdite et rêveuse un instant ; puis
elle répondit :

— Si le bon pasteur de Waldemora, aussi doux
et aussi humain que celui d'auparavant était farou-
che et cruel, m'ordonne de dire le passé, je dirai le
passé !

— Je te l'ordonne et je te le demande, dit le pasteur ; dis-le avec calme, et songe que Dieu entend et
pèse chacune de tes paroles.

Karine se recueillit encore et dit :

— Nous voici dans la chambre où s'est endormie
pour toujours la maîtresse bien-aimée !

— Est-ce Hilda de Waldemora que tu appelles
ainsi ?

— C'est elle, c'est la veuve du bon jeune *iarl* et la
mère de l'enfant qui se nomme Christian, et qui
doit revenir bientôt pour rallumer la chandelle de
Noël au foyer de ses pères. Elle a donné le jour

à cet enfant au milieu de la lune de *hœst*, ici, dans
ce lit, où elle est morte à la fin de la lune de *jul* *.
Elle l'a béni ici, auprès de cette fenêtre par où il
s'est envolé, car il était né avec des ailes! Et puis
elle a menti en disant dans son cœur : « Que Dieu
me pardonne de tuer mon fils par ma parole! mais il
vaut mieux qu'il vive parmi les elfes que parmi les
hommes. » Elle l'a ensuite chanté sur la harpe, et,
quand elle est morte, elle a dit : *Que Dieu rende une
mère à mon fils!*

Ici, Karine, ramenée au souvenir de la réalité, se
prit à pleurer; puis ses idées se troublèrent, et le
ministre, voyant qu'elle ne semblait plus comprendre
les questions qui lui étaient adressées, fit signe au
danneman, qui emmena doucement la pauvre voyante,
en jetant sur l'assemblée un regard de triomphe
pour la manière dont sa sœur avait répondu.

— Que voulez-vous de plus? dit M. Goefle à l'assistance; cette femme enthousiaste ne vous a-t-elle
pas dit, en quelques mots de sa poésie rustique, les
mêmes choses que Stenson a écrites ici avec la net-
teté méthodique de son esprit? Et l'espèce de délire
où elle vit n'est-il pas une preuve de ce qu'elle a
souffert pour ceux qu'elle a tant aimés?

---

* *Jul,* décembre; *hœst,* septembre.

L'occasion de plaider était trop belle pour que
M. Goefle pût se retenir de la prendre aux cheveux.
Il parla d'inspiration, résuma les faits rapidement,
raconta en partie la vie de Christian, après avoir établi son identité par les lettres de Manassé à Stenson,
éclaircit les circonstances romanesques des deux journées qui venaient de s'écouler, et sut si bien porter
la conviction dans les esprits, qu'on oublia l'heure
avancée et la fatigue pour lui adresser des questions,
afin d'avoir le plaisir de l'entendre encore; après
quoi, chacun apposa sa signature sur le procès-verbal
de la séance.

Le baron de Lindenwald fit une dernière tentative pour relever le courage abattu des autres héritiers.

— N'importe, dit-il en se levant, car les portes
étaient ouvertes, et l'on était libre de se retirer; nous
aurons raison de toutes ces fictions ridicules : nous
plaiderons !

— J'y compte bien, répondit M. Goefle fort animé,
et j'attends les arguments de pied ferme.

— Moi, je ne plaiderai pas, dit le comte de Nora;
je suis convaincu, et je signe.

— Ces messieurs ne plaideront pas non plus, dit
l'ambassadeur avec intention.

— Si fait, reprit M. Goefle; mais ils perdront.

— Nous attaquerons la validité du mariage, s'écria le baron ; Hilda de Blixen était catholique !

Christian, irrité, allait répondre ; M. Goefle l'interrompit précipitamment :

— Qu'en savez-vous, monsieur ? dit-il au baron. Où en trouvez-vous la preuve ? Où est cette prétendue chapelle de la Vierge qu'elle avait fait ériger ? A présent que le Stollborg n'a plus de mystères pour personne, soutiendra-t-on encore ce conte ridicule, qui a servi ici de prétexte à plusieurs pour abandonner cette malheureuse femme à la persécution et à la mort ?

— Mais M. Christian Goffredi, élevé en Italie, n'est-il pas catholique lui-même ? murmuraient les héritiers en s'éloignant. Patience ! nous le saurons bien, et nous verrons si un homme qui ne peut siéger à la diète, ni occuper aucun emploi, peut hériter d'un domaine qui comporte tous les priviléges de la noblesse.

— Taisez-vous, Christian, taisez-vous ! disait tout bas M. Goefle en retenant de force Christian, qui voulait suivre dehors ses adversaires et les braver en face. Restez ici, ou tout est perdu ! Soyez dissident, si bon vous semble, quand vous aurez hérité ; mais, à présent, ne relevez pas ce lièvre. Personne n'a-

marqué que la chambre où nous sommes est rede-
venue carrée !

— Que voulez-vous dire ? demanda le major à
M. Goefle. On pourrait ouvrir à tout le monde la
chambre murée, puisque la prétendue chapelle
n'existe pas !

— Sans doute, si nous ne l'eussions point ouverte,
répondit M. Goefle, auquel cas on n'eût pas pu nous
accuser d'en avoir fait disparaître les signes du culte
prohibé.

La comtesse Elvéda s'approcha alors de Christian, et lui dit de son air le plus gracieux :

— A présent, j'espère, monsieur le baron, que
j'aurai le plaisir de vous revoir à Stockholm...

— Sera-ce encore à la condition, répondit-il, que
je partirai pour la Russie ?

— Non, reprit-elle, je laisse votre cœur libre de
choisir l'objet de ses vœux.

— La comtesse Marguerite vous accompagne-t-elle
à Stockholm ? dit Christian à voix basse.

— Elle y viendra peut-être quand vous aurez gagné votre procès, si procès il y a. En attendant, elle
retourne à son château. C'est décidé, la prudence le
veut, et je vous offre toujours une place dans mon
traîneau pour vous rendre à Stockholm, où vos af
faires vont se décider.

— Je vous en remercie, madame la comtesse ; je suis dans l'entière dépendance de mon avocat, qui a encore besoin de moi ici.

— Au revoir donc, répliqua la comtesse prenant le bras de l'ambassadeur, qui lui dit en sortant :

— J'aime bien autant que ce beau jeune baron ne voyage pas avec vous !

Marguerite fit ses adieux à sa tante à la porte du Stollborg, et partit avec sa gouvernante et la famille Akerstrom pour le bostœlle du ministre, où elle devait prendre du repos avant de songer au départ. Elle n'échangea pas un mot ni même un regard avec Christian ; mais il n'en fut pas moins convenu tacitement entre eux qu'elle ne quitterait pas le pays sans qu'ils se fussent revus.

Le major retourna avec sa troupe et ses prisonniers au château neuf, où il devait attendre l'arrivée d'ordres supérieurs pour continuer ou déposer l'exercice de son autorité. Le *danneman* et sa famille retournèrent dans leur montagne, sans que Karine eût voulu comprendre qu'elle voyait dans Christian l'enfant du lac. Son esprit ne pouvait admettre aussi vite la notion du présent, et même, par la suite, bien que son état moral fût amélioré, et qu'elle se sentît instinctivement délivrée d'un grand trouble, elle ne le reconnut pas toutes les fois qu'elle le vit, et très-so vent elle le confondit avec son père, le jeune baron Adelstan.

Il était quatre heures du matin, et, malgré l'habitude que l'on a de se coucher tard à une époque de l'année où les nuits sont si longues, tant d'émotions avaient brisé de fatigue les personnages principaux de notre histoire, que tous dormirent profondément, excepté peut-être Johan et sa séquelle, enfermés dans la tour du château neuf, où ils avaient enfermé et torturé tant de monde.

Mais, avant que le jour parût, Stenson se glissa doucement près du lit de Christian, et, après l'avoir regardé quelques instants avec ivresse, il l'éveilla sans éveiller M. Goefle.

— Levez-vous, mon maître, lui dit-il à l'oreille, j'ai à vous parler, à vous seul ! Je vous attends dans la chambre murée.

Christian s'habilla sans bruit et à la hâte, et, refermant les portes derrière lui, il suivit Stenson dans la salle déserte et délabrée où il avait déjà pénétré la veille. Alors Stenson, se découvrant, lui dit :

— Ici, monsieur le baron, derrière cette boiserie où vous voyez une colombe sculptée, existe un mystère auquel vous seul devez être initié... C'est là que madame votre mère avait fait ériger en secret un autel à la Vierge ; car elle était catholique, le fait n'est que trop certain. L'exercice de son culte n'étant point autorisé dans le pays de son mari, madame dut s'en cacher, dans la crainte d'attirer des persécutions sur lui.

Le pasteur Mickelson ne put jamais rien constater, l'autel ayant été apporté et posé dans cette cachette par des ouvriers italiens de passage, qui avaient exécuté d'autres travaux en marbre et en bois au château neuf. J'étais seul dans la confidence. Il y avait au château un vieux savant français qui était prêtre catholique à l'insu de tout le monde, et qui disait en secret la messe ici ; mais il était mort, et les ouvriers italiens étaient partis, à l'époque de la persécution de votre pauvre mère. Il faut que vous voyiez l'autel, monsieur le baron, et que, quelle que soit votre religion, vous le regardiez avec respect. Aidez-moi à faire jouer le ressort de la boiserie, qui est probablement bien rouillé.

— C'est-à-dire que vos pauvres bras sont enflés et brisés, dit Christian en portant à ses lèvres les mains torturées du vieillard.

— Ah ! ne me plaignez pas, dit Stenson, mes mains guériront ; je ne les sens pas, et ce que j'ai souffert est bien peu de chose au prix du bonheur que je goûte à présent !

Christian, dirigé par Stenson, ouvrit la boiserie et

tira ensuite un rideau de cuir doré, derrière lequel il vit un autel de marbre blanc en forme de sarcophage. Et, comme Stenson, fort ému, s'était agenouillé :

— Êtes-vous donc catholique aussi, mon ami ? lui dit-il.

Stenson secoua la tête négativement, mais sans paraître offensé de ce doute ; des larmes coulaient lentement sur ses joues blêmes.

— Stenson ! s'écria Christian, ma mère repose là ? Cet autel est devenu sa tombe !

— Oui, dit le vieillard, étouffé par les sanglots ; c'est Karine qui l'a ensevelie dans sa robe blanche et couronnée de verdure de cyprès, car ce n'était pas la saison des fleurs. Nous l'avons mise dans un coffre rempli d'aromates, et le coffre, nous l'avons déposé dans ce sépulcre sans tache, qui est comme une représentation de celui du Christ. Je l'ai scellé moi-même, et ensuite j'ai muré la chambre, pour que la tombe de la victime ne fût point profanée. Votre ennemi n'a jamais su pourquoi je tenais à supprimer la porte. Il a cru que j'avais peur des revenants. Il a cru que, d'après son ordre et le refus du ministre d'inhumer religieusement une *païenne*, j'avais jeté la nuit ce pauvre corps au fond du lac ; mais, quoi qu'en ait pu dire le ministre Mickelson, ce corps

était celui d'une sainte. Quel que fût son culte, la
baronne aimait Dieu, faisait le bien et respectait la
religion des autres. Elle est au ciel et prie pour nous,
et son âme se réjouit de voir son fils où il est, et tel
qu'il est maintenant.

— Ah ! dit Christian; le bonheur n'est donc pas de
ce monde, car je l'aurais rendue heureuse, et elle
n'est plus !

Christian baisa le tombeau avec respect et avec
foi, et, l'ayant renfermé derrière le rideau et le pan-
neau de boiserie, il redescendit avec Stenson dans la
salle de l'ourse. Là, Stenson lui dit :

— Je ne sais pas s'il vous faudra beaucoup de
peine et de temps pour faire reconnaître vos droits;
mais autorisez-moi à faire rétablir la cloison de cette
chambre. Dès que vous serez le maître, nous trans-
porterons la tombe dans la chapelle du château neuf.

— La tombe de ma mère à côté de celle où l'on va
déposer le baron Olaüs ? Non, non, jamais ! Puisque
la Suède lui a refusé un coin de terre pour abriter
ses os, après lui avoir refusé l'air et la liberté,
j'emporterai sous un ciel plus clément ses précieux
restes. Riche ou pauvre, je saurai bien me procurer
de quoi retourner avec cette relique au bord du lac
d'Italie où repose mon autre mère, celle qui a exaucé
son dernier vœu, et qui, bien malheureuse aussi,

hélas! a eu du moins un fils pour lui fermer les yeux.

— Agissez avec calme et prudence, répondit Stenson, ou bien vos droits seront méconnus. Vous ferez un jour votre volonté; mais, à présent, laissez ignorer, même à vos meilleurs amis, même au digne M. Goefle, que votre mère était dissidente. Il plaidera avec plus de conviction qu'elle ne l'était pas, et vous-même, si vous êtes dissident, ne le faites point paraître, ou vous ne pourrez pas triompher de vos ennemis!

— Hélas! dit Christian, la richesse vaut-elle les peines que je vais prendre, la dissimulation que l'on me recommande, et les indignations qu'il me faudra contenir? Je n'avais rien, Stenson, pas même une obole en entrant ici, il y a trois jours! J'avais le cœur léger, j'avais l'esprit libre! Je ne haïssais personne, personne ne me haïssait, et à présent...

— A présent, vous serez moins libre et moins heureux, je le sais, répondit gravement le doux et austère vieillard; mais beaucoup de gens qui ont souffert peuvent être consolés et soulagés par vous. Si vous songez à cela, vous aurez le courage de lutter.

— Bien dit, mon cher Stenson! s'écria M. Goefle, qui venait de se lever et d'entendre les dernières paroles du pieux serviteur : quiconque accepte des de-

voirs prête ses pieds à des chaînes et son âme à des
amertumes. Reste à savoir si l'homme qui s'est trouvé
en face du devoir au plus beau moment de sa force,
et qui s'est détourné pour le fuir, peut encore être
heureux par l'insouciance et se dire content de lui-
même.

— Vous avez raison, mon ami, dit Christian, faites
de moi ce que vous voudrez. Je vous jure de suivre
tous vos conseils.

— Et puis, ajouta M. Goefle en baissant la voix,
Marguerite sera, je crois, une compensation assez
douce à la vie de grand seigneur !

Il fut décidé par M. Goefle que Christian quitterait
Waldemora, où il n'avait aucun droit à faire valoir
avant la décision du comité secret de la diète, pouvoir mystérieux, spécial et privilégié, qui s'attribuait
le droit d'évoquer les causes pendantes aux cours
ordinaires, et spécialement les affaires de la noblesse ;
Christian suivrait son avocat à Stockholm pour faire
sa demande et solliciter une décision.

Tous deux se rendirent au presbytère, où Christian, après avoir fait ses remercîments affectueux
et respectueux au ministre Akerström, le nomma
curateur de ses biens, autant qu'il dépendait de lui,
et dans la prévision très-juste que ce choix serait ra-
tifié par le tribunal de la noblesse. Il ne put être seul

un instant avec Marguerite, et, quand même il eût
pu lui parler librement, il n'eût pas voulu lui demander de s'engager à lui avant d'être sûr de ne pas re-
devenir Christian Waldo; mais Marguerite ne douta
ni de ses intentions ni de son succès, et partit pour
sa retraite avec les espérances de la jeunesse et la foi
d'un premier amour.

Christian refusa d'aller déjeuner au château neuf
avec le major et ses amis. Ils comprirent sa répugnance, et vinrent dîner au *gaard* de Stenson avec
lui et M. Goefle. Le soir, ils furent tous invités à souper chez le ministre. Marguerite ne devait partir que
le lendemain. Le lendemain, Christian partit de son
côté avec M. Goefle, s'amusant à conduire Loki, ce
qui permit à M. Nils de dormir et de ne s'éveiller
que pour manger tout le long du voyage.

Après deux semaines passées à Stockholm, où
Christian ne se montra qu'avec beaucoup de prudence, de réserve et de dignité, M. Goefle, qui était
fort impatient de retourner à Gevala, l'invita à le suivre, en attendant la décision du tribunal suprême,
qui pouvait bien se faire attendre, la mort du roi et
l'avénement du prince Henri (devenu Gustave III)
ayant apporté de graves préoccupations dans les
hautes régions de l'État; mais Christian, voyant s'ouvrir devant lui une phase d'incertitude illimitée, ne

voulut pas rester tout ce temps à la charge de M. Goefle, et résolut de suivre son projet de rude voyage
avec le *danneman* Bœtsoï dans les régions glacées de
la Norvége. Pour n'être pas non plus à la charge de
ce brave paysan, il accepta de M. Goefle une très-mo-
deste avance sur son héritage ou sur son travail à venir, et alla embrasser ses amis de Waldemora et du
Stollborg; après quoi, il partit avec Bœtsoï, laissant
de nouveau son cher Jean à la garde de Stenson.

CONCLUSION

Christian eut tout le loisir de voyager. La reconnaissance de ses droits, malgré toutes les précautions prises par ses amis et les incessantes démarches de M. Goefle, fut tellement travaillée en sens contraire par le parti des *bonnets*, auquel appartenait le baron de Lindenwald, qu'un moment vint où l'actif et courageux avocat regarda comme perdue la cause de son client. L'ambassadeur de Russie, qui s'était montré favorable, vira de bord, on ne sait pour quel motif, et la comtesse Elfride fit pour sa nièce d'autres projets de mariage. M. Goefle porta la cause jusque dans les conseils secrets du jeune roi ; mais Gustave III, qui préméditait, avec une incroyable prudence, la grande révolution d'août 1772, fit conseiller la patience, sans s'expliquer sur les espérances qu'il était permis de concevoir. De fait, le roi ne pouvait rien encore.

Après avoir voyagé avec le *danneman* jusqu'à la fin de février, Christian reçut de M. Goefle des nouvelles qui le décidèrent à poursuivre seul son exploration dans les régions du Nord. M. Goefle, voyant les ennemis de Christian très-appuyés, craignait avec raison que, s'il se montrait à Stockholm, on ne lui cherchât querelle. Il savait Christian facile à exciter, et se disait que, s'il tuait un ou deux champions, il pourrait bien être tué par le troisième. Trop de gens avaient intérêt à lui faire perdre patience et à l'entraîner sur le terrain du duel. Il se gardait bien de lui donner cette raison, mais il l'engageait à ne pas compter sur un prompt succès.

Christian reçut, en même temps que la lettre de M. Goefle, une nouvelle somme qu'il résolut de ne pas ajouter au chiffre de la première dette. Dans la position incertaine où il se trouvait, il s'enrôla pour la pêche aux îles Loffoden, et, au commencement d'avril, il écrivait à M. Goefle :

« Me voici dans une bourgade des Nordlands, où il me semble entrer dans la terre de Chanaan, bien que le *torp* du *danneman* Bœtsoï soit un Louvre en comparaison de mon logement actuel, et son *kakebroë* de la brioche auprès du pain de *bois pur* dont je fais aujourd'hui mes délices. C'est vous dire que j'ai eu beaucoup de misère, sans parler de la fatigue et de

dangers ; mais j'ai vu les plus terribles spectacles de
l'univers, les scènes de la nature les plus austères et
les plus grandioses, des gouffres sous-marins où les
navires et les baleines sont entraînés comme des
feuilles d'automne dans un tourbillon de vent, des
rivières qui ne gèlent jamais au milieu de la glace
qui ne fond jamais, des cascades dont le rugissement
s'entend de plusieurs lieues, des abîmes où le vertige
s'empare du renne et de l'élan, des neiges plus dures
que le marbre de Paros, des hommes plus laids que
des singes, des âmes angéliques dans des corps im-
mondes, un peuple hospitalier au sein d'une misère
inouïe, patient, doux et pieux, dans une lutte éternelle contre la plus formidable et violente nature
qui se puisse imaginer. Je n'ai point éprouvé de dé-
ceptions. Tout ce que j'ai vu est plus sublime ou plus
surprenant que tout ce que j'avais imaginé.

» Donc, je suis un voyageur heureux! Ajoutez que
ma santé a résisté à tout, que ma bourse s'est rem-
plie si bien, que je suis à même de m'acquitter envers vous, et d'avoir encore de l'argent devant moi;
enfin qu'après avoir pu étudier la formation géolo-
gique d'une longue chaîne de montagnes, je rapporte
des trésors, en fait d'échantillons rares et précieux,
de quoi faire sécher d'envie l'illustre docteur Stangstadius, et des observations utiles, de quoi devenir,

avec un peu d'intrigue, si le goût m'en vient, chevalier de l'Étoile polaire.

» Vous me demanderez comment je me suis enri-
chi de la sorte. C'est en me fatiguant beaucoup, en
risquant mille fois de me noyer ou de me casser le
cou, en côtoyant beaucoup d'abîmes sur des patins
immenses dont j'ai appris à me servir, en pêchant
beaucoup de poisson dans l'archipel norvégien, en
vendant ma charge de pêche sur place, très-bon
marché, à ceux qui ont le génie du trafic, et en risquant pour ce fait de me faire assommer par mes
confrères, qui ont renoncé pourtant à cette velléité
en voyant que j'avais le bras leste et la main
lourde.

» Enfin je pars pour Bergen, où il faut que j'arrive avant le dégel, si je ne veux être enfermé ici pendant six semaines par des tourmentes et des ava-
lanches qu'il n'est pas au pouvoir de l'homme de sur-
monter.

» Ne vous désolez pas, ô le meilleur des hommes
et des amis, si je perds mon procès. Je viendrai à
bout d'être quelque chose, et, puisque Marguerite
est pauvre, du moment que je suis *bien né*, je pourrai encore prétendre à elle. Et puis, n'ai-je pas votre
amitié? Je ne demande au ciel que d'être à même
de soigner les vieux jours de mon cher Stenson, s'il

III.   16

perd sa place et son asile au château de Waldemora. »

M. Goefle reçut plusieurs autres lettres du même
genre durant l'été et l'hiver suivants. Le procès n'a-
vançait pas, bien qu'il n'y eût pas de procès proprement dit, les *présomptueux* faisant une guerre sourde
bien plus funeste et apportant d'insaisissables obstacles à la décision du comité.

Christian commençait cependant à être rassasié
de hasards, de fatigues et de durs travaux. Il n'en
avouait rien à son ami, mais l'exubérance de sa curiosité était apaisée. Les besoins du cœur, éveillés
par des espérances peut-être trompeuses, récla-
maient souvent le bonheur entrevu. La *vie terrible*,
comme il l'appelait, ne dépassait pas l'héroïsme de
ses résolutions et l'énergie enjouée de son caractère;
mais l'âme souffrait bien souvent en silence, et le
moment était venu où, selon les expressions du major Larrson, l'oiseau, fatigué de traverser l'espace,
s'inquiétait de trouver un ciel doux et un lieu sûr
pour bâtir son nid.

La misère visita plusieurs fois Christian, en dépit
de son intelligence et de son activité. La vie du
voyageur est un enchaînement de trouvailles et de
pertes, de succès inespérés et de désastres désespé-
rants. Il gagna de quoi vivre au jour le jour, en trafi-

quant de sa chasse, de sa pêche, et d'un échange de denrées transportées à de grandes distances avec un courage et une résolution incroyables; mais, facile, confiant et généreux, le jeune baron n'était pas né commerçant, et son incognito ne pouvait déguiser l'aristocratique libéralité de son caractère.

Et puis le chapitre des accidents fit souvent échouer ses plus sages prévisions, et, un jour, il fut réduit à réaliser le rêve d'héroïque désespérance dont il avait entretenu le major sur la montagne de Blaackdal, c'est-à-dire qu'il dut, comme Gustave Wasa, travailler dans les mines, et, comme à ce héros d'une épopée romanesque, il lui arriva d'être reconnu pour un *ouvrier extraordinaire*, moins *au collet brodé de sa chemise* qu'à l'autorité de sa parole et au feu de ses regards.

Christian était alors dans les mines de Roraas, dans les plus hautes montagnes de la Norvége, à dix lieues de la frontière suédoise. Il travaillait de ses mains, depuis huit jours, avec une adresse et une vigueur qui lui avaient mérité l'estime de ses compagnons, lorsqu'il reçut de M. Goefle une lettre qui lui disait :

« Tout est perdu. J'ai vu le roi, c'est un homme charmant; mais, hélas! je lui ai fait savoir qui vous êtes : j'ai mis toutes nos preuves sous ses yeux; je

lui ai dit comment vous pensiez sur l'abus des priviléges nobiliaires, *et combien vous pourriez être utile
aux desseins d'un prince philosophe et courageux qui
voudrait rétablir l'équilibre dans les droits de la nation.*
Après m'avoir écouté avec une attention et compris
avec une lucidité que je n'ai jamais rencontrées chez
aucun juge, il m'a répondu :

» — Hélas ! monsieur l'avocat, rendre justice aux
opprimés est une grande tâche ; elle est au-dessus de
mes forces. J'y serais brisé, comme mon pauvre
père, qu'*ils* ont fait mourir de lassitude et de chagrin !

» Gustave est faible et bon ; il ne veut pas mourir ! Nous nous flattions en vain qu'il porterait de
grands coups au sénat. La Suède est perdue, et notre
procès aussi !

» Revenez près de moi, Christian. Je vous aime et
vous estime. J'ai un peu de fortune et point du tout
d'enfants. Dites un mot, et je partage avec vous ma
clientèle. Vous parlez le suédois à ravir, vous avez de
l'éloquence. Vous apprendrez notre code, et vous
me succéderez. Je vous attends. »

— Non ! s'écria Christian en portant à ses lèvres
l'écriture de son généreux ami : je connais mieux
qu'il ne pense le peu de ressources de ce pays et les
sacrifices auxquels une pareille association condam-

nerait ce digne homme! Et puis, il faut des années
pour apprendre un code, et, pendant des années, il
me faudrait vivre, moi, jeune et fort, des bienfaits de
celui qui, après tant de luttes et de fatigues, a désormais besoin de bien-être et de repos? Non,
non! j'ai des bras, et je saurai m'en servir en attendant que la destinée me fasse rencontrer l'emploi de
mon intelligence.

Et il rentra dans la galerie où il devait, de l'aube
à la nuit, creuser, à la lueur d'une petite lampe, et
à travers les émanations sulfureuses de l'abîmé, le fi-
lon de cuivre ramifié dans les entrailles de la terre.

Mais, au bout de quelques jours, le sort de Christian était amélioré. Les chefs l'avaient remarqué et
lui confiaient la direction de certains travaux pour
lesquels son instruction et sa capacité s'étaient ré-
vélées, à un moment donné, sans aucune affectation
de sa part. Savant, modeste et laborieux, il occupait
les heures du repos à instruire les ouvriers. Un soir,
il ouvrit pour eux un cours gratuit de minéralogie
élémentaire, et fut écouté de ces hommes rudes qui
voyaient en lui un laborieux camarade en même
temps qu'un esprit original et cultivé. La salle de ses
séances fut une de ces grandes cavernes métalliques
auxquelles les mineurs aiment à donner des noms
pompeux. Sa chaire fut un bloc de cuivre brut.

Christian essayait d'être heureux par le travail et le dévouement, car c'est toujours le bonheur que l'homme cherche, même au fond du sacrifice de lui-même. Il soignait les malades et les blessés de la mine. Courant toujours le premier aux accidents avec un courage héroïque, il apprenait, en outre, aux ouvriers à se préserver de ces terribles dangers par le raisonnement et la prudence. Il essayait d'adoucir leurs mœurs et de combattre leur funeste passion pour l'eau-de-vie, mère trop féconde des affreux duels au couteau. On l'aimait, on l'estimait; mais sa paye passait tout entière au soulagement des estropiés, des orphelins ou des veuves.

— Décidément, se disait-il souvent en entrant dans le tonneau qui le descendait au fond du puits incommensurable, j'étais né seigneur, c'est-à-dire à mon sens, protecteur du faible, et, à cause de cela, je ne pourrai donc pas vivre à la lumière du soleil !

— Christian, lui cria un jour l'inspecteur avec le porte-voix du haut de la gueule effroyable de la mine, laisse là ton marteau un instant, et va recevoir, au bas des pentes, une société qui veut visiter les grandes salles. Fais les honneurs, mon enfant; je n'ai pas le loisir de descendre.

Comme de coutume, Christian fit allumer les gran-

des torches de résine dans l'intérieur des excavations, et alla à la rencontre des visiteurs ; mais, en
reconnaissant le ministre Akerstrom avec sa famille,
et le lieutenant Osburn qui donnait le bras à sa jeune
épouse Martina, Christian passa la torche qu'il portait à un vieux mineur de ses amis, en lui disant
qu'il était pris d'une crampe et qu'il le priait de pro-
mener les visiteurs à sa place. Puis, rabaissant son
bonnet goudronné sur ses yeux, il se tint en arrière,
repaissant son cœur du plaisir de voir ses amis heureux, mais ne voulant pas être reconnu, dans la
crainte de les affliger et de faire savoir à Marguerite
dans quelle situation il se trouvait.

Il allait s'éloigner après avoir écouté un instant
leur entretien joyeux et animé, lorsque madame
Osburn se retourna en disant :

— Mais Marguerite n'arrive donc pas ? La poltronne n'aura jamais osé traverser le petit pont !

— Où vous avez eu grand'peur vous-même, ma
chère Martina ! répondit le lieutenant ; mais que
craignez-vous ? M. Stangstadius n'est-il pas avec
elle ?

Christian, oubliant la crampe qu'il s'était promis
d'avoir, s'élança sous les voûtes en pente rapide qui
conduisaient au pont de planches, véritablement ef-
frayant, que Marguerite devait franchir en compa-

gnie de M. Stangstadius, l'homme du monde qui savait le mieux tomber pour son compte, mais non pas celui qui était le plus capable de protéger les autres.

Marguerite était là, en effet, hésitante et prise de vertige, avec mademoiselle Potin, qui traversait plus bravement sur les pas de M. Stangstadius, afin d'encourager sa jeune amie. Le lieutenant remontait pour l'aider et pour tranquilliser sa femme; mais, avant qu'il fût arrivé, Christian s'élançait, prenait Marguerite dans ses bras, et traversait en silence le torrent souterrain.

Certes, Marguerite ne le vit pas, car elle ferma les yeux tant qu'elle put pour ne pas apercevoir l'abîme; mais, au moment où il la déposait auprès de ses amis, avec l'intention de s'enfuir au plus vite, Marguerite, encore épouvantée, chancela, et il dut lui saisir la main pour l'éloigner du précipice. Ses doigts, noircis par le travail, laissèrent leur empreinte sur le gant vert tendre de la jeune fille, et il la vit l'essuyer avec soin, un instant après, avec son mouchoir, tout en disant à sa gouvernante :

— Donnez donc vite quelque argent à ce pauvre homme qui m'a portée !

Le pauvre homme s'était enfui le cœur un peu gros, n'en voulant point à la jeune comtesse d'avoir le goût des gants propres, mais se disant qu'il ne lui était plus possible, quant à lui, d'avoir les mains blanches.

Il s'en retourna à la forge, où il faisait confectionner des outils perfectionnés d'après ses idées et approuvés par les inspecteurs ; mais, au bout d'une heure de travail, car il mettait souvent la main à l'œuvre, il entendit revenir les promeneurs, et il ne put résister au désir de revoir passer la jeune comtesse. Elle lui avait paru un peu grandie, embellie à rendre fou le plus aveugle et le plus maussade des cyclopes.

Comme il entendait les voix encore éloignées, il approchait sans précaution de la galerie où le groupe devait repasser, lorsqu'il se trouva, dans une salle très-éclairée, face à face avec Marguerite, qui, maintenant rassurée et presque habituée déjà aux bruits formidables et aux aspects grandioses de ce séjour austère, venait seule en avant des autres. Elle tressaillit en le voyant. Elle crut le reconnaître ; il enfonça vite son bonnet ; elle le reconnut tout à fait au soin qu'il prenait de cacher sa figure.

— Christian ! s'écria-t-elle, c'est vous, j'en suis sûre !
Et elle lui tendit la main.

— Ne me touchez pas, lui dit Christian ; je suis tout noir de poudre et de fumée.

— Ah! cela m'est bien égal, reprit-elle, puisque
c'est vous! Je sais tout maintenant! Les mineurs qui
nous conduisent nous ont longuement parlé d'un
Christian qui est grand savant et grand ouvrier, qui
ne dit pas son nom, mais qui a la force d'un paysan
et la dignité d'un *iarl*, qui est courageux pour tous
et dévoué à tous. Eh bien, nos amis n'ont pas songé
que ce pouvait être vous : il y a tant de Christian sous
le ciel scandinave! mais, moi, je me suis dit : « Il n'y
en a qu'un, et c'est lui! » Voyons, donnez-moi donc
la main; ne sommes-nous pas toujours frère et sœur
comme là-bas?

Comment Christian n'eût-il pas oublié la petite in-
sulte du gant essuyé? Marguerite lui tendait sa main
nue.

— Vous ne rougissez donc pas de me voir ici? lui
dit-il; vous savez donc bien que ce n'est pas l'incon-
duite qui m'y a amené? et que, si je travaille aujour-
d'hui, ce n'est pas pour réparer des jours de paresse
et de folie?

— Je ne sais rien de vous, répondit Marguerite,
sinon que vous avez tenu la parole donnée *autrefois*
au major Larrson, d'être mineur ou chasseur d'ours
plutôt que de continuer un état qui me déplaisait.

— Et moi, Marguerite, je ne sais rien de vous non
plus, reprit Christian, sinon que votre tante doit

vouloir vous faire épouser le baron de Lindenwald, contre qui j'ai, à ce qu'il paraît, perdu mon procès.

— C'est vrai, dit Marguerite en riant. Ma tante veut me consoler par là de la mort du baron Olaüs; mais, puisque vous devinez si bien les choses, vous devez savoir aussi que je ne compte pas me marier du tout.

Christian comprit cette résolution, qui lui laissait son espérance entière. Il jura dans son cœur qu'il ferait fortune, fallût-il devenir égoïste. Quoi qu'il pût dire, Marguerite ne voulut jamais consentir à protéger son incognito auprès du lieutenant et de la famille du ministre, qui arrivaient au milieu de leur tête-à-tête.

— C'est lui! s'écria-t-elle en courant vers eux; c'est notre ami du Stollborg, vous m'entendez bien! c'est ce Christian, cet ami des pauvres, le héros de la mine; c'est le baron sans baronnie, mais non pas sans honneur et sans cœur, et, si vous n'êtes pas aussi heureux que moi de le revoir...

— Nous le sommes tous! s'écria le ministre en serrant les mains de Christian. Il donne ici un grand exemple de vraie noblesse et de saine religion.

Christian, accablé de caresses, d'éloges et de questions, dut promettre d'aller souper dans le village avec ses amis, qui comptaient y passer la nuit avant

de retourner à Waldemora, où Marguerite était en
visite d'une quinzaine au presbytère.

On voulait emmener Christian tout de suite; mais,
d'une part, il n'était pas aussi libre de l'emploi de ses
heures qu'on le supposait; de l'autre, il tenait, plus
qu'il ne convenait peut-être à un homme aussi rai-
sonnable, à se revêtir d'un habillement grossier, mais
irréprochablement propre. On se donna rendez-vous
pour le soir, et Christian, ému et heureux, retourna
à ses travaux.

Là, pourtant, des pensées tumultueuses se com-
battirent en lui-même. Devait-il donc s'obstiner à
nourrir l'espoir chimérique d'un amour partagé?
Marguerite avait trop d'élan et de franchise dans son
affection pour lui; ce ne pouvait être là que de l'a-
mitié paisible, sans trouble dans l'âme et sans rougeur au front. L'amour pouvait-il être si spontané, si
courageux, si expansif? Il s'accusait de présomption
et de folie. Et puis, tout aussitôt, il s'accusait d'ingra-
titude : une voix intérieure lui disait que, quel que
fût son sort, il trouverait toujours Marguerite résolue
à le partager.

Il quittait définitivement son travail, et, préférant
de beaucoup le tonneau et la poulie, qui ne lui cau-
saient aucun vertige, au long trajet des escaliers et
des pentes, il s'apprêtait à remonter, en un instan

du sombre abîme à l'entrée par où l'on apercevait
un coin du ciel encadré de sorbiers et de lilas, lorsqu'il se trouva en présence d'un mineur qu'il avait
déjà rencontré la veille dans sa circonscription, et
qui n'appartenait point à la brigade dont il avait fait
partie d'abord et qu'il dirigeait maintenant.

Cet homme n'était pas connu des compagnons de
Christian. Noirci avec excès, soit par négligence, soit
par affectation, et coiffé d'une guenille de chapeau
pendant de tous les côtés autour de sa tête, il n'était
pas aisé de se faire une idée de sa figure ; Christian
n'avait pas cherché à la voir. Il pouvait être de ceux
qu'on appelle les travailleurs honteux (comme on dit
les *pauvres honteux*, pour exprimer précisément le contraire de la honte, qui est la fierté silencieuse). Il res-
pecta donc l'air mystérieux de cet inconnu, et, après
avoir donné le coup de sifflet d'usage pour avertir
ceux qui manœuvraient la poulie, il se contenta de lui
montrer une place à côté de lui dans le tonneau, sup-
posant qu'il voulait remonter aussi ; mais l'inconnu
sembla hésiter. Il mit ses mains sur le bord du
tonneau, comme s'il eût voulu s'y élancer, puis
il s'arrêta en ayant l'air de chercher quelque
chose.

— Vous avez perdu un outil ? lui dit Christian, qui
remarqua qu'il était assez gros et lourd et qu'il n'a-

vait rien de la tournure dégagée d'un mineur habitué
à se servir du tonneau.

A peine eût-il parlé, que l'inconnu, comme s'il eût
voulu entendre sa voix ayant de prendre un parti,
monta auprès de lui avec plus de résolution que d'a-
dresse, et attendit en silence le second coup de sifflet.

Christian supposa que cet homme n'entendait pas
le norvégien, et, comme il connaissait désormais
presque tous les dialectes du Nord, il essaya de l'interroger, mais en vain; l'inconnu demeura muet,
comme si l'effroi de se voir suspendu à mi-chemin
de l'abîme eût paralysé ses facultés. Le tonneau, ou
seau des mines, est, comme on le sait, formé de
douves épaisses cerclées de fer, et qu'il faut pourtant diriger dans les grandes excavations. Christian,
déjà très-habitué à ce mode de transport, manœu-
vrait très-adroitement. Debout sur le rebord, un bras
passé dans la corde, il frappait légèrement du pied
les parois du puits quand le balancement menaçait
d'y briser le seau, et, renonçant à arracher un mot à
son camarade de voyage, il s'était mis à chanter
tranquillement une barcarolle vénitienne, quand le
seul de ses pieds qui portât en ce moment sur le
bord du véhicule fut traîtreusement poussé avec assez de vigueur pour perdre son point d'appui et se
trouver lancé dans le vide.

Heureusement, Christian, qui était, par habitude, aussi prudent que hardi, avait le bras gauche solidement passé dans la corde, et il glissa à peu près comme ferait un panier pris par son anse, sans lâcher prise; mais l'inconnu, élevant son marteau tranchant, se mit en devoir de frapper d'abord sur la main droite de Christian, qui avait assuré son salut en saisissant le bord du tonneau. C'en était fait, sinon de lui, du moins d'une de ses mains, sans le balancement et l'inclinaison subite que le poids de son corps imprima au tonneau. Ses pieds pendants vinrent frapper un second seau qui descendait auprès de lui, et il put donner au premier une telle secousse, que l'assassin fut forcé de se prendre lui-même aux cordes pour n'être pas lancé dehors.

Ce moment d'effroi suffit à Christian pour se cramponner à l'autre corde et sauter dans l'autre tonneau, qui remonta avec rapidité, tandis que celui où l'assassin restait seul disparaissait à ses yeux avec une rapidité plus grande encore. Christian, arrivé au bord du puits, venait de sauter sur les planches qui le surplombent, lorsqu'un sourd rugissement monta vers lui des profondeurs de l'abîme, tandis que la fantastique figure de Stangstadius apparaissait toute souriante à ses côtés pour lui dire :

— Eh! mon cher baron, venez donc vite! On ne

veut pas souper sans vous là-bas, et je meurs d'ina-
nition !

— Mais que s'est-il donc passé? s'écria Christian,
sans lui répondre, en s'adressant aux ouvriers qui
manœuvraient la poulie. Où est l'autre tonneau? où
est l'homme?...

— La corde s'est cassée, lui répondit l'un d'eux
en jurant très-haut et en feignant de déplorer l'événement, tandis que l'autre, se penchant à son oreille,
disait à Christian :

— Silence ! nous l'avons lâchée !

— Quoi! vous avez précipité ce malheureux... ce
fou...?

— Ce malheureux n'était pas fou, répondit le ma-
nœuvre. Il cherchait depuis trois jours l'occasion de
se trouver seul auprès de toi. Nous le guettions, nous
avons vu ce qu'il voulait faire. Nous t'avons descendu
à tout hasard un autre tonneau, et, quant à celui où
il est, c'est un tonneau gâté, voilà tout!

Christian savait que, dans les mines, à cette époque, on pratiquait la justice expéditive et directe. Il
n'en avait que plus de regret et d'inquiétude de ce
qui venait de se passer, parce qu'il savait aussi que
les gens qui entrent, à un certain âge, dans ce monde
souterrain sont quelquefois pris d'accès de fureur
involontaire. Il se fit redescendre avec Stangstadius,

qui prétendait avec raison connaître ces accidents-là,
ex professo. Deux mineurs se firent descendre aussi
pour constater le fait, disaient-ils, mais en réalité
pour faire disparaître le cadavre sans avoir d'explication à donner aux inspecteurs de la mine.

— Ma foi! dit Stangstadius dès qu'à la lueur des
torches il eut examiné le misérable corps, son affaire est faite! Il a eu moins de bonheur que moi;
. . . ciel! je jure de dresser un rapport sur
l'emploi des cordes dans la descente des tonneaux
de mine. Ces accidents-là sont trop fréquents...
Quand je songe que moi-même...

— Monsieur Stangstadius! s'écria Christian, regardez cet homme... Ne le connaissez-vous pas?

— C'est pardieu vrai! répondit M. Stangstadius,
c'est maître Johan, l'ex-majordome de Waldemora.
Voilà une plaisante rencontre, hein?... Alors, il n'y a
pas grand mal. Il avait fait des aveux en prison; c'est
lui qui a assassiné autrefois ce pauvre baron Adelstan... à propos! oui, votre père, mon cher Christian.
Ce Johan est un ancien mineur de Falun, un scélé-
rat... Il paraît qu'il s'était évadé de sa dernière
prison; mais il était écrit dans sa destinée qu'il pé-
rirait par la corde.

Enchanté de ce bon mot, M. Stangstadius entraîna
Christian hors de la mine, tandis que les mineurs,

III. 17.

après avoir jeté le cadavre dans une sorte d'*in pace*
bien connu d'eux, au plus profond des puits, s'occu-
pèrent tranquillement à réparer le tonneau. Christian, qui avait un petit logement dans le village,
courut s'habiller. Il trouva chez lui une lettre qu'un
exprès venait d'apporter; elle était de M. Goefle :

« Tout est sauvé, disait-il; le roi est bon comme
je vous le disais, mais non pas faible, comme je le
croyais. C'est un gaillard qui... Mais il ne s'agit pas
de cela. Accourez ! soyez à Waldemora le 12; un de
mes amis vous donnera de bonnes nouvelles.

» A bientôt, mon cher baron. »

Christian ne parla pas de cette lettre aux amis qui
l'attendaient pour souper chez le ministre de Roraas,
où nécessairement celui de Waldemora recevait,
pour lui et ses amis, une cordiale hospitalité. Christian put être seul, quelques instants ensuite, avec
Marguerite et sa gouvernante. Il fut plus hardi qu'il
ne l'avait encore été. Il osa parler d'amour. Mademoiselle Potin voulut l'interrompre; mais Marguerite
à son tour interrompit son amie.

— Christian, dit-elle, je ne sais pas bien ce que
c'est que l'amour, et quelle différence vous voulez
me faire comprendre entre ce sentiment-là et celui
que j'ai pour vous. Ce que je sais, c'est que je vous
respecte et vous estime, et que, si jamais je suis libre

et que vous le soyez encore, je partagerai votre fortune, quelle qu'elle soit. J'ai beaucoup travaillé depuis que nous nous sommes quittés ; je saurais maintenant donner des leçons, ou tenir des écritures,
comme tant d'autres jeunes filles pauvres qui travail-
lent, et qui ont le bon esprit de n'en pas rougir,
comme mademoiselle Potin de Gerville elle-même,
qui est de famille noble, et qui, pour avoir été for-
cée de tirer parti de ses talents, n'a déchu aux yeux
de personne et n'a fait que grandir à ceux des gens
de cœur... à preuve, ajouta-t-elle avec une tendre
malice en regardant sa gouvernante, qu'elle est fiancée en secret avec le digne major Larrson, et qu'elle
n'attend que mon mariage pour célébrer le sien.

Mademoiselle Potin fut bien embarrassée de contredire Marguerite. Elle en voulait à Christian d'in-
sister pour être aimé au moment où sa cause était
perdue ; elle fut tout à fait fâchée contre lui quand
elle vit qu'il se mettait à la suite de la petite caravane
pour traverser les montagnes, et rentrer en Suède par
Idre et les montagnes du Blaackdal.

Le lendemain, 12 juin 1772, Christian vit venir au-
devant de lui, sur la route des montagnes, l'ami que
M. Goefle lui avait annoncé, et qui n'était autre que
M. Goefle lui-même, escorté du major Larrson. On
s'embrassa, on échangea quelques mots d'ivresse

affectueuse, et on arriva pour dîner au chalet du *dan-neman*, qui était tout pavoisé de fleurs sauvages. Karine était sur le seuil, comprenant à demi ce qui se passait et s'habituant difficilement à voir l'enfant du lac sous les traits du beau jeune *iarl*.

Le repas fut servi en plein air, sous un berceau de feuillage, en vue de cette magnifique perspective de montagnes dont Christian avait admiré, par un jour de décembre, la mâle et mélancolique beauté. La belle saison est courte dans cette région élevée, mais elle est splendide. La verdure est aussi éblouissante que les neiges, et la végétation prend un si rapide développement, que Christian croyait voir un autre site et un autre pays.

On resta dans la montagne jusqu'à six heures du soir. Il ne fut pas question de chasser l'ours, mais de cueillir sentimentalement des fleurs au bord des eaux courantes, et d'écouter le doux murmure ou les roulades impétueuses de toutes ces voix qui semblaient se hâter de chanter et de vivre avant le retour de la glace, où elles devaient encore être changées en cristal par les elfes du sombre automne.

Christian était bien heureux, et cependant il lui tardait de revoir Stenson; mais M. Goefle ne voulait pas que l'on se remît en route, à cause de la chaleur. Le soleil ne devait se coucher qu'après dix heures,

pour reparaître trois heures après, dans un crépuscule étoilé qui ne permet pas aux ténèbres d'envahir
le ciel d'été. C'était une surprise que le bon avocat
ménageait à Christian. Aussitôt que la fraîcheur commença, on vit arriver en carriole le vieux Stenson
triomphant et rajeuni ; grâce à la chaleur de la saison, et peut-être aussi à la joie et à la confiance, il
n'était presque plus sourd. Il apportait le décret du
comité de la diète qui reconnaissait les droits de
Christian, et une lettre de la comtesse Elvéda, qui
autorisait secrètement M. Goefle à disposer de la
main de sa nièce en faveur du nouveau baron de Waldemora.

En revenant au château avec *son oncle* Goefle, Christian, qui voyait avec délices la joyeuse réunion de ses
dignes amis se dérouler en voiture sur les méandres
du chemin pittoresque, fut pris, au milieu de sa joie,
d'un accès de mélancolie.

—Je suis trop heureux, dit-il à l'avocat ; je voudrais
mourir aujourd'hui. Il me semble que la vie où je
vais entrer sera une agression perpétuelle au bonheur
simple et pur que je rêvais.

— C'est fort possible, mon enfant, répondit M. Goefle. Il n'y a que les romans qui finissent par l'éternelle
formule : « Ils moururent tard et vécurent heureux. »
Vous souffrirez au contact de la vie publique, terri-

blement agitée en ce temps-ci, surtout dans les hautes
régions sociales où vous entrez. Je ne sais quels événements étranges se préparent. J'en ai senti comme
une révélation dans la dernière entrevue que le roi
m'a accordée. Ce jour-là, il m'est apparu à la fois
grand et redoutable. Je crois qu'il médite une explo-
sion qui remettra bien des gens à leur place; mais
pourra-t-il et voudra-t-il les y maintenir? Les ré-
volutions qui devancent le travail du temps et des
idées peuvent-elles fonder quelque chose de du-
rable?

— Pas toujours, dit Christian; mais elles plan-
tent des jalons dans l'histoire, et, des progrès
qui avortent, il reste toujours quelque chose d'acquis.

— Alors, vous seriez véritablement pour le roi
contre le sénat?

— Oui, certes!

—Vous voyez donc bien que votre pensée n'est
pas de fuir la tempête, mais de la chercher. Allons,
c'est l'instinct de la jeunesse et la fatalité de l'intelligence! Moi, je dirai *amen* à tout ce qui nous af-
franchira de la Russie et de l'Angleterre... Mais comment diable siégerez-vous aux états, si vous ne voulez pas reconnaître la religion du pays?... Ne dites rien; vous verrez plus tard ce que vous dictera

votre conscience, et ce que vous imposeront vos devoirs de père et de citoyen.

— Mes devoirs de père ! s'écria Christian. Ah !
monsieur Goefle, mon bonheur est là, je le sens !
Mon Dieu ! comme je les aimerai, les enfants que me
donnera cette brave et loyale créature, qui leur
transmettra le désintéressement et la franchise avec
la grâce et la beauté !

— Oui, oui, Christian, vous serez heureux par la famille. Cela vous est dû pour les soins que vous avez
donnés à la pauvre Sofia Goffredi ! Vous vivrez à la
manière suédoise, dans vos terres, au sein du bien-
être, en face de la grande et rude nature du Nord !
Vous ferez des heureux de tous ceux dont votre prédécesseur avait fait des misérables. Vous cultiverez
la science et les beaux-arts. Vous éleverez vos enfants vous-mêmes. Ces coquins-là seront entourés,
en naissant, d'amour et de soins; ils grandiront avec
les enfants d'Osmund et d'Osburn. Moi, je travaille-
rai le plus longtemps possible, parce que je devien-
drais trop bavard et trop nerveux, si je ne plaidais
pas; mais, tous les ans, je viendrai passer avec vous
les vacances. Nous gâterons, à l'envi l'un de l'autre,
le vieux Sten et la pauvre Karine; nous ferons en politique des châteaux en Espagne : nous rêverons l'al-
liance sans nuages avec la France et la résistance à

l'ambition russe au moyen de l'union scandinave.
Puis, le soir, nous exhumerons les *burattini*, et nous
donnerons à toute la chère marmaille rassemblée au
château des représentations où je prétends devenir
l'égal du fameux Christian Waldo, de joyeuse et
douce mémoire.

FIN DU TOME TROISIÈME ET DERNIER

— Troyes, imp. et stér. de G. Bertrand. —

A. Achard. Parisiennes et Provinciales. Brunes et Blondes. Femmes honnêtes. Dernières Marquises.

A. Adam. Souv. d'un Musicien. Dern. Souvenirs d'un Musicien.

G. d'Alaux. L'Empereur Soulouque et son Empire.

Achim d'Arnim. (*Trad. Th. Gautier fils*). Contes bizarres.

A. Assolant. Hist. fantast. de Pierrot.

X. Aubryet. Femme de vingt-cinq ans.

E. Augier. Poésies complètes.

J. Autran. Milianah.

Th. de Banville. Odes funambulesques.

Ch. Barbara. Hist. émouvantes.

Roger de Beauvoir. Chevalier de Saint-Georges. Aventurier. et Courtisanes. Hist. cavalières. Mlle de Choisy. Chev. de Charny. Cabaret des Morts.

A. de Bernard. Portr. de la Marquise.

Ch. de Bernard. Nœud gordien. Homme sérieux. Gentilh. campagnard, 2 v. Beau-père, 2 v. Paravent. Peau du Lion. L'Ecueil. Théâtre et Poésies.

Mme C. Berton. Bonheur impossible. Rosette.

L. Bouilhet. Melœnis.

R. Bravard. Petite Ville. L'honneur des Femmes.

A. de Bréhat. Scènes de la vie contemporaine. Bras d'acier.

Max Buchon. En Province.

H. Blaze. Musiciens contemporains.

E. Carlen (*Trad. de M. Souvestre*). Deux jeunes Femmes.

L. de Carné. Drame sous la Terreur.

Emile Carrey. Huit jours sous l'Equateur. Métis de la Savane. Révoltés du Para. Récits de Kabylie. Scènes de la vie en Algérie. Hist. et mœurs Kabyles.

C. de Chabrillan. Voleurs d'or. Sapho.

Champfleury. Excentriques. Avent. de Mlle Mariette. Réalisme. Souffr. du Prof. Delteil. Premiers Beaux-Jours. Usurier Blaizot. Souv. des Funambules. Bourgeois de Molinchart. Sensations de Josquin. Chien-Caillou.

*** Souvenirs d'un officier du 2me de Zouaves.

H. Conscience (*Trad. Wocquier*). Scènes de la Vie flamande, 2 v. Fléau du Village. Démon de l'Argent. Veillées Flamandes. Mère Job. Guerre des Paysans. Heures du Soir. L'Orpheline. Batavia. Aurélien, 2 v. Souvenirs de Jeunesse. Lion de Flandre, 2 v.

Cuv.-Fleury. Voyages et Voyageurs.

G. Dantragues. Histoires d'amour et d'argent.

Comt. Dash. Bals masqués. Jeu de la Reine. Chaîne d'Or. Fruit défendu. Chât. en Afrique. Poudre et la neige. Marquise de Parabère.

Général Daumas. Grand Désert. Chevaux du Sahara.

P. Deltuf. Aventures parisiennes. L'une et l'autre.

Ch. Dickens (*Trad. A. Pichot*). Nev. de ma Tante, 2 v. Contes de Noël.

Oct. Didier. Mad. Georges. Fille de Roi.

Alex. Dumas. Vie au Désert, 2 v. Maison de glace, 2 v. Charles le Téméraire, 2 v.

Alex. Dumas fils. Avent. de quatre Femmes. Vie à vingt ans. Antonine. Dame aux Camélias. Boîte d'Argent.

X. Eyma. Peaux noires. Femmes du Nouveau monde.

Paul Féval. Tœur de Tigres. Dernières Fées.

G. Flaubert. Madame Bovary, 2 v.

V. de Forville. Marq. de Pazeval. Conscrit de l'an VIII. Deux Belles-Sœurs.

Marc-Fournier. Monde et Comédie.

Th. Gautier. Beaux-Arts en Europe, 2 v. Constantinople. L'Art moderne. Grotesques.

Mme Emile de Girardin. Marguerite. Nouvelles. Marquise de Pontanges. Contes d'une vieille Fille à ses Neveux. Poésies. Vico...de

L. Gozlan. Châteaux e Fra... de Chantilly. Emot. de Polyquin. Nuits du Père-Lachaise. Lambert. Hist. de Cent trente Femmes. Médecin du Pecq. Dernière Sœur grise. Dragon rouge. Comédie et Comédiens. Marquise de Belverane. Balzac et Vidocq.

Hildebrand (*Trad. Wocquier*). Scènes de la Vie hollandaise. Chambre obscure.

Hoffmann (*Trad. Champfleury*). Contes posthumes.

A. Houssaye. Femmes comme elles sont. L'Amour comme il est. Pécheresse.

Ch. Hugo. Chaise de paille. Bohème dorée, 2 v. Cochon de saint Antoine.

F. V. Hugo (*Trad.*). Sonnets de Shakspeare. Faust anglais de Marlowe.

F. Hugonnet. Souv. d'un Chef de bureau arabe.

J. Janin. Chem. de traverse. Contes littier: Contes fantastiq. L'Ane mort. Confession. Cœur pour deux Amours.

Ch. Jobey. Amour d'un Nègre.

A. Karr. Les Femmes. Agathe et Cécile. Promen. hors de mon Jardin. Sous les Tilleuls. Poignée de Vérités. Voy. autour de mon Jardin. Soirées de Sainte-Adresse. Pénélope normande. Encore les Femmes. Trois Cents Pages. Guêpes, 6 v. Menus Propos. Sous les orangers. Les Fleurs. Raoul. Roses noires et Roses bleues.

L. Kompert (*Trad. D. Stauben*). Scènes du Ghetto. Juifs de la Bohème.

A. de Lamartine. Les Confidences. Nouv. Confidences. Touss. Louverture.

V. de Laprade. Psyché.

Th. Lavallée. Hist. de Paris, 2 v.

J. Lecomte. Poignard de Cristal.

J. de la Madelène. Ames en peine.

F. Mallefille. Capitaine La Rose. Marcel. Mém. de Don Juan, 2 v. Monsieur Corbeau.

X. Marmier. Au Bord de la Newa. Drames intimes. Grande Dame russe.

F. Maynard. De Delhi à Cawnpore. Drame dans les mers boréales.

Méry. Hist. de Famille. Salons et Souterrains de Paris. André Chénier. Nuits anglaises. Nuits italiennes. Nuits espagnoles. Nuits d'Orient. Château vert. Chasse au Chastre.

P. Meurice. Scènes du Foyer. Tyrans de Village.

P. de Molènes. Mém. d'un Gentilh. du siècle dernier. Caract. et récits du temps. Chron. contemp. Hist. intimes. Hist. sentim. et milit. Avent. du temps passé.

F. Mornand. Vie arabe. Bernerette.

H. Murger. Dernier Rendez-vous. Pays Latin. Scèn. de Campagne. Buveurs d'eau. Vacances de Camille. Roman de toutes les Femmes. Scèn. de la Vie de Bohème. Propos de ville et propos de théâtre. Scèn. de la vie de jeunesse. Sabot rouge. Madame Olympe. Amoureuses.

P. de Musset. Bavolette. Pnylaurens.

A. de Musset, de Balzac, G. Sand. Tiroir du Diable. Paris et Parisiens. Parisiens à Paris.

Nadar. Quand j'étais Étudiant. Miroir aux Alouettes.

Gérard de Nerval. Bohème galante. Marquis de Fayolles. Filles du Feu. Souvenirs d'Allemagne.

Charles Nodier (*Trad.*). Vicaire de Wakefield.

P. Perret. Bourgeois de campagne. Avocats et meuniers.

Amédée Pichot. Poètes amoureux.

E. Plouvier. Dernières Amours.

Edgard Poe (*Trad. Baudelaire*). Hist. extraordinaires. Nouv. hist. extraordinaires. Aventures d'A. Gordon-Pym.

F. Ponsard. Etudes antiques.

A. de Pontmartin. Cont. et Nouv. Mém. d'un Notaire. Fin du Procès. Contes d'un Plant. de choux. Pourq. je reste à la Campagne. Or et Clinquant.

...guet. Souvenirs de l'Au... e espagnole.

...Révoil (*Traducteur*). Ha...souv. Monde. Docteur américain.

L. Reybaud. Dernier des... Voyag. Coq du Clocher. Indust... Jérôme Paturot. Position sociale. Jérôme Paturot. République. Ce qu'on peut... dans une Rue. Comtesse de Mauléon. Rebours. Vie de Corsaire. Vie de l'Emploi...

A. Rolland. Martyrs du Foyer.

Ch. de La Rounat. Comédie de l'Amo...

J. de Saint-Félix. Scènes de la vie de Gentilhomme.

J. Sandeau. Sac en Parchemins. Nouvelles. Catherine.

G. Sand. Histoire de ma Vie, 10 v. Maprat. Valentine. Indiana. Jeanne. Mare au Diable. Petite Fadette. François la Champi. Teverino. Consuelo, 3 v. Comt. de Rudolstadt, 2 v. André. Horace. Jacques, Léonie, 2 v. Lucrezia Floriani. Péché de M. Antoine, 2 v. Lettres d'un Voyageur. Meunier d'Angibault. Piccinino, 2 v. Simon. Dernière Aldini. Secrétaire intime.

E. Scribe. Théâtre, 20 v. Nouvel Historiet. et Prev. Piquillo Alliaga, 3 v.

Alb. Second. A quoi tient l'Amour.

Fr. Soulié. Mém. du Diable, 8 v. Deux Cadavres. Quatre Sœurs. Conf. générale, 2 v. Au Jour le Jour. Marguerite. Maître d'école. Bananier. Eulalie Pontois. Si Jean... savait... si Vieill. pouvait... Huit jours au Château. Conseiller d'État. Malheur complet. Magnétiseur. Lion. Port de Créteil. Comt. de Monrion. Fiergeons. Eté à Mendon. Drames inconnus. Maison n° 3 de la r. de Provence. Av. de Crételi. Cadet de Famille. Amours de Bonsard. Olivier Duhamel. Chât. des Pyrénées, 2 v. Rêve d'Amour. Diane et Louise. Proscrits. Cont. pour les enfants. Quatre ... Sathaniel. Comte de Toulouse. Vicomte de Béziers. Saturnin Fichet, 2 v.

E. Souvestre. Philos. sous les toits. Confess. d'un Ouvrier. Coin du Feu. Scènes de la Vie intime. Chron. de la M... Clairières. Scèn. de Chouannerie. Dans la Prairie. Dern. Paysans. En Quarantaine. Scèn. et Récits des Alpes. Gouttes d'Eau. Soirées de Meudon. Echelle de Femmes. Souv. d'un Vieillard. Sous les Filets. Contes et Nouv. Foyer breton, 2 v. Dern. Bretons, 2 v. Anges du Foyer. Sur la Pelouse. Riche et Pauvre. Péché de Jeunesse. Réprouvés et Elus, 2 v. Famille. Pierre et Jean. Deux Misères. Pendant la Moisson. Bord du Lac. Drames parisiens. Sous les ombrages. Mât de cocagne. Mémorial de Famille. Souv. du Bas-Breton, 2 v. L'Homme et l'Argent. Monde tel qu'il sera. Histoires d'autrefois. Sous la tonnelle. Théâtre de la Jeunesse.

Marie Souvestre. Paul Ferroll, traduit de l'anglais.

D. Stauben. Scènes de la Vie juive. Alsace.

De Stendhal. L'Amour. Rouge et Noir. Chartreuse de Parme. Promen. dans Rome, 2 v. Chroniq. italiennes. Mém. d'un touriste, 2 v. Vie de Rossini, 2 v.

Mme H. B. Stowe (*Trad. Forcade*). Souvenirs heureux, 3 v.

E. Sue. Sept Péchés capitaux: Orgueil, 2 v. L'Envie, Colère, 2 v. Luxure, Paresse, 2 v. Avarice, Gourmandise. Gilbert et Gilberte, 3 v. Adèle Verneuil. Grande Dame. Clémence Hervé.

E. Texier. Amour et Finance.

L. Ulbach. Secrets du Diable.

O. de Vallée. Manieurs d'argent.

A. Vacquerie. Profils et Grimaces.

M. Valrey. Marthe de Montbrun. Les sans Dot.

F. Wey. Anglais chez eux. Londres à cent ans.

*** Mme la duchesse d'Orléans.

*** Zouaves et Chasseurs à pied.